好散文是穿透生活的光

散 文 课

王 彬 著

中国出版集团有限公司
研究出版社

图书在版编目（CIP）数据

散文课／王彬著．－－北京：研究出版社，2022.1（2025.8 重印）
ISBN 978-7-5199-1165-2

Ⅰ.①散… Ⅱ.①王… Ⅲ.①散文－创作方法 Ⅳ.
①I056

中国版本图书馆 CIP 数据核字（2022）第 002225 号

出 品 人：陈建军
出版统筹：丁　波
策划编辑：张　琨
责任编辑：张　琨

散文课

作　　者：王　彬 著
出版发行：研究出版社
地　　址：北京市东城区灯市口大街 100-2 华腾灯市口商务楼五层　100006
电　　话：010-64217619　64217652（发行部）
经　　销：新华书店
印　　刷：北京建宏印刷有限公司
版　　本：2022 年 2 月第 1 版　2025 年 8 月第 2 次印刷
开　　本：889 毫米 × 1194 毫米　1/32
印　　张：9.75
字　　数：180 千字
书　　号：ISBN 978-7-5199-1165-2
定　　价：58.00 元

版权所有，侵权必究
凡购买本社图书，如有印制质量问题，我社负责调换。

[序]
------ PREFACE ------

散文是一种复杂的文体。

散文既是一种实用文体，也是一种非实用的文学文体。

因为实用，故而人人可为。因为是文学的，故而与小说、诗歌、戏剧并列，成为四种文学样式之一。然而，这只是当下我国文坛的划分，在西方，其文学范畴包括小说、戏剧、诗歌，不包括散文。中国传统的散文概念与西方的散文概念近似，也将散文置于文学与非文学之间。

2018年8月，应北京市作家协会之约，我为他们举办的散文创作班讲授散文。讲了五天，内容有："辨体""叙事""法度""修辞"与"创作"，总共五讲。次年，我请速记员将讲稿整理成文稿，之后便放在抽屉里了。两年多的时间，就这样在流淌的星河里旋转着飞驰而过,而那些放在抽屉里的文稿慢慢苏醒,开始向我讨说法,希望摆脱"抽屉文学"的命运,这对我自然是责无旁贷,因为谁叫这些文字是我创作出来的呢?今年春天,我开始动手把这些文稿一一从抽屉里请出来,再次加工整理,努力地向出版物靠拢,但同时也适当保留了一些课堂风格,这既是对往昔的怀念,也是对曾经的忠诚。原以为这是件容易之事,却哪里料到做起来并不容易,首先是从口语转换为书面语就颇费周折,而找出适当对应的词句,有时更费周章;其次是对引文的核对,也颇费精力,业内人士说,你如果想惩罚一个学生就让他核对引文,这"活"做久了,真的可以使人发疯、变傻。就这样,忙乱了两个月,又到该写置于全书之端文字的时候了。说些什么呢?首先要说明的是,因为授课的对象与文学创作有关,因此整理出来的内容自然是有关文学散文的理念而不是其他,这是要预先申明的。

我国有个成语叫"白驹过隙",比喻时间宛如一匹银骏马——将无形的光阴转化为有形的生命,从一个狭窄的缝隙中一闪就过去了,这自然是表示时间之快。然而,关于时间的认知,是不是还有另一种形式呢?记得幼时读朱自清的散文《匆匆》:燕子去了,有再来的时候;杨柳枯了,有再青的时候;桃花谢了,有再开的时候,世间万物只有时间一去不复返。朱自清的散文现在颇为人诟病,认为浅显而不足道,但是在"五四运动"以来散文的草创时代,朱自清的散文其实是颇具示范作用的。中国有句古话:好诗不过尽人情,优秀的好散文也是如此,这种清新的真情散文,即便到了今天,收进小学生课本有什么可以指摘的?而我在整理旧稿时的想法之一,便是关于朱先生,他的散文的长处与短处。长处是时代赋予,短处自然也是时代赋予,所谓楚人失戈,楚人拾之,我们站在前人的肩膀上,何必如此无知、忮刻!而今天,清明尚未走远,屈指算来,从我给散文创作班的学员授课,至今已然将近三年,九百多天就这样随烟而逝,"轻烟散入五侯家"了,而明天,清明的明天呢?在唐诗的春天里,就到了该点燃新火的时候,用新火煎煮新茶,夜归寒英煮绿尘,思至于此不禁油然地写下这些拉杂之语,同时衷心希望读者喜欢我这本不厚的《散文课》,敬请交流、指正。

谢谢。

王　彬

2021年4月9日

目录 CONTENTS

第一讲 / 辨 体

一　散文的实用性与文学性 .... / 001

二　散文的流变 .... / 006

三　散文是个性化写作 .... / 014

四　散文的文体特征 .... / 021

五　真实、真实性与真实感 .... / 022

六　散文的界定 .... / 028

七　当下散文状态 .... / 035

第二讲 / 叙 事

一　显身的叙述者 .... / 045

二　隐身的叙述者 .... / 054

三　叙述者解构 .... / 057

四　解构为作者 .... / 069

五　聚焦 .... / 073

六　叙述语与转述语 ..../ 078

七　动力元 ..../ 082

第三讲　法　度

一　法度的内涵 ..../ 101

二　基本叙事法 ..../ 103

三　三十二笔法 ..../ 111

四　章法 ..../ 132

第四讲　修　辞

一　普通修辞 ..../ 151

二　变异修辞 ..../ 158

三　意象新生 ..../ 174

四　语感 ..../ 181

第五讲　创　作

一　养气 ..../ 205

二　才学识 ..../ 209

三　观物取象 ..../ 210

四　审美 ..../ 214

五　修辞立其诚 ..../ 217

附录之一

浅论散文、史述与小说中的叙述者 ..../ 224

散文的六个叙事特征 ..../ 240

附录之二

好散文是穿透生活的光

——凤凰网记者对王彬《三峡书简》访谈 ..../ 260

墙里秋千墙外道

——《袒露在金陵》作者王彬访谈 ..../ 268

散文是一种自我狂欢的文体

——与王彬老师谈散文 ..../ 290

第一讲

"五四"以后，我国文坛有四种文学样式，即小说、诗歌、戏剧、散文。散文属于文学范畴，但是与小说、诗歌、戏剧不同，散文具有两重性，一是实用性，二是文学性。所谓实用性，是指实际使用功能，我们在朋友圈里发微信，便属于实用性活动，为单位起草文件也是实用性活动，这些都是人际交往的手段，而与文学无关。

那么，什么是文学？简单地讲，文学是一种审美活动，如何使我们的散文从实用性向审美性转化，即从实用散文转化为文学散文，是我们今天所要讨论的话题。

一 散文的实用性与文学性

生活中有三种基本语体。

第一，科学语体。

第二，实用语体。

第三，文学语体。

应当指出，语体与文体不同。语体大于文体。语体属于语言学范畴，文体属于文章学范畴。

语体既包括口语也包括书面语。语体是由于交际范畴、交际目的、交际对象与交际方法等因素形成的。由此在语言的运用上形成了音调、词语、句式、修辞等的语言特点。

文体局限在书面语的范畴。其研究对象是：思想主旨、思维方式、写作内容、表现方式等。

语体的研究范围比较单纯，研究的对象是在语言的运用中的语言特点。文体则较为复杂，除语言特点外，还涉及选材、立意、结构、技法和作家的思想情感、学识才能、民族气质、文化修养及其所处的地域环境等。

语体虽然大于文体，但是我们依然要以文体为中心进行研究。比如，实用语体中包括公文与生活两种文体。公文文体中又包括政府公告、通知、法规等。生活文体中包括书信、日记、微信、短信、博文等。实用语体的特点正是通过不同文体而体现出来的。

我们这里在阐述语体时，仅涉及以书面语为载体的语体。因此为简便起见，后边均改为文体。

下面我们对三种文体做简单介绍。

第一，科学文体。阐述自然科学与社会科学的文章。

第二，实用文体。日常生活中的应用文章，比如，日记、书信、博客、微信、公文、政府工作报告乃至请假条、寻人启事、小学生作文，等等，均列其中。

第三，文学文体。这里只涉及文学，即小说、诗歌、散文、戏剧四种门类的作品。小说、诗歌、戏剧各自拥有独特的界定，散文则界定模糊。一篇回忆录既可以是中学生作文《记我曾经的母校》，也可以是鲁迅的经典名篇《从百草园到三味书屋》。

两文均是第一人称，都是回忆录，就文体样式而言，并无区别，然而前一篇属于实用文体，后一篇则属于文学作品。我在这里顺便说说新概念作文。首先，我们要说清什么是作文？作文是在教师指导下（中小学生）的文字练习，它是一种学习活动，教师指导学生通过文字表情达意，不属于文学范畴。新概念作文不是作文，它倡导学生用文学思维写作，属于文学范畴，尽管是年轻学子不成熟的作品。如果用新概念作文指导学生的作文写作，必然会医不对症。

我们再说说散文的实用性与文学性问题。比如，古代大臣上奏的表，原本是流行庙堂之上的公文，但在诸葛亮的笔底，却波澜婉转而成为流传千载的文学经典。蜀人李密的《陈情表》也是如此。李密本是三国之际的蜀国人，蜀亡之后，晋武帝征召他到洛阳做太子洗马，他辞而不就，然而不去总得有理由，他便以祖母年迈多病为由辞谢，称颂晋武帝是以孝治国，"伏惟圣朝以孝治天下，凡在故老，犹蒙矜育，况臣孤苦，特为尤甚。(1)"我与祖母刘氏相依为命，如果我离开蜀地，则家中无人照顾，祖母就会像黄昏的太阳：

日薄西山，气息奄奄，人命危浅，朝不虑夕。臣无祖母，无以至今日；祖母无臣，无以终余年。母孙二人，更相为命，是以区区不敢废远。(2)

又说：

臣密今年四十有四，祖母刘氏今年九十有六。是臣尽节于陛下之日长，报养刘之日短也。乌鸟私情，愿乞终养。臣之辛苦，非独蜀之人士及二州牧伯所见明知，皇天后土实所共鉴。愿陛下矜愍愚诚，听臣微志，庶刘侥幸保卒余年。臣生当陨首，死当结草。臣不胜犬马怖惧之情，谨拜表以闻。(3)

表本来是一种流行于朝廷上的公文，但是由于李密在《陈情表》中流露出来的亲情恳挚感人，言辞贴切，形象生动新鲜，从而使得他的《陈情表》侧身于文学行列。李密将祖母刘氏喻为即将下山的落日，所谓"日薄西山，气息奄奄"[4]，从而扣动了读者的心扉。

这就说明，散文既可以是实用的，也可以是文学的，属于一词两用。由于同一名称而指涉的对象不同，必然造成散文的混乱而难以界定。生活中的散文基本属于实用文体而与文学无关，只有少部分作品由于具有艺术价值而可以进入文学殿堂。易而言之，散文属于生活，但不是所有的散文都是文学，进入文学范畴的散文少之又少。散文是一种既属于生活的、庸常的人人皆可为的"实用"文体，又是一种文学的、高贵的只属于少数人的"文学"文体。散文文体难以界定的原因就在于此。

在界定散文的文体时，有两点应该引起我们注意：

第一，要从实用文体的角度出发；

第二，要从文学的角度加以规范。

就文体样式而言，散文是复杂的，就文学内涵而言，散文必须符合文学规律。"实用"与"文学"是散文的两端，散文犹如一株丰茂的大树，它的根坚实地深植于丰沃的泥土之中，而其妖娆的树冠则高耸云端之上。

简言之，散文是一个庞杂的范畴，既包括实用文体，也包括文学文体，散文从生活出发而又涵盖生活，生活中有多少种文体，散文也就有多少种文体。散文伴随时代前进而具有无比蓬勃、旺盛、新鲜的生命力，散文之"根"就在于它的生活性（实用性）。然而，散文最不稳定、最不确定的因素也在于此。因此在讨论散文时，一定要厘清前提，我们讨论的散文是"实用"的，抑或"文学"的，这个前提如果不能厘清，讨论必然会跌进无底的泥沼之中。

我们应该敬畏与尊重散文。

二　散文的流变

我们首先讨论散文的含义。

第一，作为动词的散文（行文）。

南朝刘勰《文心雕龙·明诗》谓：

> 观其结体散文，直而不野，婉转附物，怊怅切情，实五言之冠冕也。[5]

刘勰笔下的散文有书写之意。

第二，作为文体的散文。

在中国古代的传统中，举凡不押韵、不重排偶的散体文字，统称散文。"五四"以后的现代散文则是指与小说、诗歌、戏剧并列的一种以自述为中心文学体裁，按其内容和形式，又可分为散文、杂文、小品、随笔等。

总之，散文的概念随着时代的变迁而被赋予了不同内涵：（1）与韵文相对，包括辞赋与骈文在内的文体；（2）与韵文、骈文相对，不追求押韵和句式骈俪的文体，包括散行文章、小说与戏剧，这是广义的散文；（3）不包括小说、戏剧，只是散行的文章，这是次广义的散文；（4）与诗歌、小说、戏剧并行的一种文学体裁，这是狭义的散文。

散文作为与诗歌相对应的文体的称谓，在我国产生于南宋，时人罗大经在其所撰的《鹤林玉露》丙篇卷二《文章有体》中指出：

山谷诗骚妙天下，而散文颇觉琐碎局促。[6]

在评介北宋文人欧阳修、苏轼等人的诗歌与文章时，罗大经认为黄庭坚的诗歌优秀，但散文却琐碎拘谨不够大气，与诗歌难以比肩。在这之前，作为文体的散文往往简称"文"，文与"诗"相对,所谓有韵为诗,无韵为文。文的范围十分驳杂,但是一般不包括小说、戏剧。在不同时代,散文有不同的称谓。汉代称辞赋、六朝称骈文、唐宋称古文、明末称小品。20世纪初叶,西方的essay介绍到我国以后,与我国的散文传统相结合,形成了今之散文样式。

对此,民国时期不少作家与文学研究者做出了艰辛而深入的探索,1921年周作人在《美文》中写道:

外国文学里有一种所谓论文,其中大约可以分作两类。一批评的,是学术性的。二记述的,是艺术性的,又称作美文。这里边又可以分出叙事与抒情,但也很多两者夹杂的。这种美文似乎在英语国民里最为发达,如中国所熟悉的爱迭生、阑姆、欧文、霍桑诸人都做有很好的美文,近时高尔斯威西、吉欣、契斯透顿也是美文的好手。读好的论文,如读散文诗,因为他实在是诗与散文中间的桥。中国古文里的序,记与说等,也可以是说美文的一类。但在现代的国语文学里,还不曾见有这类文章,治新文学的人为什么不去试试呢?我以为文章的外形与内容,的确有点关系,有许多思想,既不能作为小说,又不适于做诗,(此只就体裁上说,若论性质则美文也是小说,小说也就是诗,《新青年》上库普林作的《晚间的来客》,可为一例,)便可以用论文式去表他。他的条件,同一切文学作品一样,只是真实简明便好。我们可以看了外国的模范做去,但是须用自己的文句与思想,不可去模仿他们。《晨报》上的浪漫谈,以前有几篇倒有点相近,但是后来(恕我直说)落了窠臼,用上多少自然现象的字面,衰弱的感伤的口气,不大有生命了。我希望大家卷土重来,给新文学开辟出一块新的土地来,岂不好么?[7]

1925年鲁迅翻译了日本厨川白村《出了象牙之塔》,其中有这样的文字:

如果是冬天,便坐在暖炉旁边的安乐椅子上,倘在夏天,则披浴衣,啜苦茗,随随便便,和好友任心闲话,将这些话照样地移在纸上的东西,就是essay。兴之所至,也说些以不至于头痛为度的道理罢。也有冷嘲,也有警句罢。既有humor(滑稽)也有pathos(感愤)。所谈的题目,天下国家的大事不待言,还有市井的琐事,书籍的批评,相识者的消息,以及自己的过去的追怀,想谈什么就纵谈什么,而托于即兴之笔者,是这一类的文章。[8]

又说:

在essay,比什么都紧要的要件,就是作者将自己的个人底人格的色采,浓厚地表现出来。从那本质上说,是既非记述，也非说明，又不是议论，以报道为主眼的新闻记事，是应该非人格底（impersonal）的，力避记者这人的个人底主观的调子（note）的，essay 却正相反，乃是将作者的自我极端地扩大了夸张了而写出的东西，其兴味全在于人格底调子（personal note）。有一个学者，所以，评这文体，说，是将诗歌中的抒情诗，行以散文的东西。倘没有作者这人的神情浮动者，就无聊。作为自己告白的文学，用这体裁是最为便当的。[9]

厨川白村找不出可以同英语Essay相对应的日语词汇，索性不译，只指出"'Essay'者，语源是法兰西的essayr（试）即所谓'试笔'之意罢。""有人译essay为'随笔'，但也不对。"鲁迅大概也遇到这样的困惑，也没有译成可以与之相对应的中文。虽然如此，这种张扬作者个性，潇洒而又随意地对Essay的介绍，却对中国现代散文理论与实践的影响巨深，并且直接规范和引发了具有现代意义与中国民族特色的散文的产生，至少是散文最初的一个种类的发生与发展。

十年以后，1935年，郁达夫在《中国新文学大系·散文二集》中写道：

六经之中，除《诗经》外，全系散文；《易经》《书经》与《春秋》，其间虽则也有韵语，但都系偶然的流露，不是作者的本意。从此可以知道，中国古来的文章，一向就以散文为主要的文体，韵文系情感满溢时之偶一发挥，不可多得，不能强求的东西。

正因为说到文章，就指散文，所以中国向来没有"散文"这一个名字。若我的臆断不错的话，则我们现在所用的"散文"两个字，还是西方文化东渐后的产品，或者简直是翻译也说不定。

自六朝骈俪有韵之文盛行后，唐宋以来，各人的文集中，当然会有散体或散文等成语，用以与骈体骈文等对立的；但它的含义，它的轮廓，决没有现在那么的确立，亦决没有现代人对这两字那么的认识得明白而浅显。所以，当现代而说散文，我们还是把它当作外国字Prose的译语，用以与韵文Verse对立的，较为简单，较为适当。(10)

又说：

散文的第一消极条件，既然是无韵不骈的文字排列，那么自然散文小说，对白戏剧（除诗剧以外的剧本）以及无韵的散文诗之类，都是散文了啦；所以英国文学论里有Prose Fiction（小说的散文），Prose Poem（诗歌的散文）等名目。可是我们一般在现代中国平常所用的散文两字，却又不是这么广义的，似乎是专指那一种既不是小说，又不是戏剧的散文而言。近来有许多人说，中国现代的散文，就是指法国蒙泰纽Montaigne的Essais，英国培根Bacon的Essays之类的文体在说，是新文学发达之后才兴起来的一种文体，于是乎一译再译，反转来又把像英国Essays之类的文字，称作了小品。有时候含糊一点的人，更把小品散文或散文小品的四个字连接在一气，以祈这一个名字的颠扑不破，左右逢源；有几个喜欢分析，自立门户的人，就把长一点的文字称作了散文，而把短一点的叫作了小品。其实这一种说法，这一种翻译名义的苦心，都是白费的心思，中国所有的东西，又何必完全和西洋一样？西洋所独有的气质文化，又哪里能完全翻译到中国来？所以我们的散文，只能约略地说，是Prose的译名，和Essays有些相像，系除小说、戏剧之外的一种文体；至于要想以一语来道破内容，或以一个名字来说尽特点，却是万万办不到的事情。[11]

Prose Fiction即小说的散文，Prose Poem即诗歌的散文。西方散文观是一个大的观念，与我国传统的散文观相吻合。"五四"以后的中国的文坛极力想将西方的散文纳入文学范畴，直接的办法是从译名入手，却发现怎么都做不好，于是便出现了多种译名。

同年，朱自清在《什么是散文》中写道：散文是与诗、小说、戏剧并举：

而为新文学的一个独立部门的东西，或称白话散文，或称抒情文，或称小品文。这散文所包甚狭，从"抒情文""小品文"两个名称就可知道。小品对大品而言，只是短小之义；但是现在却兼包"身边琐事"或"家常体"等意味，所以有"小摆设"之目。(12)

12年以后，1947年他在《关于散文写作——答〈文艺知识〉编者问八题》中进一步阐释：

广义的散文，对韵文而言。狭义的散文似乎指带有文艺性的散文而言，那么，小说、小品文、杂文都是的。最狭义的散文是文艺的一部门，跟诗歌、小说、戏剧、文学批评并立着，小品文和杂文都包括在这一意义的散文里。有人以为这一意义的散文只指小品文而言，杂文是独立的，是在文艺之外的。我却觉得杂文是小品文的转变，无论是讽刺是批评，总带有文艺性，应该是散文的一种而放在文艺部门里。(13)

"五四"以后的一段时间内，关于散文出现了种种称呼。有人称"小品"，有人称"随笔"，有人名"美文"，也有人叫它"絮语"或者"抒情散文"，或者直称其为essay。在这个基础上，朱自清梳理出三种形态。一是广义的散文，诗歌（韵文）以外的文章都是散文；二是狭义的散文，包括小说、小品与杂文；三是最狭义的散文，与小说、诗歌、戏剧、文学批评相对立的一种文体，包括小品与杂文。这种最狭义的散文与今天所指文学意义的散文，所谓文学散文大体是一致的。

在西方，散文是16世纪法国人蒙田开创的一种写作样式，法语称其Essayr，引入英语国后音译为 Essay。这个词，在法文中有"尝试""实验""试作"的意思，翻译成中文是"试笔"。新年之际有些媒体刊载"元旦试笔"之类文章的题目便源于此。

试笔，是对Essay的精确译法，然而中国人不太接受这个名词，于是便出现了随笔、小品、散文几种意译的名称。郁达夫说，这三种译名都是白尽心机，不能完全体现essay的本意。又说，中国所有的东西，和西洋的何必完全一样？在当下，依据约定俗称的用法，篇幅长者称散文，篇幅短的称小品，随笔则多与文化相连，而散文又是这三种文体的统称。

三 散文是个性化写作

郁达夫在《中国新文学大系·散文二集》导言中说，五四运动的最大的成功，第一要算"个人"的发现，他写道：

现代散文之最大特征，是每一个作家的每一篇散文里所表现的个性，比从前的任何散文都来得强。古人说，小说都带些自述传的色彩的，因为从小说的作风里人物里可以见到作者自己的写照；但现代的散文，却更是带有自述传的色彩了，我们只消把现代作家的散文集一翻，则这作家的世系，性格，嗜好，思想，信仰，以及生活习惯等等，无不活泼地显现在我们的眼前。这一种自述传的色彩是什么呢，就是文学里所最可宝贵的个性的表现。……所以，自五四以来，现代的散文是因个性的解放而滋长了。(14)

现代散文的第二个特征，是在它的范围的扩大。这散文内容范围的扩大，虽然不就是伟大，但至少至少，也是近代散文超越过古代散文的一个长足的进步。(15)

现代散文的第三个特征，是人性，社会性与大自然的调和。(16)

郁达夫进一步阐释：

从前的散文，写自然就专写自然，写个人便专写个人，一议论到天下国家，就只说古今治乱，国计民生，散文里很少人性，及社会性与自然融合在一处的，最多也不过加上一句痛哭流涕长叹息，以示作者的感愤而已；现代的散文就不同了，作者处处不忘自我，也处处不忘自然与社会。就是最纯粹的诗人的抒情散文里，写到了风花雪月，也总要点出人与人的关系，或人与社会的关系来，以抒怀抱；一粒沙里见世界，半瓣花上说人情，就是现代的散文的特征之一。从哲理的说来，这原是智与情的合致，但时代的潮流与社会的影响，却是使现代散文不得不趋向到此的两重客观的条件。这一种倾向，尤其是五卅事件以后的中国散文上，表现得最为显著。

纵观中国新文学内容变革的历程，最初是沿旧文学传统而下，不过从一新的角度而发见了自然，同时也就发见了个人；接着便是世界潮流的尽量的吸收，结果又发现了社会。而个人终不能遗世而独立，不能餐露以养生，人与社会，原有连带的关系，人与人类，也有休戚的因依的；将这社会的责任，明白剀切地指示给中国人看的，却是五卅的当时流在帝国主义枪炮下的几位上海志士的鲜血。(17)

将古代与现代散文的区别阐述得十分周密，其根本的区别在于作家对人性、社会与自然的关注不同，也与作家的性格、文化、阅历包括家世与成长的环境相关。个性不同，呈现于散文中的风格也不会一样。换言之，通过散文风格我们可以反观出作者的个性。比如老舍与张恨水的散文，老舍是《想北平》，张恨水是《五月的北平》，二人写作的对象都是北平，即特定历史时期的北京。1928年北伐胜利以后，国民党定都南京，北京不再是首都，而改称北平。张恨水在《五月的北平》开端写道："能够代表东方建筑美的城市，在世界上，除了北平，恐怕难找第二处了。描写北平的文字，由国文到外国文，由元代到今日，那是太多了，要把这些文字抄写下来，随便也可以出百万言的专书。现在要说北平，那真是一部廿四史，无从说起。"[18]那么，北平好在什么地方呢？在张恨水的腕底：

　　北平这个地方，实在适宜于绿树的点缀，而绿树能亭亭如盖的，又莫过于槐树。在东西长安街，故宫的黄瓦红墙，配上那一碧千株的槐林，简直就是一幅彩画。在古老的胡同里，四五株高槐，映带着平正的土路，低矮的粉墙。行人很少，在白天就觉得其意幽深，更无论月下了。在宽平的马路上，如南、北池子，如南、北长街，两边槐树整齐划一，连续不断，有三四里之长，远远望去，简直是一条绿街。在古庙门口，红色的墙，半圆的门，几株大槐树在庙外拥立，把低矮的庙整个罩在绿荫下，那情调是肃穆典雅的。在伟大的公署门口，槐树分立在广场两边，好像排列着伟大的仪仗，又加重了几分雄壮之气。太多了，我不能把她一一介绍出来，有人说五月的北平是碧槐的城市，那却是一点没有夸张。[19]

再看老舍的《想北平》。老舍这样开端:"设若让我写一本小说,以北平作背景,我不至于害怕,因为我可以捡着我知道的写,而躲开我所不知道的。让我单摆浮搁的讲一套北平,我没办法。北平的地方那么大,事情那么多,我知道的真是太少了,虽然我生在那里,一直到二十七岁才离开。以名胜说,我没到过陶然亭,这多可笑!以此类推,我所知道的那点只是'我的北平',而我的北平大概等于牛的一毛。"[20]我们也节选片段:

好学的,爱古物的,人们自然喜欢北平,因为这里书多古物多。我不好学,也没钱买古物。对于物质上,我却喜爱北平的花多菜多果子多。花草是种费钱的玩意儿,可是此地的"草花儿"很便宜,而且家家有院子,可以花不多的钱而种一院子花,即使算不了什么,可是到底可爱呀。墙上的牵牛,墙根的靠山竹与草茉莉,是多么省钱省事而也足以招来蝴蝶呀!至于青菜、白菜、扁豆、毛豆角、黄瓜、菠菜等等,大多数是直接由城外担来而送到家门口的。雨后,韭菜叶上往往还带着雨时溅起的泥点。青菜摊子上的红红绿绿几乎有诗似的美丽。果子有不少是由西山与北山来的,西山的沙果,海棠,北山的黑枣,柿子,进了城还带着一层白霜儿呀!哼,美国的橘子包着纸,遇到北平的带霜儿的玉李,还不愧杀![21]

最后的结论是:"好了,不再说了吧;要落泪了,真想念北平呀!"[22]

张恨水与老舍都以讲述北京故事而著称于文坛,虽然他们都以北京为写作对象,但张恨水是安徽潜山人,相对老舍温婉静雅,行文落墨透溢南方文人的内敛与精明。老舍是满族人,出身底层,张口就是京腔,行文通俗浅易、带有浓厚的口语色彩,且颇多语气词,比如结尾:好了,不再说了吧;要落泪了,真想念北平呀! 四个短句,五个语气词,高调而京味十足,从而宣泄出作者对北平的思念之深。

现代的作家与评论家认为散文应该是从个人出发的真实的文体,林慧文在《现代散文的道路》中说:散文是"一种以个人做本位而出发的描述一切感触或意见的文章"[23]。葛琴在《略谈散文》中也说:"散文写作中间的第一个重要条件,就是真实的情感,……在一篇散文中间,是比在一篇小说或速写、报告中间,更容易显出作者的性格、思想和人生观的。一个没有真实情感的人,即使文字如何美丽,也绝难写出一篇动人的散文,这中间是很难有矫饰和捏造的余地。"[24]"真实情感",林慧文又称"真情实感"[25]。林惠文在《现代散文的道路》中认为:

抒情文是专就着文章本身描述感情的作品而言,但事实上那篇散文不是产生真情实感的，不过表现的方法有积极和消极的分别罢了。抒情文也正可归入小品文和杂感文的范围内去。小品文是一种和静的抒情，杂感文是一种战斗的抒情。〔26〕

  两人不约而同地强调了散文的真实性。散文应该真实，是现代作家多年探索与研究的结论，曾经被视为散文的本质，近年随着新散文作家的出现，在散文中任意虚构，从而突破了这个底线。于是出现了大量的"类散文"（以虚构的"我"为叙述者的散文），并泛滥成灾。主张虚构者的理由是为了艺术的真实。然而，请问，哪一种文学艺术不是为了艺术的真实呢？

  总体而言，我的理解是，由于散文这种文体的实用性，在一个以自我为中心的实用的叙事活动中，必然要求文体的个性化与真实性，具体讲就是："真实的自我""真实的经历""真实的情感"与"真实的事件"。这是散文的底色，如果丧失了这个底色，作为一种没有固定样式的文体，散文如何划定自己的疆域？在小说中，叙述者是作者虚构的产物，作者与叙述者是可以切割的，而散文则否，作者就是叙述者，散文与小说的区别就在于此。这既是叙事理论对文体的规范，也是实用文体的本质要求——作者与读者之间的社会契约。如果散文放弃了真实性，没有固定文体样式的散文还有什么存在的理由呢？

四　散文的文体特征

散文虽然不像戏剧、小说、诗歌那样具有固定的文体样式，但散文还是拥有这样一些核心特征：

1. 第一人称；
2. 叙事围绕个人展开；
3. 情节淡化；
4. 风格轻松自然；
5. 叙事随意，似乎不那么重视技巧。

以上是散文的基本特征，是一种以作者为中心的语言性的创作活动。简言之，散文就是一种自我的叙事活动。

与小说相比，散文的篇幅比较短小，但是，散文的篇幅为什么不可以放大呢？早在1935年，朱自清在《什么是散文》中写道："我以为不妨打破小品，多来点儿大的。长篇游记与自传都已有人在动手，但盼望人手多些，就可热闹起来了。传记也不一定限于自传，可以新作近世人物传，可以重写古人的传；游记也不一定限于耳闻目睹，掺入些历史的追想，也许别有风味。"[27]

这就是说，散文是可以做鸿篇巨制的。现在的长篇散文已经不胜枚举，十几万字不算是长的，几十万字的鸿篇巨制也不罕见，但是优秀的作品却十分稀少。

简而言之，散文首先是一种语言的艺术，是一种源于实用文体的自我叙事。具体讲：

第一，散文是语言的艺术。

第二，散文是叙事的语言的艺术，以叙述语为主体。

第三，散文是自述，以自我为中心的叙述。作家与叙述者是合一的，作者即叙述者，作家直接进入文本，直接对听众叙述。

第四，散文的形式多种多样，无固定文体样式。

第五，散文的叙述方式，轻松、随意。

散文往往是随意的（没有特定模式），优秀的散文作家就是将这种随意的散文捩转为美文。

五 真实、真实性与真实感

第一，真实。真实是独立于人类的客观存在。

第二，真实性。作家笔下的客观存在。作家不同，对同一个客观对象的表述也不一样，因此真实性可以是有歧义的。

第三，真实感。读者的文化水平与文学修养不同，读书语境不同，即便是阅读同一文章，也会产生不同的感受。即便是同一读者，在不同时间、不同场合阅读同一篇文章，也会产生不同感受。

我们不应以真实性与真实感的歧义而否认客观的真实性，从而为散文的虚构打开门窗。小说与散文的区别在于虚构与非虚构。除了虚构，小说的一切手法都适用于散文。比如矛盾、情节、细节、结构、意境、假设、想象、联想，等等。

真实性的背后是真实。真实是独立于人类的客观存在，比如一朵桃花，是客观存在，不依赖于人类的存在与否而存在。然而，对于桃花可以有不同表述，角度不同表述也不同，这些不同的表述具有不同角度的真实性，而且在传播过程中，即便是同一真实表述，因为读者接受的角度不同也会产生不同的真实感。这就是说，真实感也可以是多义的。真实、真实性与真实感，是三个不同属性的范畴。前两者属于哲学范畴，即：真实的桃花——仍以桃花为例，属于本体论，而真实性的桃花则属于反映论。与前二者不同，真实感属于美学范畴，是阅读心理问题。我们不应该用真实感的歧义否定真实性，同样也不应该用真实性的歧义而否定真实的客观存在。关于散文真实的讨论，往往是将这三者混为一谈。从语义哲学的角度说，便是将能指、所指与指涉物混为一谈；将桃花的发声（符号）、桃花的概念，这二者属于编码，与桃花的客观存在混为一谈。

由此便产生了关于散文艺术的真实性问题。无论何种艺术门类，皆应追求艺术的真实性，艺术的真实性皆应高于生活的真实性，为此可以运用多种手法，虚构便是其中之一，小说可以虚构，散文为什么不可以呢？原因在于，从叙事学的角度，小说是作者通过叙述者进入文本，叙述者是作者创造的人物，自然可以虚构，而散文则是作者直接进入文本，怎么可以虚构，怎么可以虚构自己的经历与情感呢？主张散文不可以虚构，我理解便是指此，即人物与事件不可以虚构。如果散文作者通过叙述者进入文本，这样的散文与小说还有什么区别呢？这就如同上文所说的桃花一样，散文中的人物与事件属于本体论范畴，关于人物与事件的描述属于反映论范畴，不同的角度可以有不同的描述，但是这并不可以抹杀事件与人物的客观存在，当然也不可以虚构这种存在。散文不是通过虚构事件与人物（当然可以运用想象与联想）的真实，而是通过对事件与人物认知的真实性，通过个人独特的编码组合，撩拨作者内心的幽曲而感动读者，在读者心中制造一种真实感。一篇散文如果展示了心灵的幽曲且传达给读者，读者由此感到幽曲的战栗，自然是好散文；如果进而得到时代呼应，且流播后世，自然要上升为经典。中国古代散文经典传至于今，已经有几百年，甚至上千年的历史了。关键的一点就在于写出了人类的内心幽曲——温暖、困窘，甚或痛苦万分。

如同一切事物，散文虽然有其长，但也必然有其短。散文必须以真面目面对读者，从而摒弃虚构手法，这就令有些作者感到惶惑，为此他们在沿袭散文特点的基础上，有意识地利用虚构而造假，应该如何看待这一现象？

第一，厘清想象与虚构的区别。

想象是心理活动而与实践无关。虚构则是在文学创作中，是指作者将没有发生过的事情，投进真实的时间之河，诉诸笔端而凭空捏造。主张虚构的散文作者时常将想象与虚构混为一谈，并以范仲淹的《岳阳楼记》为支撑。理由是范仲淹没有到过洞庭湖，却写出垂范千古的名篇。古人可以今人为什么不可以？我们且看范仲淹在《岳阳楼记》中是如何记述的：

庆历四年春，滕子京谪守巴陵郡。越明年，政通人和，百废具兴。乃重修岳阳楼，增其旧制，刻唐贤今人诗赋于其上。属予作文以记之。[28]

庆历四年是公元1044年，在这一年春天，范仲淹的朋友滕子京谪守巴陵郡，次年重修岳阳楼，请范仲淹撰写以此为题的文章，再一年，9月15日范仲淹完稿。检阅全文，范仲淹没有一字说自己来过岳阳楼,也就是说没有凭空虚构,在他的笔底下,洞庭湖朝晖夕阴而万千气象,不过是他出于想象的结晶而已。刘勰云:思接千载,又云:神与物游,散文作者当然要拥有超群的想象力,但不能由此而将想象与虚构混为一谈。何谓虚构?何谓想象?虚构是无中生有,想象是一种心理活动,二者不能混为一谈。作者的经历是不可以随便改造的,但作者可以在自己的头脑中对客观事物进行改造,甚至在自己的头脑之中创造新形象而流于笔端,犹如范仲淹的洞庭湖,波澜万顷而气象绮奇。

第二,厘清有意识的虚构与无意识的虚构。

毫无疑义,文学创作属于心理活动,任何一位作家再现大脑皮层储存的过往现象而下笔成文时,难免自觉或不自觉地进行加工,要求作家笔下的事件与实际发生的事件完全一致是不现实的,但在基本的盘面上一致则是可以的,而且是应该的。在这个过程中,作者有时难免发生记忆上的缺失与错误,比如鲁迅的散文《父亲的病》,周作人指出其结尾有失真处。对此,鲁迅并不讳言,他在《朝花夕拾》的"小引"中说:这些文字是"从记忆中抄出来的,与实际容或有些不同,然而我现在只记得是这样。"[29]《朝花夕拾》收录的十篇散文,其所涉及的人物、事件、时间基本准确,发生一些小的谬记是可以理解与原谅的。

与无意识相对应的是有意识，那么，如何对待有意识的虚构？这就涉及虚构的程度问题。

第三，厘清虚构程度。

有意识的虚构基本分为两种。一种是颠覆底色的虚构，另一种则仅仅游离于细部之间。上面说到，作者的"真实身份""真实经历""真实情感"与"真实事件"构成了散文底色。四种元素相互相连，颠覆了任何一种则必然会颠覆散文底色。更有甚者，甚至四大皆空，完全出于臆想而倾心虚构、罗织情节、捏造人物，将自己裹挟在伪装的面具之下，利用读者对真实性的心理期待而获取浮誉，哪里有诚信可言！

他们的理由是追求艺术真实。然而，任何门类的艺术都追求艺术真实，如果是这样，如何对不同艺术门类的文体进行界定？

当然，也有局限在细部之间的虚构，在无关底色的前提下，进行某些细节性的弥补，从而填补空隙，是可以理解的。杜夫子云："文章千古事，得失寸心知。作者皆殊列，名声岂浪垂。"[30]在散文创作中，何者为真，何者为假，只有作者知道，中国有一句古话曰修辞立其诚，诚为何物？这当然不言自明。

总之，散文的真实性在于叙述者与其笔下素材的关系，对叙述者而言,这些笔下的素材是真实的,而且往往是他亲身经历的人生体验。作为文学的一个门类,散文当然需要丰饶的想象、需要精密文字的编撰与华美的艺术处理,缺失了这些元素,散文还有什么审美可言呢?

六 散文的界定

第一,散文与诗歌相对应的界定。有韵为诗,无韵为文。此种界定包括散文、小说、戏剧等文体。

第二,散文与小说、诗歌、戏剧相对应的界定。按照当下文坛的普遍分类,即小说、诗歌、散文、戏剧。

第三,散文界定梳理。

其一,古代的界定。

我们曾经援引过南宋罗大经的一句话,他在评介黄庭坚的诗与文时说:"山谷诗骚妙天下,而散文颇觉琐碎局促。"[31]黄庭坚是我们熟悉的历史人物,北宋与苏轼齐名的文人。黄庭坚字鲁直,号山谷道人,晚号涪翁,今天江西省九江市修水县人,他与张耒、晁补之、秦观均出于苏轼门下,合称"苏门四学士"。他的诗词造诣很高,与苏轼并称"苏黄"。他的诗高明在什么地方呢?我举个例子,比如他怀念

友人的诗《寄黄几复》:

> 我居北海君南海,寄雁传书谢不能。
> 桃李春风一杯酒,江湖夜雨十年灯。
> 持家但有四立壁,治病不蕲三折肱。
> 想得读书头已白,隔溪猿哭瘴溪藤。[32]

黄几复是黄庭坚好友,其时在广东四会,黄庭坚在山东德州,一北一南,因此诗中的首句曰:"我居北海君南海",这是实写。"寄雁传书谢不能",两人相距遥远,书信往来艰难,因此天上的大雁也拒绝为他们传递书信,故而说"谢不能",有评家对此十分欣赏,说大雁传书本为旧典,但是以大雁拒绝传书的口吻表述,则把大雁拟人化了,这是旧典翻新,所谓夺胎换骨点铁成金之法。到了颔联,文风斗转,写出了"桃李春风一杯酒,江湖夜雨十年灯"的名句,既华美蕴藉又雄浑阔大,令人陶醉而难免不击节称颂。桃李、春风、江湖、夜雨、十年、杯、酒、灯,都是普通的词与字而无一奇绝之处,但在黄庭坚的锻炼与组织之下,却构成了一幅全新的充满情感与意绪的意境,从而令读者生发无尽的感喟与想象。在中国旧体诗词中凡是描写雨的诗句,往往充满情韵而耐人寻味,何况是在万里江湖,夜间豪雨纵横的背景下,更是给人以辽阔浩瀚之感。相对李商隐"巴山夜雨涨秋池"[33]的境界，黄诗的境界雄阔多了。同样是写夜雨，李商隐是写给内子的诗，是家书，在黄是写给居官友人的，关乎国是而立意高远，境界自然不同。但是，相对其诗，黄庭坚的文章却颇有逊色，因此罗大经说他文不如诗。罗大经，字景纶，号儒林，又号鹤林，南宋吉水（今江西省吉水县）人。宋理宗宝庆二年（1226）的进士，官至抚州推官，后被弹劾罢官，从此闭门读书专事著作。其书名《鹤林玉露》取自杜甫的《赠虞十五司马》："爽气金天豁，清谈玉露繁。"[34]书中不少记载可与史乘参证补缺订误。对当时的文学流派、文艺思想与作品风格，罗大经也颇有议论。

其二，"五四"以后的界定。

16世纪，法国人蒙田开创了一种随意而轻松的文体，因为是试验性质的，蒙田便把它称为essais传到英国以后译为essay。"五四"后，essay引入我国，与传统散文相结合。依据essay的原意，精确的汉语译名应该是："尝试""试笔"，但国人似乎不喜欢这样的译名，或翻译为"小品"，或翻译为"随笔"，或翻译为"散文"。小品、随笔、散文又统称散文，1921年周作人又提出了美文概念。

其三，散文在当下西方的界定，与虚构文体相对应，属于文章学范畴，与我国传统散文的界定类似。

其四，散文相对小说的界定。

第一讲 辨体

小说与散文都是散行文字，二者都属于传统的散文范畴。但小说是虚构的，因此作者与叙述者可以切割，而散文不可以虚构，因此散文的作者与叙述者是统一的，就是说，散文的作者就是叙述者，叙述者也就是作者。小说是作者通过叙述者叙事，而散文则是作者叙事，这是二者本质的区别。

那么，散文与小说应该如何界定，或者说二者的定义分别是什么呢？一言以蔽之，散文是："我叙事"，而小说则是"他叙事"。小说是作者制造叙述者，即通过叙述者叙事，作者与叙述者可以分离，因此小说可以虚构；散文是作者直接进入文本，作者与叙述者是合一的，即作者自己叙事，因此散文不可以虚构。

与散文不同，小说要写出人物的个性，所谓典型人物典型性格，小说家通过人物刻画来表现作者自己的个性，而散文则是直接书写作者自己的个性，没有作者个性的散文很难说是优质散文。散文首先是写出作者的内心世界，因此用小说的评价标准，用典型人物要求散文、评价散文是不准确的。

散文刻画人物一般采取简略笔法。人物一般是简明的、有时代性的，仿佛是剪影镶嵌在作家的叙述之中，但是这并不意味散文中的人物不具有典型意义，比如杨朔《雪浪花》中的老泰山，便传达了那个时代的色彩。具体说，散文是通过作者（叙述者）的讲述描写人物，因此浸渍了作者（叙述者）的主观色彩，我们列举三毛的一篇散文，看三毛是如何刻画流浪汉的，散文的题目是《温柔的夜》，收录在其同题散文集中。文章这样开头：

那个流浪汉靠在远远的路灯下，好似专门在计算着我抵达的时刻，我一进港口，他就突然从角落里跳了出来，眼睛定定地追寻着我，两手在空中乱挥，脚步一高一低，像一个笨拙的稻草人一般。跌跌撞撞地跳躲过一辆辆汽车，快速地往我的方向奔过来。[35]

"我"有些奇怪，这个人要做什么呢？在码头上，那个人依旧纠缠"我"，"我用十分凝注的眼神朝这个流浪汉看着，那是一张微胖而极度疲倦的脸，没有什么特别的智慧，眼睛很圆很小，嘴更小得不衬，下巴短短的，两颊被风吹裂了似的焦红，棕色稀淡的短发，毛滋滋的短胡子，极绉的衬衫下面，是一条松松的灰长裤"[36]。这个流浪汉请他帮忙给他二百元钱，说是有了这二百元钱他就可以买到对岸的船票，回到对岸他就有钱了。"我"不相信，认为他在说谎，因为到对岸的船票是五百元，不是二百元。但是"我"依旧帮助了他，把五百元钱放到他的手里说："下次再向人借口要钱的时候，不要忘了，从大加那利岛去丹娜丽芙的船票是五百块，不是两百。"[37]没有想到的是那个流浪汉说："可是，我还有三百在身上啊！"⁽³⁸⁾原来是这样！我简直不相信自己的耳朵。这就令"我"感动，而感到羞愧，"这一个晚上，我加给了这个可怜的人多少莫须有的难堪，而他，没有骗我，跟他说的一色一样，——只要两百块钱渡海过去。"⁽³⁹⁾这个流浪汉始终是在"我"的注视下，用"我"的理解来描写他，同时在描写他的过程中完成了人物形象的升华与"我"的情感转化。

总之，小说的基本要素是：叙述者、叙述（概述、描绘）、人物情节、对话，以后三者为主；散文的基本要素是作者（我）、叙述（概述为主）、人物、情节、对话，以前两者为主。在形式上，小说是叙述语+转述语，是两种语言的艺术。散文以叙述语为主，转述语处于次要的地位，转述语少且一般融进叙述语之中，或者说，转述语被叙述语基本吞并。散文因为是作者自己在叙事，因此要保留作者叙述的连贯性，而把转述语改造为叙述语或者"亚"叙述语，如果转述语过多，则必然扰乱叙述者叙述的连贯性。而小说则否，叙述语与转述语交替进行，比如：作者在叙述语与转述语之间转来转去，读者也随着作者笔端的方向转来转去。当下中国文坛的小说作者往往把严格的转述语改造为自由直接话语或者亚自由直接话语，这样就把转述语改造为叙述语或者亚叙述语，以求获得叙述的连贯性，这样既可以保持叙述的线性的一致性，从而呈现作者的风格，也可以免去在叙述语与转述语之间绕来绕去的麻烦。

2011年《小说选刊》第二期发转发了郭文斌的《药王品》，小说中的人物葵生和干娘之间有这样一段对话：

葵生到厨房，给娘说，干娘，年做好了么？娘说，好了。葵生揭起上衣下摆，捉虱子似的从腰里掏出五角钱给娘，我提前来把你看一下，初一我就不来了，我和别人走不到一块。娘推让着，不拿这五角钱。葵生就生气了，干娘你不拿那五角钱，就是看不起干儿。如果你看得起干儿，就拿上，现在干儿没有那么多的，等将来干儿子过好了……娘说，好着呢，一家人只要平平安安吉吉利利，就是好，就是福，这五角钱你拿回去，就当我给改娃的，让他上学买本子吧。葵生说，本子有呢，上次他干爷爷送的还没用完呢。最后葵生竟然无礼到自己动手揭起娘的上衣襟子，把那五角钱装到娘的棉袄口袋里。(40)

散文是叙述语为主体的文体。小说是叙述语+转述语的文体。亚自由直接话语的出现与泛滥，反映了小说向散文靠拢的倾向，这是中国当下文坛不同于世界文坛的新现象。

反之，有些散文家向小说学习，制造了一种小说体的散文形式，在叙述语之外，出现了大量的转述语，却不成功，反而破坏了叙述的连贯性。跨界学习本是值得揄扬的好事，但是跨界如果是邯郸学步自然就愚蠢了。散文作者在汲取小说的写作手法时应该注意两个问题：一是没有纳入情节的繁密描写，二是没有意味的人物塑造。这两个问题我在附录一中关于叙述者的论文里，做了详细阐述，这里不再辞费。

七　当下散文状态

当下我国散文呈现一派繁荣现象。然而，这种繁荣主要体现在数量上，而精品甚少，关于散文的理论也尚待梳理与研究。大致说，有这样几个纠结式的症状：

第一，虚构自我与非虚构自我散文。

从非虚构的角度看虚构自我的散文，这样的散文属于"类散文"。"类散文"主要表现为"类小说"，而在20世纪50年代出现过很多类似通讯报道的散文，或者说是从通讯报道角度创作的散文，所谓"类通讯"的散文。范培松在《散文脉络的玄机》中说：

"工农兵"崇拜成为新中国成立后的"十七年"散文创作的审美主潮。当时许多散文家投身到经济建设中去，"到工厂去""到农村去"成了散文中的时尚口号。散文被通讯同化，流行的散文成为似散文、似通讯、似报告的一种边缘文体，代表的作家和作品有：李若冰的《在勘探的道理上》和《柴达木手记》，这是作者的采访手记，他的足迹遍布酒泉、柴达木、小柴旦、大柴旦、冷户和芒崖等，凝聚成一种戈壁滩的激情，对建设中的平凡的林林总总的工人进行速写素描，富有边塞特色。写边疆的还有碧野的一些散文，如《天山景物记》。另外还有柳青的《一九五五年秋天皇甫村》，秦兆阳的《王永淮》和沙汀的《卢家秀》等，是从各个侧面展现农村的变化。在写工人的建设生活方面还有徐迟的《庆功宴》、魏钢焰的《红桃是怎么开的》和汪受善的《老孟泰的一天》等等，都是一些近似通讯的文学报告。由于作家对他者（"工农兵"）的情感主动与被动的认同，以崇高为美的审美情感也被泛政治化。[41]

这些"类通讯"散文与今天的"类小说"散文有一个重要的区别。前者是政治环境的反映，后者则是商品时代的反映，时代不同作者的心态也不一样。对散文采取虚构小说式样的改造，是为了圈粉吸引读者而哗众取宠，其结果是用一种虚假的真实制造艺术的真实，从而打破了散文的底线。

第二，文学散文与非文学散文。

把实用文体与文学文体的散文混为一谈。有些实用文体的散文由于作者的名望，且在写作水平上与读者接近，因此可以大量吸粉，名人传记之类两大体属于此类读物。由于读者多发行量大，故而出版社也愿意出版，这类作者由此便认为自己的散文是高水平的散文，其实与真正的文学散文相去甚远。然而读者不这么看。他们认为自己喜欢的就是好文章，从而反映了后工业时期的读者以及他们对文学的另类解读。

这是文学散文与非文学散文的纠结。然而，即便是所谓纯粹的文学散文范畴，也并不是铁板一块。文学类的散文大体可以分为：精英散文（创新的文学或文化），大众散文（故事、生活、休闲）以及处于生活与文学之间，以虚假的第一人称为标识的心灵鸡汤散文（读者主要是年轻人，给他们安慰、鼓励、怡情）。精英散文与大众散文并没有截然分界，优秀的大众散文，比如台湾三毛的散文属于大众散文，但也是优秀散文。

那么，什么是优秀的散文呢？

优秀的散文应该具备三个特征，即亲和力、感染力与震撼力。亲和力就是亲切而温暖；感染力就是感化与影响；震撼力就是强烈的冲击，使读者的精神与情绪发生剧烈波动。无论何"力"，都要具有情感、想象、文化、修辞、意境等，至少作者的水准要高于普通读者的接受与欣赏水平，但是这个高度不是无限的，而是有限的，一般来说，你的作品如果比读者水平高一点，读者踮起脚尖儿可以够到，你的读者就会佩服你，认为你的作品是高水平；但是，如果超出这个高度，超出读者的认知与欣赏水准，距离时代太远了，则不会被读者接受，陶渊明、杜甫的诗歌在生前并不被重视，只是在故后才获得应有的，杜老夫子所说的"千秋万岁名"[42]，其原因就在于此。不是时代抛弃了他们，而是他们抛弃了时代，时代与他们的距离太遥远了，只有在若干年以后，时代才能赶上他们，方将他们早应获得的荣誉颁布给他们。所谓"阳春白雪，和者甚寡"就是这个道理，这是一个无奈而残酷的传播学规律。

● 注释

（1）王彬主编：《中华文学经典·散文》，中国社会出版社2004年版，第159页。

（2）王彬主编：《中华文学经典·散文》，中国社会出版社2004年版，第159页。

（3）王彬主编：《中华文学经典·散文》，中国社会出版社2004年版，第159页。

（4）王彬主编：《中华文学经典·散文》，中国社会出版社2004年版，第159页。

（5）〔梁〕刘勰著、范文澜注：《文心雕龙注》，人民文学出版社1978年版,第66页。

(6)〔宋〕罗大经:《鹤林玉露》,上海古籍出版社2012年版,第164页。

(7)周作人:《谈虎集》,上海书店1987年版,第41—43页。

(8)鲁迅:《鲁迅全集》第13卷,人民文学出版社1973年版,第164—165页。

(9)鲁迅:《鲁迅全集》第13卷,人民文学出版社1973年版,第165页。

(10)俞元桂、姚春树、王耀辉、汪文顶选编:《中国现代散文理论》,广西人民出版社1984年版,第441—442页。

(11)俞元桂、姚春树、王耀辉、汪文顶选编:《中国现代散文理论》,广西人民出版社1984年版,第443页。

(12)俞元桂、姚春树、王耀辉、汪文顶选编:《中国现代散文理论》,广西人民出版社1984年版,第120页。

(13)俞元桂、姚春树、王耀辉、汪文顶选编:《中国现代散文理论》,广西人民出版社1984年版,第157页。

(14)俞元桂、姚春树、王耀辉、汪文顶选编:《中国现代散文理论》,广西人民出版社1984年版,第446—447页。

（15）俞元桂、姚春树、王耀辉、汪文顶选编：《中国现代散文理论》，广西人民出版社1984年版，第449页。

（16）俞元桂、姚春树、王耀辉、汪文顶选编：《中国现代散文理论》，广西人民出版社1984年版，第451页。

（17）俞元桂、姚春树、王耀辉、汪文顶选编：《中国现代散文理论》，广西人民出版社1984年版，第451页。

（18）张恨水：《绿了芭蕉》，江苏文艺出版社2005年版，第169页。

（19）张恨水：《绿了芭蕉》，江苏文艺出版社2005年版，第171页。

（20）王彬主编：《中华文学经典·散文》，中国社会出版社2004年版，第742页。

（21）王彬主编：《中华文学经典·散文》，中国社会出版社2004年版，第744页。

（22）王彬主编：《中华文学经典·散文》，中国社会出版社2004年版，第744页。

（23）俞元桂、姚春树、王耀辉、汪文顶选编：《中国现代散文理论》，广西人民出版社1984年版，第471页。

（24）俞元桂、姚春树、王耀辉、汪文顶选编：《中国现代散文理论》，广西人民出版社1984年版，第139页。

（25）俞元桂、姚春树、王耀辉、汪文顶选编：《中国现代散文理论》，广西人民出版社1984年版，第472页。

（26）俞元桂、姚春树、王耀辉、汪文顶选编：《中国现代散文理论》，广西人民出版社1984年版，第472页。

（27）俞元桂、姚春树、王耀辉、汪文顶选编：《中国现代散文理论》，广西人民出版社1984年版，第121页。

（28）王彬主编：《中华文学经典·散文》，中国社会出版社2004年版，第357页。

（29）鲁迅：《鲁迅全集》第2卷，人民文学出版社1981年版，第230页。

（30）〔清〕浦起龙：《读杜心解》卷五之三，中华书局1978年版，第761页。

（31）〔宋〕罗大经：《鹤林玉露》，上海古籍出版社2012年版，第164页。

（32）〔宋〕黄庭坚著、〔宋〕任渊、史容、史季温注：《山谷诗集注》，上海古籍出版社2003年版，第42页。

（33）〔唐〕李商隐著、〔清〕冯浩笺注：《玉溪生诗集笺注》卷二，上海古籍出版社1979年版，第354页。

（34）〔清〕浦起龙：《读杜心解》卷五之三，中华书局1978年版，第728页。

（35）三毛：《温柔的夜》，中国友谊出版公司1985年版，第115页。

（36）三毛：《温柔的夜》，中国友谊出版公司1985年版，第118页。

（37）三毛：《温柔的夜》，中国友谊出版公司1985年版，第127—128页。

（38）三毛：《温柔的夜》，中国友谊出版公司1985年版，第128页。

（39）三毛：《温柔的夜》，中国友谊出版公司1985年版，第129页。

（40）郭文斌：《药王品》，《小说选刊》2011年第2期，第149页。

（41）范培松：《散文脉络的玄机》，广东人民出版社2016年版，第246页。

（42）〔清〕浦起龙：《读杜心解》卷一之二，中华书局1978年版，第65页。

第二讲　叙事

有些人有一种错觉，似乎散文不需要什么技法，小说需要情节、结构、形象等，写起来比较难，因此需要技法，散文则不需要，只要把自己的话写出来就可以了。举凡用笔写出来、用手指在键盘上敲出来的散行文字都是散文，下笔成文嘛！但是，这种说法其实是混淆了两种文体，即生活文体与文学文体。我们在日常生活中，写出来的文字一般而言属于生活文体，与文学无关，只有极其少数的文字有可能进入文学行列。

散文属于叙事学的研究范畴，叙事学是20世纪60年代在法国出现的一个学派，主要研究小说的叙事方法，后来由小说延展到有关的叙事作品，包括影视、戏剧，都可以用叙事学来分析，我们在日常生活中看到的一些影片，总觉得有什么缺陷，这个缺陷往往是叙事方法出问题了，比如冯小刚的《芳华》，我们看着有些别扭，原因是这部电影以"我"的视角讲述文工团员的故事,讲述者的名字我忘记了,既然是以一个人的视角谛视这个文工团,那你所看到的当然只能是一个局限的视角,就比如说我在屋子里看外面的景色,我只能透过窗口看,但窗口是有限制的,许多景色我看不到,从叙事学来讲,看不到的不应该讲述,你没有看到怎么能讲述呢?冯小刚这部电影的问题就出在这儿了。叙事者是单独的一个人,但是却出现了不应该描写的现象,这就出现了矛盾,出现了另外一个视角,出现了一个全知的视角,所谓上帝的视角,是这个道理吧?任何一部影片,包括小说,如果采取第一人称视角的话,肯定是一个限制视角,任何一个限制视角是不可能百分之百一贯到底的,必然要出现很多缺口,那么这个缺口往往是由上帝这个视角,全知视角来弥补,这就是叙事陷阱。

冯不是科班出身,他是学美术画海报的美工,我在鲁院办过影视班,有一次我们请北影的一个姓王的老师讲课,他是教舞美的老师,他说说来惭愧,冯小刚原来给我打工,现在我儿子给他打工,他意思是说不要小看任何一个人,今天可能是他找你办事,明天很可能人家就自立门户了。但是不管怎么说,冯虽然是个人物,这部电影还是出现了叙事破绽。当然,这是行家看,普通观众不看这些叙事技法,观众看得画面很好,很感人,这就够了。但是作为导演,不能仅考虑视觉效果和观众情感,你还要是把它作为一个艺术品,至少作为一个工艺品来进行推敲、打磨,尽量少发生叙事破绽,总是应该的吧!

散文也是叙事作品,它的叙事方法是什么?我们今天做些简单分析。叙述者就是讲故事的人,散文中也有叙述者,小说的叙述者是虚构的叙述者,而散文作者本身就是叙述者,因为小说的叙述者是虚构的,所以小说可以虚构,散文作者本身就是叙述者,怎么能够虚构?作者怎么能虚构自己?所以散文不应该虚构,这是一个非常简单的逻辑,是小说和散文的根本区别。比如,鲁迅的短篇小说《孔乙己》,讲故事的人是小伙计,小伙计是鲁迅虚构的讲述者。鲁迅的散文《父亲的病》,讲述爸爸临终之前的病象;《藤野先生》,鲁迅的老师藤野,鲁迅与藤野的交往,都是很真实的,都是作者(也就是叙述者)讲述自己的经历,不存在虚构。叙述者的虚构与不虚构是小说与散文的根本区别。

一 显身的叙述者

叙述者有若干形态,一是显身的叙述者,作者以第一人称的面目直接出来进行叙述,比如叶绍钧的《五卅一日急雨中》,在《叶圣陶散文选》中作《五月三十一日急雨中》。我上中学时的课本中收有这篇文章,叙述五卅那天,在上海租界,洋人开枪打死十个中国人。五卅,即5月30日,这天发生了大惨案。次日,作者再去那里,文中写道:"从车上跨下,急雨如恶魔的乱箭,立刻打湿了我的长衫。满腔的愤怒,头颅似乎带着紧紧的铁箍,我走,我奋急地走。"[1]这块土地上浸泡着中国人的血,血灌溉着,血滋润着,"我注视这块土,全神地注视着,其余什么都不见了,仿佛自己整个儿躯体已经溶化在里头"[2]。我们再读:"抬起眼睛,那边站着两个巡捕:手枪在他们腰间;泛红的脸上的肉,深深的颊纹刻在嘴的周围,黄色的睫毛下闪着绿光,似乎在那里狞笑。"[3]"手枪,是你吗?似乎在那里狞笑着的,是你吗?"[4]"我满腔的愤怒。再有露胸朋友那样的话在路上吧?我向前走去。依然是满街恶魔的乱箭似的急雨。"[5]作者也就是叙述者在文中显身而出,作者在这里采取了第一人称,将我的目睹,我的记忆,我的思索,我的愤怒喷薄而出,这是一篇非常好的散文,而且是很有历史记忆的一篇散文,我们可以感到作者的怒火,如同火山喷出的岩浆炙烤作者,也炙烤着读者的心。在上海南京西路西口有一座不大的广场,就是纪念五卅运动的,我记得纪念碑上有陈云与陆定一同志的题词:陈云题写碑名。陆定一题写碑文。

再比如南北朝时期庾信的《小园赋》,非常著名的一篇文章,其中写道:

若夫一枝之上,巢夫得安巢之所;一壶之中,壶公有容身之地。况乎管宁藜床，虽穿而可座；嵇康锻灶，既暖而堪眠。岂必连闼洞房，南阳樊重之第；赤墀青琐，西汉王根之宅。余有数亩弊庐，寂寞人外，聊以拟伏腊，聊以避风霜。（6）

"余有数亩弊庐"，也是第一人称的叙述方式，这是散文最常见的叙述方式。我所见，我所思，我笔写我心，我的愤怒，我的欢愉，这是常用的写法。

还有第二人称，是作者写给自己，你"如何如何"，有人称其为独语体，独自言语的独语体，我举个例子，林徽因我们都很熟悉，林徽因很漂亮，很多男人追求她，然而世间只有一个林徽因，却有N个徐志摩、金岳霖，这是很无奈的事情。徐志摩为她和张幼仪离婚，金岳霖为她终身未娶，后来她的儿子照顾晚年的金岳霖，好像是梁从诫，我记不太清楚了，林徽因是北京培华女中的毕业学生，咱们都是中学老师，有知道培华女中历史情况的吗？我到网上查过，就没有查到下文，历史上很清楚，是英国教会办的培华女中，还有两张照片，就是12岁的林徽因和同学在一起的照片，校服非常漂亮，我看很多网上就说你看民国时候的校服如何如何，你看现在这个校服如何如何，感叹一番，培华女中最著名的就是培养了民国女神林徽因。但是这个培华女中后来怎么样？查不到资料了，哪位老师们有兴趣，可以追踪一下，我给原来西城教委的一个领导打电话，询问培华女中，现在叫什么学校？被哪个学校合并了，他说我真不知道,还说我得给你查查,到现在都没告诉我,希望大家再查一查。我后来在网上查到原来的宣武区有一家培华女中,似乎是私立民办的学校,不知与民国时期的培华女中有什么关系。

林徽因写过这么一篇散文,我读一下,题目是《蛛丝和梅花》,蛛丝就是蜘蛛的丝,写得很漂亮,我读一读,这是民国体的散文:

真真地就是那么两根蛛丝,由门框边轻轻地牵到一枝梅花上。就是那么两根细丝,迎着太阳光发亮……再多了,那还像样么。一个摩登家庭如何能容蛛网在光天白日里作怪,管它有多美丽,多玄妙,多细致,够你对着它联想到一切自然,造物的神工和不可思议处;这两根丝本来就该使人脸红,且在冬天够多特别!可是亮亮的,细细的,倒有点像银,也有点像玻璃制的细丝,委实不算讨厌,尤其是它们那么洒脱风雅,偏偏那样有意无意地斜着搭在梅花的枝梢上。

你向着那丝看,冬天的太阳照满了屋内,窗明几净每朵含苞的,开透的,半开的梅花在那里挺秀吐香,情绪不禁迷茫缥缈地充溢心胸,在那刹那的时间中振荡。同蛛丝一样的细弱,和不必需,思想开始抛引出去:由过去牵到将来,意识的,非意识的,由门框梅花牵出宇宙,浮云沧波踪迹不定。是人性，艺术，还是哲学，你也无暇计较，你不能制止你情绪的充溢，思想的驰骋，蛛丝梅花竟然是瞬息可以千里！

好比你是蜘蛛，你的周围也有你自织的蛛网，细致地牵引着天地，不怕多少次风雨来吹断它，你不会停止了这生命上基本的活动。

……

此外年龄还有尺寸，一样是愁，却跃跃似喜，十六岁时的，微风零乱，不颓废，不空虚，踮着理想的脚充满希望，东方和西方却一样。人老了脉脉烟雨，愁吟或牢骚多折损诗的活泼。[7]

她为什么这么写？诸位，想过没有？她为什么没有用我来写，为什么用"你"这个角度来写？为什么换了一种人称？换了一种叙述角度？让我们想想这个问题。我觉得，这里边有她的自述的问题，两根蛛丝飘在梅花上这很正常，但是我很奇怪，她写这个文章时间应该是在北京，她应该是住在北京时写的这篇文章，但是北京那个时候冬天会有梅花吗？这个也一时说不清，我记得旧时读《红楼梦》，有宝玉去妙玉的栊翠庵折红梅的情节，很多专家认为不对，这不是写北京，北京没有这么多梅花，冬天也没有梅花，北京只有蜡梅，蜡梅只有初春时才开。

但是世事变化快，前年我在微信上看到很多梅花的照片，我问发来微信的友人，他说是在鲁院照的，后来我留心了一下，回鲁院讲课时找他照梅花的地方，还真有个梅林，有各种各样的梅花，有人面桃花梅花，还有桃花梅花等十几个品种，过去说北京没有梅花？怎么现在北京出来梅花了？我到现在还没想明白。但是，林徽因的梅花后来我弄清楚了，我查到一张照片，是在林徽因的客厅里，靠门口的位置上有一株栽种在花盆里的梅花，不是室外的梅花。

林徽因跟徐志摩的关系，我在这儿讲一下，她跟徐志摩认识是因为她爸爸，她爸爸是北洋政府的一个高官，1919年把巴黎和会文件透露出来，反对把原来德国在山东的一切权益让给日本，成为五四运动的导火索而被迫下野。1925年参与反奉失败，被流弹击中而亡。这是后话。1920年4月，林徽因随父亲游历欧洲。旅欧期间有两个人对她有影响，一是在伦敦租房期间，房东是个女建筑师，她受到启发从而引起了对建筑的兴趣，这是她从事建筑的起因，否则她为什么要学习建筑呢？她后来去美国读建筑学，人家不收，说建筑这个科不收女生，她就改了别的科，但她还是旁听建筑，最后还是做了建筑师，在伦敦的那个女房东对她是有影响的。还有她认识了徐志摩，我算了一下，她那年正好16岁，徐志摩已经是有妻室的人了，而林徽因还是少女，徐志摩追求她，而林徽因是懵懂初恋，所以她文章里这么写。16岁时，微风凌乱，不颓废，不空虚，踮着理想的脚充满希望，这个应该是有历史上她的痕迹的。

再看前边这句话，这不是初恋，是未恋，正自觉解看花意的时代。情绪的不同，不只是男子和女子有分别，东方和西方也有差异。所以她这篇文章，应该是有象征性的，用两根蛛丝来写她的一种心态，比如她与金岳霖是邻居，金岳霖也在追求她。她是向自己倾诉情感，倾诉苦闷，这是她自己心态的一种反映，她没有用我怎么怎么样，我们换一种角度想想，如果不用你，你怎么样，用我怎么样怎么写？会有一种什么样的感觉？是不是？所以从人称的角度考虑，是很有意思的，作为一个散文家，首先要把叙述问题弄清楚，我这个题材适合采取什么样的叙述者，不要上来就是"我"，那太简单了。选择叙述者本身就是一种艺术。有的作家有时候很牛，我不学理论，我从来不读理论书，其实是很糊涂的。任何一个作家都要读文学作品，这种学习是一种潜移默化的学习，可能不是一种有意识的学习，你可能摸索了多少年，读了多少书，慢慢总结出一些你的叙述法则来。那么，理论家把这些多少年的，从文本到理论总结出来，通过课讲出来，不是节约了你很多时间吗？人家多少年悟出一个道理，通过课讲出来，你一下子接受了，不是好事吗？

文学固然不能教你生活，也不能教你阅历，那是你个人的事，但是文学可以把一些基本法则，通过老师讲出来，老师讲的也可能是书本上没有的，是老师自己独特的一种创新，好的老师就是把自己创新教给学生，如同你们一样，你们给学生上课，肯定要讲基本法则和基本原则，同时也把你们的认知与新理论教给学生，学生自然受益无穷，道理是一样的。总之，我们应该学点新理论，散文写作也是这个道理，不懂理论有时也可以写得好，但那是一种浑浑噩噩的写作，不是一种清清爽爽的写作。这个我们不说了。

还有第三人称，他，或者散文中的人物，我记得昨天讲的余光中的《听听那冷雨》，这是写得非常棒的一篇散文，充满了尖锐的文学感觉，余光中是从大陆去台湾的，在他的心底涌动对大陆思念，他的思索和他的伤感：

这样想时，严寒里竟有一点温暖的感觉了。这样想时，他希望这些狭长的巷子永远延伸下去，他的思路也可以延伸下去，不是金门街到厦门街，而是金门到厦门。他是厦门人，至少是广义的厦门人，二十年来，不住在厦门，住在厦门街，算是嘲弄吧，也算是安慰。不过说到广义，他同样也是广义的江南人，常州人，南京人，川娃儿，五陵少年。杏花春雨江南，那是他的少年时代了。再过半个月就是清明。安东尼奥尼的镜头摇过去，摇过去又摇过来。残山剩水犹如是，皇天后土犹如是。纭纭黔首纷纷黎民从北到南犹如是。那里面是中国吗？那里面当然还是中国永远是中国。只是杏花春雨已不再，牧童遥指已不再，剑门细雨渭城轻尘也都已不再。然则他日思夜梦的那片土地，究竟在哪里呢？

……

正如马车的时代去后，三轮车的时代也去了。曾经在雨夜，三轮车的油布篷挂起，送她回家的途中，篷里世界小得多可爱，而且躲在警察的辖区以外，雨衣的口袋越大越好，盛得下他的一只手里握一只纤纤的手。台湾的雨季这么长，该有人发明一种宽宽的双人雨衣，一人分穿一只袖子，此外的部分就不必分得太苛。而无论工业如何发达，一时似乎还废不了雨伞，只要雨不倾盆，风不横吹，撑一把伞在雨中仍不失古典的韵味。(8)

这是第三人称，我们换一个人称，如果把"他"去掉，换成"我"怎样？感觉如何？味道大变。这就是人称的魅力。

所以，作家要首先选择人称，我从什么角度讲这个事情，第一人称、第二人称还是第三人称，当然第三人称也可以是人物，比如说苏轼的《前赤壁赋》："壬戌之秋，七月既望，苏子与客泛舟游于赤壁之下。"(9)

二 隐身的叙述者

还有隐身的叙述者,叙述者似乎隐藏起来,《春》我们课本上有吧,那里面有叙述者吗?我们回忆一下,没有吧,这是把叙述者藏起来了,隐身起来。我再举个例子,比如杨绛的《风》,杨绛我们都很熟悉,著名的文化学者,也是优秀的散文家。

为什么天地这般复杂地把风约束在中间?硬的东西把它挡住,软的东西把它牵绕住。不管它怎样猛烈地吹;吹过遮天的山峰,摆脱缭绕的树林,扫过辽阔的海洋,终逃不到天地以外去。或者为此,风一辈子不能平静,和人的感情一样。

也许最平静的风,还是拂拂微风。果然纹风不动,不是平静,却是酝酿风暴了。蒸闷的暑天,风重重地把天压低了一半,树梢头的小叶子都沉沉垂着,风一丝不动,可是何曾平静呢?风的力量,已经可以预先觉到,好像蹲伏的猛兽,不在睡觉,正要纵身远跳。只有拂拂微风最平静,没有东西去阻挠它;树叶儿由它撩拨,杨柳顺着它弯腰,花儿草儿都随它俯仰,门里窗里任它出进,轻云附着它浮动,水面被它偎着,也柔和地让它搓揉。随着早晚的温凉、四季的寒暖,一阵微风,像那悠远轻淡的情感,使天地浮现出忧喜不同的颜色。有时候一阵风是这般轻快,这般高兴,顽皮似的一路拍打拨弄。有时候淡淡的带些清愁，有时候润润的带些温柔；有时候亢奋，有时候凄凉。谁说天地无情？它只微微的笑，轻轻的叹息，只许抑制着风拂拂吹动。因为一放松，天地便主持不住。(10)

在文中我们见不到的叙述者，叙述者隐藏起来了，这就是隐身的叙述者。为什么叙述者不出现？对作者而言当然是有考虑的，杨绛在这里的叙述属于景物描写，笔下的对象是自然界的风，而风是一种客观存在。我做个比喻，西方人习画讲究先画静物，画静物之前先画石膏模型，西方人是这么教的。中国人绘画，没有石膏模型，也不会这么做。我参观过一次油画和国画联展，一到画静物的时候，中国的国画跟西方的，虽然都是中国人画的，但是国画中的静物，和西画中的静物就有差距。我当时想，那个用西法画静物的画家，如果聪明的话，改行画国画风格中的静物，他一定会很快脱颖而出。作为一种静物描写，画家不介入，写生的对象是主角，给我的视觉效果，是通过静止的事物表现出来的。有些作家，描写景物的时候，也采取了静止的写法，仿佛画家画静物的手法，这样做是好还是不好呢？关键是你怎么用，用于何处。比如，杨绛这篇散文描写风，她没有介入，采取了隐身的办法。目前有些作家，散文写得很长，下笔万言，上来就是一大堆与情节无关的景物描写，如同画家笔下的静物，对这样的描写读者根本就不看，原因是你的景物描写是静止的，与事件本身关系不大或者根本没有任何关系。西方小说过去也有这么写的，19世纪法国巴尔扎克的《猫打球商店》，说是在巴黎的什么街上，有一家老店铺，之后便是大段关于店铺的描写，说这家店铺是木结构的，木结构因为时间长了，出现了很多各式各样的裂缝而古怪得很，这段描写在中译本中大概占有四页篇幅，非常冗长，然后写到街角上站了一个年轻人，凝望这家店铺的窗户，窗户里面有个小姑娘如何如何，这才开始进入故事。

  这是西方19世纪小说的景物描写，现在基本没有人这么写了，我们现在读小说，能读到这样的东西吗？但是在当下文坛的散文中，大量充斥着这样的东西，把小说中遗弃的写法捡起来放在篮子里当宝贝，写得又长又细腻又华丽，但是跟后面的事件没有什么关系，这就愚蠢了。我们再回到叙述者，叙述者的隐身问题，我们读海明威的小说《杀人者》，这是海明威的一个的短篇小说，两个人来到一家餐馆，两个侍应生招待他们，来人就问谁谁住在这条街上吗？我们准备找他去，如何如何。小说写得非常好，非常有味，没有叙述者的身影，是真的没有叙述者吗？当然是假的，叙述者在这里隐身，好像不存在了。没有叙述者的小说当然是不存在的，没有叙述者的小说怎么可能写出来呢？无论是小说还是散文，叙述者都是由作者创造的，既可以显身也可以隐身，显身的有第一人称、第二人称和第三人称，这是我们写散文的一个基本原则，你根据你的材料,你的情感,你的对象来决定你的叙述者采取什么形式,不要什么都是第一叙述者,什么都要现身,我们要灵活一点,处理好这个问题,这是一个基本的叙事法则。

三 叙述者解构

第三个问题,叙述者解构,何谓解构?解构,就是分解、裂变,原有的结构分解为一个新的结构,解构是后现代艺术家喜欢使用的一个词语,现在用得很普遍,常态化了。第一重解构是单数解构为复数,我解构为我们,这个我们经常用,我和我们混用,不再举例了。第二重解构是第三人称解构为第一人称,比如欧阳修的《秋声赋》:

欧阳子方夜读书,闻有声自西南来者,悚然而听之,曰:"异哉!"初淅沥以萧飒,忽奔腾而砰湃,如波涛夜惊,风雨骤至。其触于物也,鏦鏦铮铮,金铁皆鸣;又如赴敌之兵,衔枚疾走,不闻号令,但闻人马之行声。予谓童子:"此何声也?汝出视之。"童子曰:"星月皎洁,明河在天,四无人声,声在树间。"

予曰:"噫嘻悲哉!此秋声也,胡为而来哉?"[11]

"欧阳子"[12]属于第三人称,予谓童子:"此何声也?汝出视之。"[13]"予"[14]即我,这是第一人称。之后是童子曰:"星月皎洁,明河在天,四无人声,声在树间。"[15]童子属于第三人称,随后又是予曰:"噫嘻悲哉!此秋声也,胡为而来哉?"[16]"予"是第一人陈,从第三人称又回到第一人称。这段引述的文字不过160个字,篇幅短之又短,但在人称的运用上却变化多端,从第三人称"欧阳子"到第一人称"予",再回第三人称"童子",之后再度回到第一人称"予"。叙述者在第一人称与第三人称之间转来换去,从而做出不呆板、不呆滞的效果,叙述者十分活泼。这是古人的写法。

我们再看三毛的《秋恋》,她在第一段说,她坐在拉丁区一家小咖啡室里望着窗外出神,风吹扫着人行道上的落叶,"秋天来了,来法国快两年了,这是她的第二个秋,她奇怪为什么今天那些风,那些落叶会叫人忍不住落泪,想父亲那些语不成声的叮咛……"[17]。然后她如何如何,讲述她在咖啡馆里的一段经历,到了结尾,"她"变成了"我","我亲爱的朋友,若是那天夜里你经过巴黎拉丁区的一座小楼房,你会看见,一对青年恋人在那么忧伤忘情地吻着,拥抱着,就好像明天他们不再见了一样。"[18]"她"变成"我"了,从第三人称变成第一人称了,大家有兴趣可以读读这篇文章。《秋恋》这篇文章,就是叙述者从第三人称解构为第一人称,古人这么做，今人也这么做。还有一种做法是第二人称解构为第一人称，这就说到徐志摩的《翡冷翠山居闲话》，在你、我与我们之间转动，翡冷翠是佛罗伦萨，佛罗伦萨去过吧？没去过，那你们应该去，我去过，那儿确实漂亮，一个是景色漂亮，另外一个是人文景观好。其中有一处但丁故居，按照我们中国保护故居的办法，你得立个牌子，门口写着某某人，某年到某年住在这儿，这牌子也可能是铜牌，也可能是汉白玉的，把那墙打一洞，把汉白玉镶在墙壁上，这很常见。意大利人绝对不会这么做，你要是这么做就是破坏文物，因为但丁住的时候没有这牌子，也不会出现故居这字眼。要原汁原味保护。怎么做呢？在隔壁的墙上，他的楼是个拐弯的楼，凸出来的楼是但丁的宅子，凹进去的那个楼不是他的宅子，在凹进去的那个楼的楼顶上挂一个旗子，写上文字，指着但丁故居的方向，然后在中间的广场上，两楼之间有一个凹字形的小广场，有一个但丁的雕像，汉白玉雕像。我觉得这是真正的保护，一点不破坏原来的环境和建筑样子，我们这种挂牌保护的形式则多少带有破坏性。

我当初给首都师范大学文化研究院做过名人故居保护的调研，后来这个调研被送到市里，领导很重视，责成北京市文物局答复，答复那天也请我过去了，答复得非常周到。后来我问他们一个问题，说北京有一处名人故居，顾太清我们熟悉吧？清代有两个著名词人，一个是纳兰性德，那是男性，另一个是顾太清。顾太清是女性,清代最伟大的女词人,她有一个宅子在房山,那个宅子当时是"京煤集团"炸药库的一部分,20世纪50年代被炸过一次,后来就搬到河北去了,但是北京搞建筑又需要炸药,所以又迁回来了。我去看顾太清那个宅子,也就是故居了,原来很漂亮,但是颓败了不修也不成了,文物局局长当时答复,说已经介入这个事了,与"京煤集团"合作,把它保护起来,拨给他们9000多万元,差几块钱不到一个亿。后来我再去房山那个地方看,他们说钱已到位开始修缮了,这是个好事,到现在也没修完,因为古建修起来很烦琐。

我再说一个非常荒唐的事,纪晓岚故居我们都去过吧。两广路拓宽时,把纪晓岚故居的大门与前院拆掉了,晋阳饭庄的楼原来也是纪晓岚故居的一部分,故居过去分成三路,很大的,现在就是中间的两层房子了,尤其不能容忍的是,有一段时间在院子里搁着一个少女的石头雕像,有一块说明牌说这个人物是杜小月,我一看就愣了,牌子上写道:杜小月原来与纪晓岚相爱,但是杜小月是他们家的婢女,纪晓岚是少爷,二人身份悬殊,恋爱不成,最后杜小月抑郁而终。这太可怕了,通过虚构故事吸引游客,文物是这么保护的吗?我写了一个材料送给有关单位,把那个雕像撤掉了。没有文化到这种程度,真的很可怕,这说得远了,我们再说徐志摩。

我们看徐志摩的《翡冷翠山居闲话》，请这位学员朗读：

在这里出门散步去，上山或是下山，在一个晴好的五月的向晚，正像是去赴一个美的宴会，比如去一果子园，那边每株树上都是满挂着诗情最秀逸的果实，假如你单是站着看还不满意时，只要你一伸手就可以采取，可以恣尝鲜味，足够你性灵的迷醉。阳光正好暖和，决不过暖；风息是温驯的，而且往往因为他是从繁花的山林里吹度过来他带来一股幽远的澹香，连着一息滋润的水汽，摩挲着你的颜面，轻绕着你的肩腰，就这单纯的呼吸已是无穷的愉快；空气总是明净的，近谷内不生烟，远山上不起霭，那美秀风景全部正像画片似的展露在你的眼前，供你闲暇的鉴赏。[19]

第二人称，我们再看：

但最要紧的是穿上你最旧的旧鞋，别管他模样不佳，他们是顶可爱的好友，他们承着你的体重却不叫你记起你还有一双脚在你的底下。

这样的玩顶好是不要约伴，我竟想严格的取缔，只许你独身；因为有了伴多少总得叫你分心，尤其是年轻的女伴，那是最危险最专制不过的旅伴，你应得躲避她像你躲避青草里一条美丽的花蛇！平常我们从自己家里走到朋友的家里，或是我们执事的地方，那无非是在同一个大牢里从一间狱室移到另一间狱室去，拘束永远跟着我们，自由永远寻不到我们；但在这春夏间美秀的山中或乡间你要是有机会独身闲逛时，那才是你福星高照的时候，那才是你实际领受，亲口尝味，自由与自在的时候，那才是你肉体与灵魂行动一致的时候；朋友们，我们多长一岁年纪往往只是加重我们头上的枷，加紧我们脚胫上的链，我们见小孩子在草里在沙堆里在浅水里打滚作乐，或是看见小猫追他自己的尾巴，何尝没有羡慕的时候，但我们的枷，我们的链永远是制定我们行动的上司！[20]

我做过一个统计，《翡冷翠山居闲话》全文用了55个你，同时又采用了第一人称我、我们。作者在你、我、我们之间相互扭动、反转、变化，徐志摩为什么这么做？诸位，为什么这么做？我们读读这句话，分析一下："你才知道灵魂的愉快是怎样的，单是活着的快乐是怎样的，单就呼吸单就走道单就张眼看耸耳听的幸福是怎样的。因此你得严格的为己，极端的自私，只许你，体魄与性灵，与自然同在一个脉搏里跳动，同在一个音波里起伏，同在一个神奇的宇宙里自得。我们浑朴的天真是像含羞草似的娇柔，一经同伴的抵触，他就卷了起来，但在澄静的日光下，和风中，他的姿态是自然的，他的生活是无阻碍的。"刚才我们不是说过吗？这是一种独语体散文，是作家写给自己的，写给自己的一种独语体，不是写给你们大家的，不是写给旁人的，而是写给自己的，但是到了他控制不住的时候，他突然崩裂出来了，从你变成我们，你才知道灵魂的愉快是怎样的，我们浑朴的天真像含羞草似的娇柔，一经同伴的抵触，他就卷起来了，他这种变化是根据他的情绪在变化，这个人称是根据作家笔下的情绪的波动而发生变化。

　　写这篇文章的时候，正是他和陆小曼谈恋爱的时候，陆小曼是他的一个同学的老婆，同学叫王庚，这多说两句。1925年，徐志摩28岁，他在那时候跟王庚的老婆陆小曼有了感情纠葛，他要求陆小曼离开王庚，他也离开北京躲避风头，躲到哪儿呢？去欧洲旅游了，旅游地之一是佛罗伦萨。他这种情绪的波动，我们可以想象，恋爱时这种波动，而且处于三角恋爱这么一个情绪的波动，而这个人又是诗人，这种感情比我们普通人的感觉可能更要丰富，感情更难以抑制，他是以这么一种情绪在创作这篇作品。关于陆小曼，我查了资料，她是1910年在北京师范大学附属小学，即今之北京实验一小读书，她的丈夫王庚在北京安定中学读书，也是北京人，安定中学我们知道现在是什么中学吗？我记得郊区有个安定中学，但这是城区里的。王庚和徐志摩都是梁启超的学生，王庚还是个将军，是个武人，对女人可能不那么温柔。陆小曼说想出去玩，王庚说你自己玩去吧，让我同学徐志摩陪你玩去吧，这一陪就坏了，最后不可开交。王庚是美国西点军校毕业的学生，他有个同学是艾森豪威尔,做过美国总统,王庚很大度好聚好散,但毕竟有些纠葛在里头。徐志摩这时候离开了陆小曼,回避风头,去欧洲旅游,并不是独身,带着他的前妻张幼仪,还有两个英国女伴一起去,所以他文章中写:你最好不要怎么怎么样,不要带着游伴如何如何,他是有所指的。

所以我们读一篇文章一定要知人论世,明白了写作背景与人物关系,才能明白这篇文章说的是什么,可是我们往往不是知人论世。忘记了孟夫子的教导,孟夫子说得很棒,一是以意逆志,二是知人论世,这是我们传统美学在今天依然要袭用的观点,比如我们分析林徽因的散文,分析徐志摩的散文,他为什么用第一人称?为什么用第二人称?等等,为什么在第一人称和第二人称之间来回游动,从而进行解构?如果不了解他这篇文章的写作背景,你就很难理解,你只能从字面分析,他这儿发生了解构,他为什么解构?他的深层含义是什么?这就需要我们作为研究者,作为读者,真正能读透徐志摩这篇文章,他是用怎么一种心态的创作的散文。所以我们如果写散文,也要根据我们的心态来指定叙述者的人称,包括他的解构,在需要第一人称变成第二人称,或者第二人称变成第三人称,第三人称变成第一人称的时候,我们一定要进行解构,这样的散文才精致,否则在情绪发生变化的时候不发生变化,那就很傻,这正好是你炫技的机会来了,你看徐志摩是如何炫技的,55个"你",但是在关键时候又变成"我",在关键时候再变成"我们",炫技了,细细想想你得佩服人家,徐志摩就是大诗人、大作家,今天我们还佩服他,就是这个道理。

所以我们写散文,千万不要马虎,话说完就完了,我笔写我心是没错的,但是要有技术含量。现在散文大多无技术含量,包括得奖作品,你问他有什么技术含量吗?可能给他评奖的评委本身就没有技术含量,这就很可怕,我们的很多评奖作品大家都不认可,包括鲁奖,许多作品大家都不认可,为什么?获奖作品的艺术水准不高。评奖其实是在评两方面,一是作者和他的作品,你得不得鲁奖,得不得茅奖,或者得不得诺奖,另外反过来也是评评委,你的水平怎么样?低水平评委绝对评不出高水平作品,因为他没有那个欣赏水平;那么,反过来高水平的评委当然也不会评出低水平的作品来,现在的问题就在于低水平的人往往做评委,这才是可怕的。

文学作品是这样,影视作品也是如此。在后工业时期,商业时代,大众文化高涨,精英文化低迷,但是没有办法。我们看电影,比如看《风华》,看《让子弹飞》,还有《战狼》,有什么技术含量吗?但是我们为什么愿意看?因为它有故事,故事很新鲜,或者正好符合当时的社会热点,比如《战狼》,正好是中印对峙,民族情绪高涨的时期,这时候《战狼》出来了,正好满足了大家这种心情,就是说正好契合了社会热点,好像是票房收入53个亿,还是56个亿啊,这一出来过去的大导全不说话了，冯小刚吹嘘的票房保障，也不说话了。但是，这只是从商业角度，从票房的经济角度考虑问题，我们不应该只考虑这个方面，还要从艺术的角度考虑问题。商业时代，金钱至上，似乎只要赚到钱，就可以一白遮百丑，而且有些人没有自知之明，赚到了钱以后，还要说自己的影片有什么艺术含量，等等。这是一个普遍问题，文学界也是这样。金钱不是衡量艺术的唯一标准，流量也不是衡量艺术的唯一标准，是否获奖也不是唯一标准，这些与文学、艺术有关系又没有关系，艺术的优劣、文学作品的好坏归根结底要从艺术与文学本身的规律来衡量。

现在的问题是，商业片往往没有技术含量，主要是看票房，那么文化含量呢？也没有。或者有什么演技吗？同样没有。所以我们拍影片、搞文学创作要注意艺术与文化含量。比如我们看《至暗时刻》，这个演员演得真棒；再比如我们看《三块广告牌》，明晓了美国人为什么要持枪，美国人没有枪是不成的，他要反对政府暴政，影片揭示了这个东西，当然最后政府跟民间和解了，这是美国人宣扬的精神价值，也就是这部影片的文化含量。我们写散文也是这个道理，不能为了写而写，你写的作品一定要有品位，要有情感，第一要对得住你的良心，第二要对得住读者与社会，第三要有艺术含量，第四要有文化含量。否则我们写它干什么呢！

陆小曼有文学天赋，我们读读她这篇日记，写于1925年4月12日，这是要跟王赓离婚，与徐志摩结婚之前的日记：

摩！（感叹号），快不用惆怅，不必悲伤，我们还不至于无望呢！（感叹号）等着吧！（感叹号），我现在要去寻梦了……，摩，要是我们能够在一个梦里寻得着我们的乐土，真能够做我们理想的伴侣，永远的不分离，不也是一样的么？（问号），我们何不就永远住在那里呢？（问号），咳！（感叹号），不要把这种废话再说下去了，天不能我，已经快亮了，要是有人看见我这样的呆坐着写到天明，不又要被人大惊小怪吗？不写了，说了几段废话有甚么用处呢？（问号），你还是你，还是远在天边；我还是我，一个人坐在房里。我看还是早早地去睡吧！（感叹号）。[21]

她的"摩"，这时的"摩"正在佛罗伦萨玩呢！

按：括弧里的感叹号和问号是我加的。

大家听了陆小曼的日记都笑了，笑什么呢？感叹号太多，就是感叹词格太多，我们有时候看民国时的一些文章，不少有这个通病，感到别扭，原因就是感叹词格太多。作家写文章当然要重视修辞，但是要适当，像陆小曼这样写，她是作为个人日记无所谓，我就这么写，你管得着吗？但是如果发表的话，这种感叹词太多的文章是不讨好的，我可能泪水丰沛，情绪激动，但是读者不管你激动不激动，作为作家要考虑读者顺不顺眼。我们为什么叫语文？民国时期走过一段弯路，就是我笔写我口，我怎么说我就怎么写，这叫白话文，但是今天谁要这么写文章，谁就会被人耻笑，这样的文章有什么文学修养呢？所以叶圣陶很聪明，把中学语文课的课本称为语文，语是口语，文是文章，我们写的文章是语文，绝不是口语的翻版，绝不会简单地、单纯地用口语，用那么多虚词，用那么多感叹词，我们为什么觉得读鲁迅的文章好？鲁迅因为是旧学出身，你让他说那么白的白话，他说不出来，他没那本事，他只能用旧学加白话写出文章来，这样的文章读来反而隽永有味，他把书面语的精华和口语的精华结合在一起，这就对了。

如果哪位写散文纯是口语，则难免出现问题。比如相声，听着很开心，相声说得真好，但是你再看相声的本子就差了，这是两种语体——口语与书面语的差别，所以我们散文作家，一定要把文体弄清楚，写散文时，千万不要出现口语太多的泛滥，有些散文作家，不明白这个道理，他说不是白话文嘛，白话文不是从口语来的吗？这个是没错，但是你要节制，你要把书面语，把中国的古典的优秀传统嫁接在当下的白话文里，二者融合在一起，才能创作出优秀的美文。

四 解构为作者

还有一个问题,叙述者解构为作者,比如老舍的《旅行》,我给大家读读,此文出自《老舍幽默文集》:

老舍把早饭吃完了,还不知道到底吃的是什么;要不是老辛往他(老舍)脑袋上浇了半罐子凉水,也许他在饭厅里就又睡起觉来!老辛是外交家,衣裳穿得讲究,脸上刮得油汪汪的发亮,嘴里说着一半英国话,一半中国话,和音乐有同样的抑扬顿挫。外交家总是喜欢占点便宜的,老辛也是如此:吃面包的时候擦双份儿黄油,而且是不等别人动手,先擦好五块面包放在自己的碟子里。老方——是个候补科学家——的举动和老舍老辛又不同了:眼睛盯着老辛擦剩下的那一小块黄油,嘴里慢慢地嚼着一点面包皮,想着黄油的成分和制造法,设若黄油里的水分是1.07?设若搁上点0.67的盐?……他还没想完,老辛很轻巧地用刀尖把那块黄油又插走了。

吃完早饭,老舍主张先去睡个觉,然后再说别的。老辛老方全不赞成,逼着他去收拾东西,好赶九点四十五的火车。老舍没法,只好揉眼睛,把零七八碎的都放在小箱子里,而且把昨天买的三个苹果——本来是一个人一个——全偷偷的放在自己的袋子里,预备到没人的地方自家享受。

东西收拾好，会了旅馆的账，三个人跑到车站，买了票，上了车；真巧，刚上了车，车就开了。车一开。老舍手按着袋子里的苹果，又闭上眼了，老辛老方点着了烟卷儿，开始辩论；老辛本着外交家的眼光，说昨天不应该住在巴兹，应该一气儿由伦敦到不离死兔，然后由不离死兔回到巴兹来；这么办，至少也省几个先令，而且叫人家看着有旅行的经验。老方呢，哼儿哈儿的支应着老辛，不错眼珠的看着手表，计算火车的速度。

火车到了不离死兔，两个人把老舍推醒，就手儿把老舍袋子里的苹果全掏出去。老辛拿去两个大的，把那个小的赏给老方；老方顿时站在站台上想起牛顿看苹果的故事来了。[22]

引文够长的原因，是为了让大家领会作者老舍，如何变成文中的人物——老舍，老舍从作者到文本中的人物，还是有些技术含量的，我们都读过马原的小说，《虚构》是他很著名的一篇小说，马原是先锋派的代表人物，讲究技术分析和技术处理，小说中说：我就是那个汉人，我就是用汉语创作的那个作家，我叫马原。当时评论家一哄而上，一片叫好，马原把自己写进小说里，成了小说中的一个人物。作家把自己的名字写进小说，变成小说中的一个人物，早在200多年前的曹雪芹就是，曹雪芹批阅十载，增删五次，他以编辑家的身份出现在《红楼梦》里，与马原在小说中变成一个作家，道理是一样的，也是作家把自己的名字写进小说，有些人却反而说曹雪芹不是《红楼梦》的作者，而且振振有词。我们看网上有很多文章，包括专家写的，我读过一篇台湾人写的，说曹雪芹就是"抄得勤"的谐音，你看他都说自己不是作者而是编辑家，因此曹雪芹不是作家，这就很荒唐。我们读过马克·吐温的小说，就是《我从参议员私人秘书的职位上卸任》那篇小说，在美国每一个参议员都有秘书，帮助参议员办事，州参议员也是这样，一天对秘书说你给我办件事，选民要求他在鲍德温那儿建个学校，但这是不能建的，你给我写封信耐心解释，变相拒绝就完了，结果秘书在信中说，鲍德温这个地方修个监狱还是比较合适的，然后署名某某州议员的秘书：马克·吐温，这个马克·吐温也是作者的名字，变成小说中的一个人物，这在小说中是一种习以为常的手法，今天算什么创新呢？

那么，散文把作者转化为作品中的人物，比如老舍把他自己的名字放在散文中；欧阳修，欧阳子；苏轼，苏子，都是把他自己写进去，变成散文中的一个人物，怎么没有人说散文家伟大？散文家解构得好？散文家解构得先进？没有人认为，怎么到了小说这儿就变成了不得的大事，说得天花乱坠，你看人家先锋派，那么老舍20世纪30年代就写了，比他早多少年？早了大概90年，怎么没有人说老舍创新、伟大？

这就是说叙述者是可以解构的，你可以解构为不同的人称，也可以解构为你作者的名字，"老舍把早饭吃完了，还不知道到底吃什么"(23)，老舍是幽默散文，但这是解构，散文要有不同的解构方法，不同叙述者的解构方法，如同小说一样，有些评论家很糊涂，他觉得马原的解构好，马原就是那个用汉字写作的作家，很先进，很先锋，那么老舍八九十年以前就写了，"老舍把早饭就吃完了"(24)；二三百年以前曹雪芹批阅十载，增删五次，更早了，所以我们不搞散文理论研究很可怕，熟视无睹，认为散文没有理论，只有小说有理论，实际上我们用叙事学来解读我们的散文，从叙述者的角度看，散文变化得已经很繁复了，当然这种变化不是无谓的变化，而是根据你的情绪，根据你的文体来发生变化。

再比如余光中的《鬼雨》，我读一读第一节第一段，"请问余光中先生在家吗？噢，您就是余先生吗？这里是台大医院小儿科病房。我告诉你噢，你的小宝宝不大好啊，医生说他的情形很危险……什么？您知道了？您知道了就行了。"(25)"喂，余先生吗？我跟你说噢，那个小孩子不行了，希望你马上来医院一趟……身上已经出现黑斑，医生说实在很危险了……再不来，恐怕就……"(26)催促余光中火速来医院。这是第一节，在第二节，余光中写道："今天我们要读莎士比亚的一首挽歌Fear No More，翻开诗选，第五十三页。这是莎士比亚晚年的作品Cymbeline里面摘出来的一首挽歌。"(27)叙述者从"我"转为"我们"。叙述者人称的转变是根据作者的情绪进行变化的，散文中的叙述解构现象很少有评论家注意，我今天第一次跟你们谈，不要老讲小说有叙述技巧，叙述人称的变化，其实我们散文早就有了，比小说还早呢！所以我们要把人称的问题弄清楚，再写散文，再搞创作，好多问题就简单了。

简言之，我们写散文，首先要把叙述者的形态梳理清楚，其次把叙述者的变化梳理清楚，这样我们的散文可能会写得更好一点，更精致一点，读者读起来更舒服一点。

五　聚焦

聚焦，什么叫聚焦？就是借用摄影的一个词，聚焦才能照相，那么聚焦，刚才我谈到了，我眼睛看见一个地方，在进行聚焦，那么我个人的聚焦是有限度的，这叫限制聚焦，就是叙述者有限度的感知事物，他不是无限制的感觉事物，举凡第一人称的叙述者，包括小说在内，包括电影在内，都不能够直接进入其他人物的内心世界，不能说他怎么想，就能怎么写的，只能采取疏离词进行表述，我想他可能会怎么怎么样，这样才符合我们写文章，读者读文章的道理。

再一个是全知视角，叙述者可以感知任何事物，也可以称之为上帝视角。相对于全知视角，第一人称的视角只能是限制视角。还有一个内聚焦，就是从叙述者的内部感知事物，简称内聚焦，也是限制视角。我举个例子，我们都读过卡夫卡的《城堡》吧，这是很棒的一篇小说，第一段，当他在一个黑夜，那个城堡，连一点踪影都看不见的地方，他对着那地方看了半天，大概是这么个意思，我给我们学生讲到这段的时候就谈到这个问题，我查过他德文原版，我说他这个东西是出现了问题，因为他是以限制视角来叙述的，那么这个测量员是第一次来到这个城堡，他也不知道这个城堡在什么地方，而且是天上一点星光也看不见，连城堡的一点影子也看不见了，他写得很清楚，那他怎么能够站在那个位置去看那个城堡呢？这不是荒唐了吗？在限制视角中怎么出现了一个不能出现的景物呢？这就是说叙述者在这里发生了断裂，于是出现了第二个叙述者，用全知视角来进行弥补，如果不进行弥补的话，这个小说就不能够进行下去，举凡限制视角的聚焦，往往有一个全知视角来进行弥补，包括我们写散文，经常在你意识不到的时候，可能会出现一个全知视角来进行弥补，这是没有办法的事情，所以我们也不必觉得苦恼，艺术都是有缺憾的，比如我们读《孔乙己》，你们怎么跟孩子们分析这篇小说？我们怎么讲这篇小说？哪位老师和我说说，我们怎么讲《孔乙己》？《孔乙己》的主题是什么？叙述方法呢？分析不分析？

学员：讲叙述方法、小伙计、第一人称。

王彬：还有吗？

学员：主要分析社会环境对孔乙己命运的决定性作用，后来又分析孔乙己这个人，这个人的性格，等等。

王彬：都对。我说说一些不成熟的看法，这个小伙计第一没文化，他虽然可能会写茴香豆的"茴"字，知道"茴"字有四种写法，但没有更多文化，《孔乙己》是经典小说，是上了现代文学史的，从正常的角度分析，没有文化，或者文化不多的人怎么会写出这样的小说来呢？这不是出现纰漏了吗？叙述者本身是一个没有文化的小伙计，怎么能讲述这么一个有文化品味的故事呢？这就是说，叙述在这里出现了断裂，这就叫"不可靠叙述"。因为小伙计没有文化，但是这个文本很有文化，他的语言很有文化，思想内涵也很深刻——不是简单的我们过去理解的科举制度对人的摧残，对知识分子的摧残，而是写社会环境恶劣，人际关系的冷漠，对不对？人和人之间没有同情心，咸亨酒店里嘲笑孔乙己的都是短衣帮的底层群众，他们并不同情孔乙己，这是一个多么深刻的人文内涵，我们今天很多作家没有这种人文精神，包括打工者写的底层文学作品，也缺少这种人文精神，所以都不会成为经典。而《孔乙己》中，叙述者的背后出现了一个"第二叙述者"，这个第二叙述者是一个有文化有思想有精神追求的人，但这个人是一个背后存在，他是看不见摸不着的，当然也不是作者，在小说中作者不直接进入文本，但是作者可以通过第二叙述者来表现他的思想。

学员：您指的是小说中的第二叙述者。

王彬：是的。再比如，我们都读过《白鲸》，美国那篇小说，那个叙述者也没有什么文化，但是小说写得很棒，这实际上是出现了断裂，就是说在这小说中，叙述者的身份，叙述者的文化修养和这个文本本身是不匹配的，其原因是出现了第二叙述者，用第二叙述者进行叙述，那个小伙计，还有《白鲸》中的麦德威尔，这只是一个叙述策略，一个叙述符号而已。但是读者为什么可以接受？

第一，读者没有意识到小说中出现破裂。

第二，读者读小说不是只读叙述者的叙述，如果我读散文也不仅仅是读叙述者的叙述，比如我刚才读徐志摩，我不仅仅是要读你徐志摩如何如何，我是读你通篇的文字，你的语言的编织能力和对景物的反射能力、反应能力，它打动我这种能力，它是一个全面的东西，如同我们进电影院看电影，明明知道它是假的，它是虚幻的，是导演编织的梦，但是我们依然看着很好，因为我一进电影院，我追求的就不是真实的东西，我坐在剧场里，我的思想感情，我的语境就发生了变化，如同我们读小说，比如我们读《红楼梦》，很多人读《红楼梦》读得入了迷，觉得自己就是贾宝玉，或者觉得自己就是林黛玉，就是薛宝钗，他的语境发生了变化，但是没有一个人认为自己就是袭人，哪个女孩子认为我读《红楼梦》我就是袭人，没有，也没有人认为自己是晴雯，更没有人认为我是刘姥姥，我是焦大，没有，哪位有这么读小说的？都是我想变成贾宝玉，我想变成林黛玉，这就是语境在发生变化。

我昨天说打工文学，读者并不多，打工人自己都不看，说我就够苦的了，我再看这样的小说我更苦，文学作品首先要使人愉悦，即使我读的小说是虚构的。这就与散文不同。我读你的散文我觉得这里面事件应该是真实的，为什么散文有它的力量，就在于此。很多作家要在散文中进行虚构的原因也在于此。他利用读者认为你是真实的这种心理来骗取你对读者的信任，心灵鸡汤为什么一定说我这鸡汤散文是真实的，他不说假的，如果说是假的，大家就不读了，真实本身的魅力是超过虚构本身的。还是踏踏实实写真实的散文好。刚才说第二叙述者的问题。我们有时候不知不觉地会出现这些问题，并想办法来进行弥补，因为我是第一人称叙述，我是内聚焦叙述，有时候叙述不下去了，你自己都可能没有觉察到，此时要用全知视角来进行弥补，就是这个道理。刚才我举卡夫卡小说、鲁迅小说的例子，都有这个问题，都出现了第二叙述者。散文也是如此，你们可以自己看看，你们可以尝试一下，有时候就写不下去，可能就要用全知视角来进行弥补，当然是下意识的。我们现在明白了这个道理，就可以主动利用这个叙事方法。

六 叙述语与转述语

何谓叙述语？何谓转述语？

叙述语就是叙述者的叙述，转述语就是人物对话。

小说与散文从文体而言不过是叙述语与转述语的组合。比如上面援引余光中的《鬼语》第三节的前半部分：

南山何其悲，鬼雨洒空草。雨在海上落着。雨在这里的草坡上落着。雨在对岸的观音山落着。雨的手很小，风的手帕更小，我腋下的小棺材更小更小。小的是棺材里的手。握得那么紧，但什么也没有握住，除了三个雨夜和雨天。潮天湿地。宇宙和我仅隔层雨衣。雨落在草坡上。雨落在那边的海里。海神每小时摇他的丧钟。

"路太滑了。就埋在这里吧。"

"不行。不行。怎么可以埋在路边？"

"都快到山顶了，就近找一个角落吧。哪，我看这里倒不错。"

"胡说！你脚下踩的不是基石？已经有人了。"

"该死！怎么连黄泉都这样挤！一块空地都没有。"

"这里是乱葬岗呢。好了好了，这里有四尺空地了。就这里吧，你看怎么样？要不要我帮你抱一下棺材？"

"不必了,轻得很。老侯,就挖这里。"(28)

"南山何其悲"等是叙述语,出自叙述者也就是余光中的叙述;"路太滑了"等带引号的内容是人物对话,也就是转述语。1963年冬天,余光中唯一的儿子诞生仅仅三天便夭折了。新生与死亡接踵而来,使余光中感到生命的短暂与脆弱,从而体验到死之迫近、死之无情与死之残酷,给作者敏感战栗的心灵,予以至深的震撼和创痛。我们任何一个人都不能摆脱死之命运,余光中这篇散文从一己悲痛,转而哀悼每一个人的死亡,从而具有强烈的宿命意味。

转述语有四种基本形式,还有一种是:亚自由直接话语,总计五种基本形式,这个我们不再细说,我们记住人物对话就行了。诸位如果有兴趣,可以看看我的《从文本到叙事》中关于"亚自由直接话语"那章。我举个例子,比如杨朔的散文《樱花雨》,在文章的结尾处:"君子忍不住自言自语悄悄说:'敢许是罢工吧?'"(29) "敢许是罢工吧",是人物的话,是转述语,有冒号,有引号,如果我们将说之后的冒号、引号,统统删除而改为单纯的逗号,就变成了这样:"君子忍不住自言自语悄悄说,敢许是罢工吧?"当下流行的小说不少都这么写了,成为一种触目的泛滥形式,我把它归纳为亚自由直接话语,这样的亚自由直接话语与"从她那对柔和的眼睛里,我瞥见有两点火花跳出来"(30)的叙述语连接得更为紧密了。后面这句话是叙述语,因为它出自叙述者的话,从叙述语和转述语的角度来讲,小说中的转述语占有很大的篇幅,对话非常之多。这是小说与散文的一个重要区别。

为什么大家都愿意写影视剧本?剧本的主体是转述语,在文学剧本中叙述语基本可以不写,就告诉在某地,室内还是室外就可以了。于是开始写对话,这个非常好写,技术含量非常之低,但是这样能挣钱,我有一次碰见一个学生,他对我说王老师,我一集能挣15万元了,他一写就是40集,600万元到手,我问他用多长时间?他说半年,半年就写完了,还有人懒得自己不写,请别人写,找枪手,请文科大学生写,给大学生一集几千块钱,然后他赚十几万元。

散文也基本是叙述语加转述语,但是散文中的转述语是次要的,叙述语是主要的,比如我就举这句话,"敢许是罢工了吧",就这么几个字,是转述语,剩下的全是叙述语,为什么我们有时候一读这就是散文,那就是小说,原因就在于此,哪个为主,是以叙述语为主,还是以转述语为主,在传统小说中转述语为主,但是当下的小说转述语变成了亚自由直接话语以后,他把转述语也变成了一种叙述语,作家懒得很,那转述语和作家自己的叙述语完全融合了,这多好写!小说本是两种语体,一会儿叙述语,一会儿转述语,作家要把它拼接得天衣无缝得下点儿功夫。那么,我把转述语变成亚自由直接话语,这个转述语就变成叙述语的另外一种形式了，写起来有多容易，读者也愿意读，为什么？读者也懒。为什么话剧剧本没有人看，因为是典型的两种语体，一个是布景说明，也就是叙述语。比如曹禺剧本上写的布景说明非常之细，他创作的《北京人》，布景说明写有好几页，然后是人物对话，两种语体。读者一会儿在转述语的语体上转，一会儿又跳到叙述语来转，他脑瓜子来回转，他也不愿意看，他愿意看这种亚自由直接话语，就是一种语体一贯而下。

这是小说家向散文家学习得很成功的一种经验，散文家反而把自己成功的东西给扔了，他学小说去了，现在小说家都是亚自由直接话语了，用一种语体写，你为什么不坚持你的长处，把你的长处扔了呢？但是，明白的人很少，包括评论家大部分都不明白，评论家不搞叙事学，也不搞逻辑研究，有些评论家就是搞点社会学分析，他分析这玩意儿，他不分析技法，不分析叙事方法，说句笑话，我们都读过聊斋中这个故事吧，没有眼睛的和尚通过鼻子闻，能知道文章的好坏，我原来没有注意过这个故事，后来我突然注意到这个故事，而且这个故事的发生地点就在北京，就在广安门内大街的报国寺，这个很有意思了，报国寺现在是逢周六、周日卖旧报纸、旧书刊、旧工艺品的地方。那瞎子就在报国寺大殿廊底下坐着，卖药售医，有人问你怎么一闻就能闻出好坏来？他说考官们眼睛瞎了鼻子也瞎了，我的眼睛虽然瞎了，但鼻子还没瞎，很有意思，这属于闲话。

还说回叙述语、转述语的问题，刚才说小说是叙述语加转述语，跟戏剧有点相近，散文的主体语是叙述语，转述语融入叙述语中，散文是以叙述语为主体的文体，小说是叙述语加转述语的文体，以转述语为主，现在的小说家把它变成一种亚自由直接话语了，这个转述语本身就变成一种叙述语的方式了，而散文作家反而把这个原本是自己的长处丢掉了，这个很可惜。

七 动力元

第五个问题，动力元问题，任何一篇小说、散文都要有动力元，小说的动力元是情节张力，散文的动力元是什么？是叙述者的张力，叙述者在推动事件，推动文本发生变化，比如鲁迅的散文《我的第一个师傅》，作者鲁迅也就是叙述者，他说不记得在哪一部旧书上看到，说是有一位道学先生，拼命辟佛，但却把自己的小儿子取名为"和尚"。有人拿这件事来质问他。他回答道："这正是表示轻贱呀！"[31]那人被怼得无话可说。这是第一段。第二段，文本出现了变化，叙述者"我"解释说这是道学家的诡辩，否定了前边"轻贱"的话，用这个否定来吸引读者，为什么说是诡辩呢？那就要接着看。之后,"我"说自己也有和尚师傅,还有两件法宝,而且好像真有些力量,所以"我"至今没有死,这就是拜和尚做师傅的作用。不过,现在法名虽然还在,那两件法宝却早已失去了。前几年回北平,母亲还给了"我"婴儿时代的银饰,是那时的唯一的纪念。于是开始介绍银饰这些东西,由此想到"我"半世纪以前最初的先生,"我"至今不知道他的法名,只知道无论谁都称他为龙师傅,而且他还有个师母,和尚不仅结婚还有师母,在汉地这就很奇怪了。鲁迅就是利用叙述者的这种张力来推动文本的发展,我们写散文也是如此,如何利用叙述者的张力来吸引读者?有些散文,读者不愿意读,就是因为叙述者没有张力。你可以没有故事,但是你要有张力,张力是你自己提供出来的,是叙述者提供出来的。

到了第六段,叙述者说因为有了龙师傅,于是"我"就有了一位师母,师母是胖胖的,然后还有她三个孩子等。这样"我"就有了三个师兄,事态一步一步发展,通过叙述者不断地提供张力,来推动这篇散文的发展。然后再说那三个师兄,有一个说要去受戒了,又开始推进,提供新的动力。然后是他的三师兄,最后也结婚了,而且有了孩子,对此"我"也就是叙述者提出疑问,说和尚怎么能有孩子呢?这时三师兄大喝一声,"和尚没有老婆,小菩萨哪里来!?"[32]三师兄大喝的动力是人物提供的,不是叙述者提供的,但是通过转述语提供了这个转机,这所谓的大喝使我明白了道理而哑口无言，"我"的确早就看见寺里面有丈余的大佛，有数尺和数寸的小菩萨，却从未想到他们为什么有大小，经此一喝，"我"才彻底醒悟了，和尚有老婆的必要，以及一切小菩萨的来源，不再发生疑惑，但要找寻三师兄，却艰难了一点，因为这位出家人这时就有三个家了，第一处是寺院，第二处是他父母的家，第三处是他自己的家，"我"的师父，约略40年前已经去世；师兄弟们大半做了一寺的住持；我们的交情虽然依然存在，却久已彼此不通消息。但"我"想，他们一定早已各有一大批小菩萨，而且有些小菩萨又有小菩萨了。

　　鲁迅的这篇散文，主要动力是通过叙述者提供的，先是说道学先生讨厌佛教却把自己的孩子叫和尚，这时叙述者出来解释，这不是看不起和尚，而是表示对和尚的轻贱，然后说和尚不能结婚，但我的和尚师傅不仅结婚，并且还有孩子。这就吸引了读者的好奇心。于是叙述者解释"我"的和尚师傅为什么结婚？是因为在"我们"那个地方，做亡灵法事的时候有一种习俗，要解线头上的疙瘩，有的容易打开，有的系得很紧而打不开。"我"师傅年轻时很帅，做法事的时候因为帅被人嫉妒而受到攻击，逃到一个寡妇家里去，然后跟寡妇结了婚，就是"我"的师母，然后就有了孩子，"我"觉得很诧异，怎么和尚还有孩子？最后是三师兄狮吼："和尚没有老婆，小菩萨哪里来！？"[33]至此一共15个自然段，前14段都是叙述者提供动力制造张力。这篇散文总共17个自然段，叙述者通过哪些张力，吸引读者阅读呢？分析起来有这样三点：第一，为什么道学先生把自己的孩子叫和尚？第二，我的师傅就是和尚，为什么不仅有老婆还有孩子？第三，为什么三师兄理直气壮地大吼？就这样，叙述者引领我们一步步复活了这个文本。

鲁迅关于和尚的故事对读者来讲是陌生的，人都有一种"求知欲"，或者是"窥视瘾"与"好奇心"，我不知道的一定要弄明白，读文学作品也是这个道理。比如三毛《沙漠的旅馆》那篇散文，三毛讲了一个沙漠里的故事，也是利用读者这种心理。读者会奇怪沙漠中怎么能开旅馆呢？这是陌生的，或者说是新鲜事，从而引起读者的阅读兴趣。鲁迅《我的第一个师傅》也是如此，和尚怎么会有老婆有孩子呢？不同于人们的正常思维，从而引起读者的阅读兴趣。这篇散文的主要动力是通过叙述者来提供的，但是在中间也插进了人物的动力，"和尚没有老婆，小菩萨哪里来！？"[34]顿时使"我"明白了寺院里有大菩萨也有小菩萨的道理，文本到此结束。我们写散文一定要考虑动力因素，散文的动力因素主要源于叙述者本人，作者要制造张力，作者要有这个本事，陌生化是很重要的一个因素，再一个就是所谓的悬疑化，利用读者的好奇心制造悬疑，这是吸引读者的基本要素。

顺便对动力元做一些具体的分析。动力元简单说是一个因果关系，"因"是动力，"果"是结局，没有因果，小说是不存在的，没有因果，散文也是不存在的，因和果是一个过程，因可以来自叙述者，在散文中就是来自作者自己，当然也可以来自人物，比如说那位三师兄对"我"断喝，和尚不结婚，小菩萨哪里来？甚至可以来自句子的词组和单词，一个句子本身有若干个动力，所以可以来自一个句子，比如《三国演义》中这句话："话说天下大势，分久必合，合久必分。周末七国纷争，并入于秦；及秦灭之后，楚汉纷争，又并入于汉；汉朝自高祖斩白蛇而起义，一统天下，后来光武中兴，传至献帝，遂分为三国。推其治乱之由，殆始于桓、灵二帝。"[35]这个动力来自叙述者，从而推动故事发展。鲁迅《我的第一个师傅》的首句是："不记得是那一部旧书上看来的了，大意说是有一位道学先生，自然是名人，一生拼命辟佛，却名自己的小儿子为'和尚'。"[36]有一天，有人拿这件事来质问他。他回答道："'这正是表示轻贱呀！'那人无话可说而退云。"[37]在这句话中出现了道学家与和尚的矛盾，道学先生一生"拼命辟佛"[38]，却把自己的小儿子叫和尚，于是人家去质问他，这就是矛盾，就是因；对别人的质问道学家回答："这正是表示轻贱呀！"[39]道学先生的回答则是果。一因一果构成了这句话中矛盾的展开与结束的动力过程。

动力元也可以来自人物，新加坡有一个作家叫拉贾拉南，写过一部短篇小说《老虎》：讲述一个叫法蒂玛的妇女在河中洗澡。在即将消失的晚霞的映照下,河面上呈现一片金光,法蒂玛感到黄澄澄的清凉河水在她周围缓缓流动,因此她听到老虎低沉而颤动的吼声时,只以为是幻觉,待到老虎突然怒吼起来,她才相信那不是她想象中的老虎。老虎瞪着的大眼睛吓得法蒂玛魂不附体,四周蓦然一片沉寂,她觉得浑身都麻木了。她不敢动,也不敢把眼睛从老虎身上移开,老虎似乎因为与人意外地相遇而一动不动。这个小说写得挺棒的,就是说法蒂玛她是个孕妇,她去洗澡,河里也有一个老虎,虎和人相遇了,但是老虎没吃她,她回到村里面告诉村民,说有个老虎,村人一听吓坏了,然后派猎人把老虎杀死了,但还有两只小老虎没杀,拉到街上去卖掉了,通过法蒂玛本人制造情节,法蒂玛是个人物,她看到老虎后很害怕,她回到村里告诉了村长,村长派猎人把老虎打死了,老虎的两个小老虎卖掉了,它的动力是从人物来的。[40]

我们写散文,比如《樱花雨》,君子说"敢许是工人罢工吧?"[41]这句人物的话成为这篇散文的转折点,于是"我"想到,日本人并不是那么软弱的,也还是有抗争的,文本在这里出现了变化。有时候一篇很短的散文,你可以看到很多动力元,如果我们不懂这些,我们给孩子们只能讲篇章结构、主题大意、语言好坏、思想深刻,你就不能真正地切入散文和小说的肌理,去体验作者的用心,这篇作品为什么好?何谓陋品?何谓精品?二者有什么区别?现在有些文学批评只是讲社会意义，对文学本身不进行技术分析，好，怎么好？说不清楚，比如说冯小刚的《芳华》怎么好，怎么反映了一代青春的迷茫，那么艺术性呢？为什么不谈？如果脱离了文本的艺术分析，这个社会分析往往是空的，它不接地气，它接不上，它中间空了一块儿，文本，有艺术，有思想，那个思想是附着在文本上的，文本是有艺术的，思想是附着在艺术上的，没有艺术的思想怎么说都是空的，读者不愿意读这些社会类的文学批评，你虽然有很大名气，得过很多奖，你提出的批评具有什么价值吗？

这就如同我们给孩子们讲作文，道理是一样的，比如讲鲁迅，我为什么要这么讲？我们只是说他写得非常好，语言很到位，篇章结构也很流畅，到此为止，所以我们要从叙事学的角度阐释才行，叙事学是西方的一种流派，过去小说分析没有叙事学的时候，只能依附于美学和诗学进行分析，20世纪60年代出现了叙事学以后，小说的艺术分析才成为一种学科，叙事学进入中国以后，我们要把它本土化，不能食洋不化，但是有谁愿意做这么一种费力不讨好的事呢？但是如果没有人去做这些事情，中国的文学怎么能发展呢？所以文学工作者应该读点叙事学，至少在做文本分析的时候，给孩子们讲起来是不一样的，所以我们一定要研究动力元，拉贾拉南通过法蒂玛和跟老虎相遇制造的情节，老虎没有吃人，最后人把老虎给打死了，人残酷还是兽残酷？小说的主题宗旨是很深刻的，作者并没有议论，把这个故事给你讲出来就可以了。

散文的动力元主要来自叙述者，而叙述者就是作者，因此作者的阅历、学识、人格、才华与文化积淀决定了散文的魅力与价值，而这些因素往往会随着时间流逝而积淀，因此散文更青睐老年人的原因就在于此。这当然不是必然的，只是就一般而言，一些年轻的散文作家因为缺乏这些素质，而又想吸引读者，于是追求虚构情节，从而丧失了散文的底线。

最后，语句动力元，《西游记》的第六回：

却说那 ①大圣 ②已至灌江口，③摇身一变，即变作二郎爷爷的模样，②按下云头，③径 ①入庙里。[42]

标号为①者为动力元，②者为次动力元，③者为辅助动力元。分析起来：①"大圣""入庙里"为动力元，"大圣"是因，"入庙里"是果；②"按下云头""已至灌江口""径"为次动力元，参与孙悟空进入庙里的动作；③"摇身一变，即变作二郎爷爷的模样"为辅助动力元，对动力元与次动力元进行修饰。如果去掉②和③，即次动力元与辅助动力元，孙悟空的行动并不会阻断，只是缺少了行动过程与色彩。易而言之，①即动力元，处于因果链条的中心，失去了这个中心，便会造成叙述中断。②即次动力元，增补因果关

系,但不纳入因果链条内。③即辅助动力元,只提供动力元的相关情况,相对于次动力元,与动力元的关系更为疏远。

　　这句话的意思是说孙悟空和二郎神争斗,俩人打得难解难分,正打的时候突然不见孙悟空了,二郎神说没有了,哪儿去了?李天王用照妖镜向四周一照,说那猴子去你老家灌江口,却说那大圣已至灌江口,摇身一变,即变作二郎爷爷的模样,按下云头,径入庙里。这是语句动力元,我们分析一下,大圣入庙里,大圣是因,入庙里是果,这是其一,即动力元,那么还有次动力元。其二,已至灌江口,即次动力元。其三,还有辅助动力元,即摇身一变。中国古典小说中情节为主的小说,表现在语句上就是动力元频繁出现,考察一部小说的文体是什么样式的,考察一下动力元就清楚了,情节小说动力元肯定多,动力元时刻在变化着,大众喜欢看动力元多的小说,网络小说基本上是这种小说。

　　动力元决定小说形态,散文也是,动力元同样也决定散文的文体。我们要意识到散文本身有很多动力元,用来吸引读者,既可以利用叙述者,也可以利用人物,还可以利用语句,那要看你的本事了,我相信大家都有这个本事,都会创造出优秀的散文,谢谢大家。

注释

(1) 叶圣陶著、商金林编选：《叶圣陶散文》，人民文学出版社2018年版，第19页。

(2) 叶圣陶著、商金林编选：《叶圣陶散文》，人民文学出版社2018年版，第20页。

(3) 叶圣陶著、商金林编选：《叶圣陶散文》，人民文学出版社2018年版，第20页。

(4) 叶圣陶著、商金林编选：《叶圣陶散文》，人民文学出版社2018年版，第20页。

(5) 叶圣陶著、商金林编选：《叶圣陶散文》，人民文学出版社2018年版，第21—22页。

(6) 王彬主编：《中华文学经典·散文》，中国社会出版社2004年版，第252页。

(7) 林徽因：《林徽因文集：你是那人间四月天》，北京理工大学出版社2016年版，第150—152页。

(8) 林辛编：《听听那冷雨——余光中散文精品选》，山东文艺出版社1994年版，第11—16页。

(9) 王彬主编：《中华文学经典·散文》，中国社会出版社2004年版，第419页。

(10) 杨绛：《杨绛作品精选——散文I》，人民文学出版社2004年版，第277页。

(11) 王彬主编：《中华文学经典·散文》，中国社会出版社2004年版，第365页。

(12) 王彬主编：《中华文学经典·散文》，中国社会出版社2004年版，第365页。

(13) 王彬主编：《中华文学经典·散文》，中国社会出版社2004年版，第365页。

(14) 王彬主编：《中华文学经典·散文》，中国社会出版社2004年版，第365页。

(15) 王彬主编：《中华文学经典·散文》，中国社会出版社2004年版，第365页。

(16) 王彬主编：《中华文学经典·散文》，中国社会出版社2004年版，第365页。

(17) 三毛：《雨季不再来》，北京友谊出版社1985年版，第19页。

(18) 三毛：《雨季不再来》，北京友谊出版社1985年版，第24页。

(19) 徐志摩：《徐志摩散文全集》，浙江文艺出版社1991年版,第21页。

(20)徐志摩:《徐志摩散文全集》,浙江文艺出版社1991年版,第21—22页。

(21)虞坤林编:《苦涩的恋情:〈爱眉小札〉〈陆小曼日记〉合刊》,山西古籍出版社2006年版,第58页。

(22)老舍:《老舍幽默文集》,湖南人民出版社1983年版,第105—106页。

(23)老舍:《老舍幽默文集》,湖南人民出版社1983年版,第105页。

(24)老舍:《老舍幽默文集》,湖南人民出版社1983年版,第105页。

(25)林辛编:《听听那冷雨——余光中散文精品选》,山东文艺出版社1994年版,第113页。

(26)林辛编:《听听那冷雨——余光中散文精品选》,山东文艺出版社1994年版,第113页。

(27)林辛编:《听听那冷雨——余光中散文精品选》,山东文艺出版社1994年版,第1113—114页。

(28)林辛编:《听听那冷雨——余光中散文精品选》,山东文艺出版社1994年版,第116页。

(29) 杨朔：《东风第一枝》，作家出版社1961年版，第146页。

(30) 杨朔：《东风第一枝》，作家出版社1961年版，第146页。

(31) 鲁迅：《鲁迅全集》第6卷，人民文学出版社1981年版，第575页。

(32) 鲁迅：《鲁迅全集》第6卷，人民文学出版社1981年版，第581页。

(33) 鲁迅：《鲁迅全集》第6卷，人民文学出版社1981年版，第581页。

(34) 鲁迅：《鲁迅全集》第6卷，人民文学出版社1981年版，第581页。

(35) 〔明〕罗贯中原著、〔清〕毛宗岗评改、穆俦等标点：《三国演义：毛评本》，上海古籍出版社1989年版，第4页。

(36) 鲁迅：《鲁迅全集》第6卷，人民文学出版社1981年版，第575页。

(37) 鲁迅：《鲁迅全集》第6卷，人民文学出版社1981年版，第575页。

(38) 鲁迅：《鲁迅全集》第6卷，人民文学出版社1981年版，第575页。

(39) 鲁迅:《鲁迅全集》第6卷,人民文学出版社1981年版,第575页。

(40)〔新加坡〕S·拉贾拉南:《老虎》, 王家桢译,《外国文艺》1984年第1期。

(41) 杨朔:《东风第一枝》,作家出版社1961年版,第146页。

(42)〔清〕吴承恩:《西游记》,三秦出版社1992年版,第43页。

第三讲 法度

今天讲法度。

昨天讲的叙事学,是20世纪60年代诞生在法国的学科,80年代传到中国,曾风光一时,后来被文化主义浪潮淹没,中国文坛本来讲社会学批评,文化批评进来太好了,二者正好合流,与我们的批评习惯联系在一起,当下文学批评的主流还是社会批评学,阐述文学作品的社会意义等。

当然还要谈一些技巧问题,比如人物形象、语言、篇章结构等。文学社会批评学有其长处,也有其短处,因为文本需要由技巧来支撑,把字典中那些"词"、那些"字"通过作家的头脑风暴组合为一篇文章,这是需要技术的,随着历史发展和时间的推移,小说技术越来越向前,越来越精湛,如果我们一味袭用旧方法研究文本就不够了。比如《红楼梦》的作者问题,大多数专家认为是两个人写的,一是曹雪芹,二是高鹗，但是也有人认为就是一个人写的，双方争论不休，谁也不能说服对方，但是如果运用叙事学就很简单了。《红楼梦》前八十回的叙述者是顽石，宝玉脖子上那块玉是顽石的化身，女娲炼石补天留下的一块，在大荒山下，青埂峰前，自怨自艾，怎么别人都去补天了，我却流落人间？有一天突然来了一僧一道，说起人间富贵，红尘繁华，这顽石动了凡心，就跟和尚、道士说，大师你们能不能把我也带到人间，领略人间的富贵风流。和尚说你这么大的身量怎么带你下凡？我给你变小了吧，于是变成扇坠大小后带到人间历练一番。

又过了若干年，来了一个空空道人，看到一块巨石上刻有若干字迹，那就是顽石的自述，顽石到人间后的所见所闻，《红楼梦》原来叫《石头记》就是一部刻在石头上的书。顽石说这是他在人间游历的记述，请空空道人抄录传回人间。空空道人说你这书，既无大奸大忠，又无治国方略，都是儿女情长，有什么意义与价值？顽石说我写的就是几个奇女子，我认识的那几个女人的故事。空空道人于是抄录下来传到人间，经过几道手，最后传到曹雪芹，批阅十载，增删五次，纂成目录，分出章回。然后是脂砚斋，写了很多评点。

在前八十回的重大关头，顽石有时要显身出来议论，比如元春省亲时，顽石便现身，说你如果在大荒山下，青埂峰前，怎么能见到如此风光富贵的生活呢？但是，到了后四十回，举凡重大关头，顽石一概不再显身议论，黛玉之死不是重大关头吗？王熙凤之死不是重大关头吗？贾府被抄难道不是重大关头吗？但是顽石不再显身，不再议论了。这就说明后四十回的叙述者和前八十回的叙述者不是一个人，因为叙述者不是一个人，所以前后叙述的方式不统一。这样通过叙事学的方法，通过叙述者的转变，前后叙述方式不统一，很简单就解决了《红楼梦》究竟是几个作者的问题，《红楼梦》原本和我们目前流行的本子是不一样的，现在常见的是120回本，这个整理者没有曹雪芹讲故事的能力，他还习惯于用说书人讲故事的形式，我们可以听听广播电台说书的节目，你就会明白中国传统的白话小说，是怎么讲故事的，他是用说书人讲故事的形式。有兴趣的读可以看看我的《红楼梦叙事》，在那本书中，有详细分析。今天就不啰唆，不耽误大家时间了。评论家常说，小说的主体是典型环境与典型形象，这都不错。但是你这个人物是从哪儿来的，是从叙述者的口中出现的，叙述者是作家创作的第一个人物，其他人物都是叙述者创造的。同样道理，写散文首先也要把叙述者弄清楚，这是文学的根，包括影视作品，如果叙述者本身处理不好，那后面出来的人物与事件就会很别扭，所以我们说叙事学的基础是叙述者。

其次是叙述角度，我是从哪个角度讲这个事件，讲我的感觉，讲我的感情，讲我的思想。这不是很简单的一个方法吗，我们为什么不用它去分析小说呢？比如用叙事学的方法分析莫言的《透明的红萝卜》。这是莫言的成名作,故事的核心是小石匠、小铁匠,还有一个小姑娘,这是一个三角恋爱的故事,小姑娘喜欢小石匠不喜欢小铁匠,小铁匠很愤怒,其中还有一个小黑孩,没有亲妈只有后母的小黑孩受家里的虐待,有一天晚上小铁匠跟小黑孩说,老子口渴了你给我挖一个萝卜来,小黑孩挖了一个萝卜放在铁砧子上,灯光照着萝卜,萝卜泛射出透明的光芒。小铁匠吃了一口萝卜就扔在河里了,愤愤说老子不想吃了,故事应该到此为止了吧,没有,萝卜落到河里面,第二天早上来了一群鸭子,有公鸭子、母鸭子和麻鸭子,然后母鸭子就跟公鸭子说,这麻鸭子很坏,老骚扰我,然后公鸭子说,哪天揍它一顿怎么怎么样。当时有评论家说莫言写麻鸭子的几百字有什么用,这不是废话吗,为什么不删掉呢?这个他就不懂,从叙事学角度,我把其归纳为"漫溢话语",我们说话语是为故事服务的,故事通过话语阐述出来,但是调过来,故事有时也会为话语服务,我们看一部小说,或者说看一部散文,看什么?往往是看漫溢话语。

我再举个例子,蒋韵的小说《红色娘子军》,讲一位女士随先生去新加坡访问,认识了大黄先生和小黄先生,大黄先生个子高高的,年龄比较大,小黄先生年龄比较小。大黄先生是新加坡共产党,大黄先生年轻的时候很激进,有个小女生追求他,每天晚上给他做一碗糖品,两个人的宿舍是楼上与楼下，大黄先生每天晚上把绳子垂下来，绳子的末端有一个铁钩，小姑娘就把甜品放在一个筐里，大黄先生于是提上去，过着神仙伴侣一样的生活。但是新加坡突然反共了，把大黄先生抓走并关起来，那个小女生找不着他，精神崩溃就疯了，最后跳海自尽。大黄先生出来以后听到这件事没哭，大家说这家伙心硬如铁。有一天"我"和我先生、大黄、小黄，听说大陆来了一个芭蕾舞团跳《红色娘子军》，于是大家去看。散场以后，走出剧场，在路上大黄先生突然抱着电线杆子恸哭起来，《红色娘子军》触动他了，这个故事可以结束了吧，很完整的一个故事，但是没有结束。看到大黄先生的恸哭，"我"突然忆起上中学时正是"文革"，与同学一起排练《红色娘子军》中的大刀舞，突然听到楼下有人喊，某某你爸爸跳楼自杀了，大家都冲下楼去，看到地上趴着一个中年男，死了，大家都默然看着，突然从人群中出来一个小姑娘，一块跳舞的小姑娘，他们的同学，冲着那个遗体，那就是她爸爸吐了一口唾沫。这个故事和前面的故事没有任何关系，前面的故事是新加坡大黄先生的故事，后一个故事是中国的故事，这个故事相当于前一个故事的漫溢，如果没有后面这个故事，这个小说就是一个普通小说，没有什么可以分析的，有了后面这个故事的漫溢，这篇小说就复杂了，小说锋芒的指向不仅是新加坡的暴政，其终极的指向是"文革"中对人性的摧残。

总之，作家如果不懂叙事学，不注意小说的叙事方法，不懂技术含量会加深文本层次，是要吃亏的，为什么我们不学呢？

一 法度的内涵

散文的实用性与文学性，其区别在于审美。

前者要求简明达意即可，后者则要求以情动人，在固守真实的基础上升华为审美。由于网络的兴起与发达，大量的散文联翩而至，但基本与文学无关。文学的原则是审美，从内容到形式，因素甚多但都离不开法度。文学散文与实用散文的区别之一在于法度，用今天的表述，法度也就是方法与规矩。法度是一个系统工程，包括理论、经验（规范）与技巧等。

关于法度，在中国传统文化中多有论述，往往指法令制度，到了文学领域，则引申为规矩与方法，如果没有法度，如何把语言材料组织成文？所谓文有文法，字有字法，散文之有法度犹如宫室之有制度，未有离开法度而成功者，缺乏法度的散文是不会迸射艺术魅力的。

法度有几个意思，一是执法，二是制度，三是指规矩和行为的准则，在文学中指方法与规矩。

方法与规矩就是法度。

关于法度有遵守、不遵守与超脱三种状态。何为遵守法度，何为超脱法度，这是既矛盾又统一的。文学的自由是以遵守法度为基础的，比如我们写唐诗是有规律的，平仄是有规律的，现在我们很多同学写旧体诗，与格律没关系，这诗不会有什么价值，因为他没有遵守法度。记得闻一多说过一句话，格律诗是戴着枷锁跳舞，在法度的基础上去跳舞，法度相当于枷锁，一个社会也如此，没有法度这个社会肯定是混乱一团，写文章也是这个道理。

当然，法度贵在活用，应该是活法，而不能是呆板的僵蛇挂枯枝。文有大法而无定法，不入于法，则散乱无纪；不出于法，则拘迂而无以尽文章之变。不遵守法度，文章自然会散乱而无头绪，但进一步，还是要走出法度，而尽现为文变化的神奇妙趣，苏轼于《书吴道子画后》所揭示的出新意于法度之外就是这个意思。

总之，遵守法度而又超出法度，是一个矛盾的统一体，艺术是以遵守法度为基础的，只有掌握了法度才能够自由行文，所谓曲尽法度而妙在其外，进而成为一代文学巨擘。中国古代的文学家与文论家注重章法、句法乃至造语炼字便是这个道理。所谓学问有渊源，文章有法度，文有大法而无定法，审美往往通过法度表现出来，在掌握前人法度的基础上形成自己的法度，才能做出超越前人的创新。当下的问题是，大量散文缺少法度，甚至不知法度而何物，落墨万言泥沙俱下，任意满溢而不知所之，这样的散文有多少艺术含量呢？

这是关于法度的简单阐释。

二　基本叙事法

中国文学历来重视叙事方法，中国古代关于叙事方法的文章，车载斗量。但是现在很多人不重视叙事方法，一说叙事方法好像就很幼稚，什么年代呀，还讲什么叙事方法啊！这不是小儿科吗，很荒唐地、自以为是地把传统给扔掉了。具体来说，叙事方法包括这样几个方面：

第一，清楚。把散文写清楚是作家的基本功，有些散文，包括有些得奖散文，也没有达到这个标准，把话说清楚，把散文写明白是基本功。梁实秋是北京人，住在内务部街，他家是一处很大的宅院，梁实秋写回忆北京的文章，他说北京的吃，各种小吃，在台北吃不着的，透出对故乡的思念，还写到北京的一些旧闻，写得都很有意思。梁实秋在《散文的艺术》中评论胡适的散文："胡适不是文学家，但他的散文有一个最基本的优点，——清楚。清楚二字并不是容易做到的。思想先要清楚，然后笔下没有一点纤尘，这才能写出纯净无疵的散文。胡适的散文长于说理，即是因为清楚的缘故。有许多人，书读得不少，写起文章来，拖泥带水，令人摸不着头脑。所以清楚是一种难得的优点，并且是最基本的优点，做不到清楚二字，休想写出优美的散文。"(1)

梁实秋对胡适、徐志摩、鲁迅、周作人、郭沫若也都有评价。他认为胡适之下是徐志摩、周作人、鲁迅与郭沫若。梁实秋说："徐志摩的散文的优点是亲切。他的文字不拘泥不矜持，写得细腻委婉，趣味盎然！周作人的散文，冲淡闲逸，初看好像平凡，细看便觉得隽永，这真是启明老人特备的风格，意境既高，而文笔又雅练；鲁迅的散文是恶辣，著名的'刀笔'，用于讽刺是很深刻有味的，他的六七本杂感是他的最大的收获。郭沫若的文章气魄最大，如长江大河，可说才气纵横。我觉得这五个人可以说是现代散文的代表。"(2)

清晰明白，简单说，便是记事有序。当然这种记事不是简单的平铺直叙，而是有多种手法，所谓石有三面，树有四枝，刘熙载在《艺概》中总结道："有特叙，有类叙，有正叙，有带叙，有实叙，有借叙，有详叙，有约叙，有顺叙，有倒叙，有连叙，有截叙，有豫叙，有补叙，有跨叙，有插叙，有原叙，有推叙，种种不同。"(3)对此应该"错综变化，惟吾所施。"(4)根据作者个人的能力进行操作。

这些方法不是死的，是活的，进而错综变化，唯吾所施，我把这些方法烂熟于心，写的时候自然而然就出来了，该顺述的时候顺述，该倒叙的时候倒叙，该插叙的时候插叙，根据情况采取不同的叙述方法。刘熙载的十八种笔法，最主要的是顺叙、倒叙、预叙和插叙。

第二，简洁。我举个例子，《左传》鲁僖公十六年（685）"经"曰：

十有六年春，王正月戊申朔，陨石于宋五。是月，六鹢退飞过宋都。^{（5）}

陨，坠落。

鹢是一种水鸟。

鲁僖公十六年（685）正月初一，宋国落下五块陨石。这月，还有六只水鸟倒着飞过了宋国的国都。"陨石于宋五"^{（6）}，《公羊传》解释为什么先说"陨"，后说石，最后说"五"的道理是从听觉写起，人们先听到声音，陨石落下发出爆裂的声响，走过去一看，原来从天上掉下来几块石头，再数一数，噢，是"五"块，故说"陨石于宋五"^{（7）}。那么，"六鹢退飞"^{（8）}，又为什么先说数字"六"，后说"鹢"，再说"退"呢？因为这是从视觉过程写起，先看到的是"六"只鸟，仔细看看，原来是"鹢"，再细看，才发现是倒退着飞行，所以说"六鹢退飞"。陈必祥在《古代散文文体概论》

中认为:"这倒是一个很好的修辞实例。但更重要的是,在这种曲折隐微的笔法后面,往往包含着作者对历史事件和人物的是非褒贬。这就是所谓'春秋笔法。'我国记述散文传统中含蓄蕴藉、旁敲侧击等手法特点和'春秋笔法'不无关系。"[9]

第三,贵远。远就是含蓄和蕴藉,古人云:载事为难,蓄意为工,就是有意不把事情说透而留有余地。留有余地干什么呢,让读者去思索品味。从阅读的角度看,作品发表以后既是作家的也是读者的,如果没有读者阅读你的作品,你这个作品就是死的,你要让读者心甘情愿去阅读,你就要考虑读者的接受能力,就要讲究技法,如果文章清得像是一碗白水,读者一眼就看透了,这是不够的,还要含蓄、蕴藉,从而给读者留下回味余地。

如何使散文达到贵远的境界?刘大櫆在《论文偶记》中说:

文贵远,远必含蓄。或句上有句,或句下有句,或句中有句,或句外有句。说出者少,不说出者多,乃可谓远。 昔人论画曰:"远山无痕,远水无波,远树无枝,远人无目。"此之谓也。远则味永。文至味永,则无以加。……意尽而言止者,天下之至言也,然言止而意不尽者尤佳。意到处言不

到，言尽处意不尽，自太史公后，惟韩、欧得其二。⁽¹⁰⁾

如何使散文达到这个境界？方法之一是叙述者不直接议论，而是将倾向性的言论通过文中人物之口表述出来。司马迁《史记》晁错传，晁错被杀之后，在文末记载了邓公与汉景帝的对话，邓公曰："夫晁错患诸侯强大不可制，故请削地以尊京师，万世之利也。计画始行，卒受大戮，内堵忠臣之口，外为诸侯报仇，臣窃以为陛下不取也。"⁽¹¹⁾景帝默然良久，曰："公言善，吾亦恨之。"⁽¹²⁾通过两人的对话，展现了作者的态度，这就是"远"，也就是含蓄。

有一点要指出的是，叙述者在散文中主观色彩明显，并不是说一味的明显，这是一种相对关系；同样，叙述者在小说中色彩淡化，叙述者尽量淡化自己，不流露叙述者的态度，也是一种相对的关系。当然这样写散文也可以，叙述者也可以一句话不表达，但是总体看，散文相对小说主观色彩浓厚，但是不要刻舟求剑，该淡化的时候要淡化，不该淡化的时候反而夸夸其谈，那就坏了，总之要掌握好尺度，没有绝对的东西，都是相对的东西。

第四，传神。传神是绘画术语，南朝刘义庆在《世说新语·巧艺第二十一》中说："顾长康画人，或数年不点目精。人问其故？顾曰：'四体妍蚩，本无关于妙处，传神写照，正在阿堵中。'"[13]指出刻画人物时要传达出人物的内在精神，后来借用到文学作品之中去，刻画人物，不要仅仅满足于外在形象，而是要通过点睛的手法，表达出人物的内在精神。

第五，寄托。即托物言志，通过对事物的描写和叙述，表达自己的志向和意趣。刘熙载谓，叙事有寓理，有寓情，有寓气，有寓识。无寓，则如偶人也。通俗地说，我们在叙述一件事情时，在事情的背后要有所寄托，要与我们的志向、思想、情感发生内在的联系。总之，没有寄托的叙事如同木偶一样。

有寄托的散文我们可以举出许多，当然最多的是诗歌，唐人骆宾王《在狱咏蝉》诗："西陆蝉声唱，南冠客思深。那堪玄鬓影，来对白头吟。露重飞难进，风多响易沈。无人信高洁，谁为表予心？"[14]西陆，谓秋天。南冠，指囚徒。试译如下：

> 秋天的蝉声哀婉凄清，
> 使狱中的我不禁感到悲伤。
> 我现在已是满头白发，
> 但你的颜色仍然如同少女鬓边的黑发，
> 你的每一声吟唱都深深刺痛我。

蝉呀，蝉呀，

秋天的露水冰冷浓重，

你纵使展开双翼也难以高飞，

寒风萧瑟，轻易地就把你的歌声淹没了。

蝉呀，蝉呀，

你虽然居于高处

远离浊世，

但有谁相信你的清白呢？

作者通过寄托，把自己喻为秋蝉，谁为表予心，又有谁能够为我表述内心的幽趣呢？这类托物言志的诗，我们可以举出许多，如王冕的《墨梅》，于谦的《石灰吟》等。

总之，"叙事要有尺寸，有斤两，有裁剪，有位置，有精神"。"叙事有主意，如传之有经也。"[15]关键是要有"精神"，有"主意"，也就是有寄托。

第六，境界。即事物所达到的程度或表现的情况。境界与作者的思想、情怀、艺术修养相连。思想、情怀、艺术修养的高度决定境界的高度。境界用于文艺评论，一般而言指高境界，我们说这首诗有境界是指这首诗有高境界。王国维的《人间词话》道："词以境界为最上。有境界，则自成高格，自有名句。五代、北宋之词所以独绝者在此。"[16]境界

除了表示高度外,王国维认为还有"有我"与"无我"之别:

有有我之境,有无我之境。"泪眼问花花不语,乱红飞过秋千去。""可堪孤馆闭春寒,杜鹃声里斜阳暮。"有我之境也;"采菊东篱下,悠然见南山。""寒波澹澹起,白鸟悠悠下。"无我之境也。有我之境,以我观物,故物皆著我之色彩。无我之境,以物观物,故不知何者为我,何者为物。古人为词,写有我之境者为多。然未始不能写无我之境,此在豪杰之士能自树立耳。[17]

用作者的主观情感观察客观事物,并用文字表达出来,便是有我之境;将作者的主观情感隐藏起来,用客观白描的手法将事物表达出来,便是无我之境。这两种境界没有高下之别,只是不同的写作手法体现于不同的境界而已。

以上六个方面,是古人从大的方面对叙事方法的总结,当然还有更为细微的,也就是微观的具体笔法。我们在下文论述。

这六种方法,我认为是基本大法,是写散文、写小说、写话剧,包括写影视剧本的六大法宝。第一要交代要清楚,读者看完你的作品要明白你说什么,这是第一点;第二就是简洁,不啰唆;第三是要含蓄,要给读者留下思索和想象的空间，这三点都是应该做到的。除此以外，还有传神、寄托、境界。能做到这六点就是优秀作品。然而，这六点完全做到其实是很难的，但我们写散文至少可以做到两点，第一清楚，这是非常重要的；第二传神，既清楚又传神就是好作品，其他的则是锦上添花。清楚、传神是最基本的要求，如果还能含蓄，还能有所寄托就更好，我用五句话和你用五十句话相比较，五句话就能够表达清楚，能够传神，当然是高手。这是从大的方面对叙事方法的研究，还有更为细微、微观的具体笔法，这个说起来就很有意思了。

三　三十二笔法

20世纪20年代，上海大东书局出版了一本胡怀琛编辑的《"言文对照"古文笔法百篇》，将古代散文的写作技巧，总结出32种笔法，1984年湖南文艺出版社将吴曼青校点的本子，再次出版。三十二种笔法是：

1. 事理辩驳法；2. 一字立骨法；3. 感慨生情法；4. 抑扬互用法；5. 逐层推论法；6. 严婉并用法；7. 一气承接法；8. 虚境实写法；9. 跌宕取神法；10. 夹叙夹议法；11. 纯用叙述法；12. 匣剑帷灯法；13. 驭繁以简法；14. 复笔取神法；15. 虚字取神法；16. 写景琢句法；17. 先喻后正法；18. 步步传神

法；19. 用笔矫变法；20. 步步停顿法；21. 起讫不平法；22. 结处点睛法；23. 小题大做法；24. 三段分叙法；25. 谐笑讽刺法；26. 前后叫应法；27. 正喻夹写法；28. 措辞得体法；29. 狭题宽做法；30. 宽题狭做法；31. 两两比较法；32. 托物寓意法。

这是胡怀琛的总结，当然也可以进行新的总结。我们还可以总结出别的一些方法，这三十二种也未必就准，但这是一个大体笔法。我们今天写散文是不是应该掌握这些笔法呢，掌握这些笔法对散文写作当然有好处，古人已经总结出让我少走弯路的方法，我们为什么不学习不继承呢？如果把我们的作品拿来与这三十二种方法进行比对分析，很有可能我们实际上已经在运用这些方法，只是我们不知其然，稀里糊涂地运用而已。我们试用胡怀琛的笔法略做分析，简单举几个例子：

第一，"结处点睛法"。

以《苛政猛于虎》为例。

《礼记·檀弓下第四》中有《苛政猛于虎》一文，记载孔子和弟子子路路过泰山时，遇到一个身世凄惨的妇女的故事。

孔子过泰山侧，有妇人哭于墓者而哀。夫子式而听之。

使子路问之，曰："子之哭也，壹似重有忧者。"而曰：“然。昔者吾舅死于虎，吾夫又死焉，今吾子又死焉！”夫子曰：“何为不去也？”曰：“无苛政。”

夫子曰：“小子识之：苛政猛于虎也！”⁽¹⁸⁾

泰山脚下虎患严重，但是这个妇女和她和亲人却一直住在这里，后来她的亲人都被老虎咬死，只剩下她一人对着亲人的坟墓哭泣。为什么不离开这里呢？因为这里没有苛政。全文以叙事说理，深刻揭示了暴政对人民的残害，统治者的暴政比吃人的老虎更加可怕。这是2000多年以前孔子对时政的认识。我有时候很奇怪，我们做的很多事情都很糊涂，"文革"中孔子是被批判的，批得一塌糊涂，现在开始重视传统文化，儒道佛，首先是儒，但是有些人还反对孔子，尤其北京大学那位也是姓孔的，但是他反孔子反对得十分极端，我不能理解这位孔姓教授为什么"反孔"。我还看过上海一个教授写的一篇文章，写得非常粗俗，一看就没有做人的基本道理，他说孔子是一个杂种，他不是看过《史记》吗，《史记》中有这么一句话，说他爸爸跟颜氏"野合"，他认为就是《红高粱》那个电影，俩人在高粱地里发生性关系。是这个意思吗？这不是望文生义吗，中国传统，男人60岁以后结婚称"野合"。孔子的爸爸是过60岁以后娶的他妈妈颜氏，老男人娶一个年轻的女人，年轻的女人身体好，而老先生有智慧，这符合遗传学的基本法则，所以诞生了孔子，过去儒家说：天不生仲尼，万古如暗夜，孔夫子指明了许多我们至今仍在沿用的伦理法则。孔子思想里有很多民主思想，也有许多民生思想，并不仅仅是我们现在说的君臣父子的封建伦理关系。包括孟子也有很多民生、民主、民权的思想，"闻诛一夫纣矣，未闻弑君也"[19]，并不鼓吹独裁专制。研究儒学的学者说，孔子给了儒学一个灵魂，孟子给了儒学一个拳头，孟子是主张对独裁者进行斗争的。统治者出于自身目的，往往将孔子与孟子的民权思想屏蔽，似乎儒家哲学只是为统治者服务，这样的理解是偏颇、错误的。外国人很奇怪，说他们对历史上有过贡献的人物，包括柏拉图、苏格拉底这些人，他们的思想中也有很落后的，但总是说他们好的一面，从而张扬西方人的精神文明，我们为什么总是把自己的先哲说得丑陋不堪，总是要把祖辈骂得一塌糊涂？总是要菲薄自己国家的历史呢！

　　作为作家一定要有文化，要有思想，要把这个东西看清楚，什么是对的，什么是错的，真实的历史是什么样，否则怎么能写好文章！你都没有一个正确的思想，你都不能辨别社会、辨别历史真伪，怎么可能写出优秀作品呢！那是不可能的，绝不是简单写个鸟，写个风花雪月，不是这个样子的，文章的内涵还是要依赖思想，离开了思想不要写，你写得乱七八糟有什么意思，比如刚才上海那个大学教授写的那个文章有什么意思，无非是被人耻笑而已，不学无术到了这种程度，丢尽大学教授的脸!

还是说回点睛法,这个笔法后来被杨朔发扬光大,比如他的《泰山极顶》。泰山我们熟悉,你笔下的泰山,怎样才能与众不同?这就要动脑子,你写泰山,要写出别人没有的东西,我们且看杨朔是如何写的。他从山脚写到山顶,一路写来并无新意。到了山顶,在那里喝茶,看见了一只小鸡在地上走,因为是雨天,地上有小鸡的爪印,形状像是一个个的"个"字。当时正在搞农业合作化运动,作者由此联想,这里是泰山的山顶,这里的人家合作化了吗?可能还是单干户吧!后来人家告诉他,我们已经合作化了,这就是泰山极顶,这就是他的新意,当时这篇散文被选进中学课本中。杨朔的代表作《泰山极顶》《香山红叶》《雪浪花》《茶花赋》,通通都是这种写法,所谓结尾处点睛的笔法,孔老夫子抨击苛政猛于虎的写法,到了20世纪五六十年代在杨朔的笔下,变成了歌颂社会,歌颂光明的一种写法,方法是一样的,只是内容不一样。

第二,"一字立骨法"。

柳宗元被贬到广西以后,写了很多文章,也写了很多诗,诗前面有序,其中有一则《愚溪诗序》,以"愚"作为文章核心:

灌水之阳有溪焉，东流入于潇水。或曰：冉氏尝居也，故姓是溪为冉溪。或曰：可以染也，名之以其能，故谓之染溪。余以愚触罪，谪潇水上，爱是溪，入二三里，得其尤绝者家焉。古有愚公谷，今予家是溪，而名莫能定，士之居者犹龂龂然，不可以不更也，故更之为愚溪。

愚溪之上，买小丘为愚丘。自愚丘东北行六十步，得泉焉，又买居之为愚泉。愚泉凡六穴，皆出山下平地，盖上出也。合流屈曲而南为愚沟。遂负土累石，塞其隘为愚池。愚池之东为愚堂，其南为愚亭，池之中为愚岛。嘉木异石错置，皆山水之奇者，以予故，咸以愚辱焉。

夫水，智者乐也。今是溪独见辱于愚，何哉？盖其流甚下，不可以溉灌。又峻急多坻石，大舟不可入也。幽邃浅狭，蛟龙不屑，不能兴云雨，无以利世，而适类于余，然则虽辱而愚之可也。

宁武子邦无道则愚，智而为愚者也；颜子终日不违如愚，睿而为愚者也。皆不得为真愚。今余遭有道，而违于理，悖于事，故凡为愚者莫我若也。夫然则天下莫能争是溪，余得专而名焉。

溪虽莫利于世，而善鉴万类，清莹秀澈，锵鸣金石，能使愚者喜笑眷慕，乐而不能去也。余虽不合于俗，亦颇以文墨自慰，漱涤万物，牢笼百态，而无所避之。以愚辞歌愚溪，则茫然而不违,昏然而同归,超鸿蒙混希夷寂寥而莫我知也。于是作《八愚诗》,纪于溪石上。[20]

　　这篇文章有多少个愚字?二十七个。为什么以愚为核心?起因是柳宗元给皇帝上书,说了一些真话,结果被贬斥了,我这个做法不是很愚蠢吗?我到了柳州看见一条小溪,灌水之阳有溪焉,东流入于潇水。或曰:冉氏尝居也,故姓是溪为冉溪。我喜欢这条溪水,在这儿安家,过去有愚公湖,今天这条河流,我把它叫作愚溪。愚溪便是这么来的,所有的东西都跟愚有关。他通过说自己"愚",来影射当时朝政的愚,他很恼火很不愉快,所以用愚说自己,我所有的东西都是愚,我住的房子叫愚屋,我挨着的溪水叫愚溪,那个岛叫愚岛,为什么,因为我上不能治国,下不能给百姓谋好处,所以是愚人。此文的转折点是引述宁武子的一句话:"邦无道则愚"[21],邦是国,国是朝廷,朝廷无道则愚。由此我们可以看出作者内心的波动,他的气愤和恼火。

　　再比如说屈原的《卜居》,关于屈原我最近看到一篇文章,又把旧文重新翻出来了,民国的时候就有人说屈原是传说中的人物,没有这个人。最近有人又炒这个事,说屈原根本就没有,是你们编的。有时我很奇怪,在他们的嘴里很多事说不清楚,怎么是编的呢,《史记》中有记载,而且有他的著作,这个人怎么就不存在呢!还有人对屈原爱国主义也提出异议，屈原爱的是楚国，秦始皇搞统一，他反对国家统一，是个分裂分子，弄得你没有办法跟他交流。我最近遇到一个问题，我写过一篇文章去年登在《北京文学》上，写的是范文程，明代末年的秀才，后来做了清代的开国大臣，其中有一段话说，从民族这个角度来讲，他本身是汉族人，而且是大明国的秀才，当初满族跟汉族是两个对立的民族，满族的国家是后金，范文程身为汉族人，背叛了汉族而为敌国出力，难道不是汉奸吗，这有什么错？至于说他在清代立了很大的功劳，帮助满族统一了国家，那是对满族人的功劳。这个观点有错误吗？但是有人不同意，说污蔑了范文程。我们要从历史唯物主义的角度分析这个问题，否则我们学历史唯物主义还有什么用处？！

这是一个很简单的道理，清和明在当时是两个国家，当时的楚国和秦国也是两个国家，我们不能超越历史侈谈问题，现在有些人思想太混乱了，采取历史虚无主义。我们再看屈原，他写的《卜居》：

屈原既放，三年不得复见。竭知尽忠，而蔽障于谗；心烦虑乱，不知所从。乃往见太卜郑詹尹曰："余有所疑，愿因先生决之。"詹尹乃端策拂龟，曰："君将何以教之？"

屈原曰："吾宁悃悃款款朴以忠乎？将送往劳来斯无穷

第三讲 法度

乎？宁诛锄草茅以力耕乎？将游大人以成名乎？宁正言不讳以危身乎？将从俗富贵以偷生乎？宁超然高举以保真乎？将哫訾栗斯，喔咿儒儿以事妇人乎？宁廉洁正直以自清乎？将突梯滑稽，如脂如韦以洁楹乎？宁昂昂若千里之驹乎？将氾氾若水中之凫，与波上下，偷以全吾躯乎？宁与骐骥亢轭乎，将随驽马之迹乎？宁与黄鹄比翼乎？将与鸡鹜争食乎？此孰吉孰凶？何去何从？世溷浊而不清：蝉翼为重，千钧为轻；黄钟毁弃，瓦釜雷鸣；谗人高张，贤士无名。吁嗟默默兮，谁知吾之廉贞！"

詹尹乃释策而谢，曰："夫尺有所短，寸有所长；物有所不足，智有所不明；数有所不逮，神有所不通。用君之心，行君之意。龟策诚不能知此事。"(22)

屈原被放逐三年见不到楚王，竭知尽忠却被谗言所害，心烦意乱，不知所往，于是去见太卜郑詹尹说："余有所疑，愿因先生决之。"(23)我有很多困惑，你能不能给我判断一下，詹尹乃端策拂龟说："君将何以教之？"(24)这是客气的话，你有什么可以教导我的？屈原说："吾宁悃悃款款，朴以忠乎，将送往劳来，斯无穷乎？"(25)我应该端正态度忠于职守，还是送往迎来，没完没了地送官接官？"宁诛锄草茅以力耕乎，将游大人以成名乎？"(26)我是安心在家里种田耕地还是为了做官，寻觅高官、依附他们，成就我的名声呢？"宁

119

正言不讳以危身乎？将从俗富贵以偷生乎？"[27]我应该说真话，让有些人讨厌，受到影响，还是随波逐流在富贵中苟且偷生？"宁超然高举以保真乎，将哫訾栗斯，喔咿儒儿，以事妇人乎？"[28]赔着笑脸，以事妇人，那就是楚王的王后了，他这里面一共是八句话，宁怎么样，将怎么样，将是顺从、请的意思，将进酒，请你喝酒，将进茶，请你喝茶。通过"宁"与"将"两个字，仿佛渔网的结，把他的困惑和思索编织成了一篇文章，这篇文章的核心是屈原的困惑，八个"宁"字与八个"将"字，把八种不同的人生态度表现出来。

相对"一字立骨"法，这里有所发展，也可以说是"两字立骨"法，道理是一样的，文章围绕一两个核心的词或者字，由此生发编织文章。如果我们掌握了这个方法，写文章就可以免去许多组织的力气，这样的方法难道不应该学习吗？

第三，"匿剑帷灯法"。

苏洵《木假山记》：

木之生，或蘖而殇，或拱而夭。幸而至于任为栋梁则伐，不幸而为风之所拔，水之所漂，或破折，或腐。幸而得不破折不腐，则为人之所材，而有斧斤之患。其最幸者，漂沉汩没于湍沙之间，不知其几百年。而其激射啮食之馀，或仿佛于山者,则为好事者取去,强之以为山,然后可以脱泥沙而远斧斤。[29]

他说这木头,有的没长成材就已夭折,有的长成材却被人砍掉,对树木而言,这两种命运都是不幸的,但是也有些树木倾倒在水里,汩没于流沙之间,不知有几百年了。我们再看:

而荒江之濆如此者,几何不为好事者所见,而为樵夫野人所薪者,何可胜数?则其最幸者之中,又有不幸者也。

予家有三峰,予每思之,则疑其有数存乎其间。且其孽而不殇,拱而不夭,任为栋梁而不伐,风拔水漂,而不破折不腐,不破折不腐,而不为人之所材,以及于斧斤。出于湍沙之间,而不为樵夫野人之所薪,而后得至乎此,则其理似不偶然也。

然予之爱之,则非徒爱其似山,而又有所感焉。非徒爱之,而有所敬焉。予见中峰魁岸踞肆,意气端重,若有以服其旁之二峰。二峰者,庄栗刻削,凛乎不可犯。虽其势服于中峰,而岌然无阿附意。吁!其可敬也夫!其可以有所感也夫![30]

文中从木材不同的命运说起,说到他家的木假山,中间的峰非常高大,两边的峰也不低,它们虽然处于高峰之下,但并没有阿谀谄媚的态度,所以可敬可感。苏洵用木假山做比喻,通过木假山讲述他对社会的看法。苏洵没有一个字涉及社会,始终谈的是木假山,但使读者感到他文章的指向,苏洵在这里采取了暗喻的方法。灯很亮,拿纱罩将它罩起来,宝剑很锋利,把它放到剑鞘里。这就是"匣剑帷灯"法,以此巧妙地让读者领略作者的思想倾向。古人很重视这个方法,这话不能说明了,只能通过暗示来打动你,在帝制时代,臣下给皇帝写奏书,往往不能说明白,但是我暗示你,你自己去琢磨。我们给领导提意见也往往会遇到这个问题,批评领导,他肯定不高兴,那么我们就采取暗喻,说我刚才看见一只鸟在树上不停地叫,很叫人讨厌。领导一想跟我说这个鸟是什么意思呢?你于是说我走到树前,看看是什么鸟,它就飞了,鸟还是怕人的。领导一想,说我呢,下级怕上级。所以我们搞文学创作要注意向古人学习,古人把这些创作经验早已经总结出来了,我们把继承下来,用于我们的散文创作,不是好之又好的事吗!

第四,"步步传神法"。

陶渊明的《五柳先生传》是个例子,一步一步把他思想中的"神"给你传递过来,一步一顿,一顿一神,步步传神。

《五柳先生传》收到课本里了吧，按照教材的讲法是怎么讲？哪位老师赐教。讲技法吗？

学员：讲自传的写法，和老舍的自传做了一下对比。还有《六一居士传》把这三篇放在一起对比。

王彬：中国古人写文章都不是很长，因为受限于书法工具，为什么《论语》那么简短，《老子》只有五千言，因为用刀刻在竹子上是很麻烦的一件事情，用毛笔写在竹子上也是很麻烦的，现在为什么那些网络大咖一天写好几万字，原因之一是工具便利了从而下笔万言。

《五柳先生传》是很短的一篇文章：

先生不知何许人也，亦不详其姓字。宅边有五柳树，因以为号焉。闲静少言，不慕荣利。好读书，不求甚解。每有会意，便欣然忘食。性嗜酒，家贫，不能常得。亲旧知其如此，或置酒而招之。造饮辄尽，期在必醉。既醉而退，曾不吝情去留。环堵萧然，不蔽风日。短褐穿结，箪瓢屡空，晏如也。常著文章自娱，颇示己志。忘怀得失，以此自终。

赞曰：黔娄之妻有言："不戚戚于贫贱，不汲汲于富贵。"其言兹若人之俦乎？衔觞赋诗，以乐其志，无怀氏之民欤？葛天氏之民欤？[31]

我理解这篇文章,一段话一个意思,第一段话,先生不知何许人也,亦不详其姓字,什么意思?他制造一个悬念。"宅边有五柳树,因以为号焉。"告诉你五柳先生的住宅旁边有五棵柳树。"闲静少言,不慕荣利。好读书,不求甚解。每有会意,便欣然忘食。"这先生不爱说话,但是喜欢读书又不求甚解,这就很有意思。现在我们有些领导,好读书不求甚解,他不愿意听,但你跟他说《五柳先生》的事,陶渊明就好读书不求甚解,有文化人才好读书不求甚解呢,没文化人才好读书求甚解呢,领导肯定高兴了,马屁拍得真好,五柳先生是好读书不求甚解。

"每有会意,便欣然忘食。"(32)什么叫会意,读书人的心和古人的心是相通的,突然明白了古人的意思和我的意思是一样的,读懂了古人所以欣然忘食,这个人的精神面貌通过这句话传达出来了。简括而言,这几句话表述的是,先生不知其姓名,之所以称五柳先生,因为住宅边上有五棵柳树,然后是不愿意说话,好读书不求甚解,但是每有会意便欣然忘食,这是核心。传神嘛。"性嗜酒,家贫不能常得。亲旧知其如此,或置酒而招之。造饮辄尽,期在必醉。既醉而退。"(33)亲朋请他喝酒,喝完就走,性格很洒脱,不拘小节,这是从另一个层面来写五柳先生,"曾不吝情去留。环堵萧然,不蔽风日。短褐穿结,箪瓢屡空,晏如也。"(34)孔夫子说他的学生颜回:人在陋巷而三月不违仁。什么叫仁,儒家的仁是什么意思？孔夫子有一个学生樊迟问他如何种庄稼，孔子说我不如老农。又问如何种菜，孔子说，我不如老圃。说自己不如老农有什么错？种地就是不如老农嘛，种地的事你别问我。那个学生又问了他一句话，何为仁？孔夫子只说了两个字"爱人"[35]，孔夫子说仁者爱人，热爱老百姓，热爱人民，多年来，我们对孔子思想的理解是有偏差的，往往解释只是为封建统治阶级服务，这是不对不全面的，不是那么简单，孔夫子思想的核心是仁者爱人。

"常著文章自娱，颇示己志。忘怀得失，以此自终。"[36]这是文章的核心，写文章的目的是什么，要舒展自己的想法，自己的志愿，自己的情感，不是为别人写，我们很多文章现在是为别人写，为上级写，或者为某个政策的诠释，或者是为评委写，讨得评委的喜欢得一个奖，这就违背了写文章最基本的初心，写文章是写自己的心态，写自己的旨意，宣泄的情感，不是为了别人，为了评委，也不是为了官员，而是为了我自己，这是写文章最根本的核心问题，但是我们人很多忘掉了，世俗化了，名缰利锁，为了得那个奖，我得拼命讨好评委，评委喜欢什么我就写什么样的文章，小说本来写得挺好，我去写电视剧了，为什么？电视剧一集多少钱，小说一篇有多少稿费，他要算计这个。商业对文人的戕害十分可怕。我们总说政治损害文人，商业损害文人也很可怕。所以人家陶渊明常著文章自娱，颇示己志。忘怀得失，以此自终。陶渊明的诗和文章在他那个时代并不被认好，过了若干年，昭明太子编文选，把陶诗和陶文放在文选里，而且放在很前面的位置，才由此引起社会的重视，觉得这真是好文章，当时流行的文章，当时被看好的文章并不一定是好文章。所以陶渊明写的东西是有他的想法，我不为你们写，我为自己写。颇示己志，忘怀得失。得失不考虑，以此自终。《五柳先生传》是陶渊明的自传，他每一句话都有暗示，所以步步生神，这是古人总结出来的一种写作的方法。如果我们用这个方法写我们的散文，我们的散文是否也会生色呢？至少是有些技术含量的吧。

再后，第五"纯用叙事"法。张岱我们都知道，很有名的作家，他写有一篇《湖心亭看雪》：

崇祯五年十二月，余住西湖。大雪三日，湖中人鸟声俱绝。

是日，更定矣，余拏一小舟，拥毳衣炉火，独往湖心亭看雪。雾凇沆砀，天与云、与山、与水，上下一白；湖上影子，惟长堤一痕、湖心亭一点与余舟一芥、舟中人两三粒而已。

到亭上，有两人铺毡对坐，一童子烧酒，炉正沸。见余，大喜，曰："湖中焉得更有此人！"拉余同饮。余强饮三大白而别。问其姓氏，是金陵人，客此。

及下船,舟子喃喃曰:"莫说相公痴,更有痴似相公者。"(37)

这篇散文采用了白描手法,也就是所谓的"纯用叙事法"。

在雪中,西湖是白色的,只有两三个人影是黑色的,"惟长堤一痕、湖心亭一点,与余舟一芥、舟中人两三粒"(38)。堤是一痕、亭是一点、舟是一芥、人是两三粒,这是采取了远看的视角,而西湖是一片白茫茫的雪原,大与小,黑与白,相互对应具有强烈的画面感。文学是什么,文学首先是形象,文学思维就是形象思维,我们不要把形象忘掉了。张岱这篇文章很朴素,看不出什么技法来,是不是?大雪三天,上下皆白。湖上影子,"惟长堤一痕、湖心亭一点"(39),一横一点,把雪中西湖的长堤和湖心亭刻画得非常形象。"舟一芥,舟中人两三粒",(40)这些事物是朦胧的黑色而天与湖是白色的。通篇看,此文运用对比——大与小,白与黑,便简约而传神地刻画出西湖雪景,文章能够写到这个份上,大概得动动脑子。

很多文章写得金碧辉煌,口吐莲花,妙语连珠,警句飞扬,猛一看挺唬人,但那是表面上的东西,有些读者水平有限,如同我们看电视剧一样,看重口味的,看情节复杂。非常离奇。非常不近人情的他觉得过瘾，否则他不看，那种接近生活，反映生活真实的作品他觉得不过瘾，他觉得没有情节，从而丧失了品读高级读物的能力。文采不是简单地表现在文字上的繁缛与精巧，而是表现在内心，传达事物内在精神，我们不要只被表面的文字迷惑，要深入文字背后，体会这部作品的魅力大不大、深不深。

最后，第六"虚字取神法"。

欧阳修的《醉翁亭记》，请这位学员朗读：

环滁皆山也。其西南诸峰，林壑尤美。望之蔚然而深秀者，琅琊也。山行六七里，渐闻水声潺潺，而泻出于两峰之间者，酿泉也。峰回路转，有亭翼然临于泉上者，醉翁亭也。作亭者谁？山之僧智仙也。名之者谁？太守自谓也。太守与客来饮于此，饮少辄醉，而年又最高，故自号曰醉翁也。醉翁之意不在酒，在乎山水之间也。山水之乐，得之心而寓之酒也。

若夫日出而林霏开，云归而岩穴暝，晦明变化者，山间之朝暮也。野芳发而幽香，佳木秀而繁阴，风霜高洁，水落而石出者，山间之四时也。朝而往，暮而归，四时之景不同，而乐亦无穷也。

至于负者歌于途，行者休于树，前者呼，后者应，伛偻提携，往来而不绝者，滁人游也。临溪而渔，溪深而鱼肥；酿泉为酒，泉香而酒洌；山肴野蔌，杂然而前陈者，太守宴也。宴酣之乐，非丝非竹；射者中，弈者胜，觥筹交错，起坐而喧哗者，众宾欢也。苍颜白发，颓然乎其间者，太守醉也。

已而夕阳在山，人影散乱，太守归而宾客从也。树林阴翳，鸣声上下，游人去而禽鸟乐也。然而禽鸟知山林之乐，而不知人之乐；人知从太守游而乐，而不知太守之乐其乐也。醉能同其乐，醒能述以文者，太守也。太守谓谁？庐陵欧阳修也。[41]

王彬：谢谢，请你再读一下，把"也"字去掉。

我们领会一下有"也"和没有"也"的感觉。有"也"好还是无"也"好？

学员（甲）：没有"也"好，这样简洁。

学员（乙）：还是有"也"好，这样读起来语气更舒服一些。

学员（丙）：有"也"好，它与全文是相匹配的，它是另外表达感情而与文章内涵相递进的。

学员（丁）："也"也是一种断句方式，是语气停顿，这是一个作用。还有一个作用，当我们读的时候，感觉上就是一个醉翁在那儿很自得，很悠然，那个感觉就出来了。

学员（戊）：我觉得还是有"也"更舒缓一点，因为毕竟是散文。我的感觉是这样。

学员（己）：有"也"要好一点，因为有"也"读起来感觉高兴，情绪高昂一点，开心一点。

王彬：古人写文章是有讲究的，今天写文章不那么讲究了，因为古人文章很短，今天写文章很少有人坐在那儿推敲。我很同意朱老师刚才说的，因为是醉翁，喝酒，他通过"也"来写他的那个神态，舒缓和醉态，是通过语言传达出来的。古人写文章是有想法的，为什么《醉翁亭记》是一个名篇，如果没有"也"字，我觉得就要减色，有了"也"就舒缓，有神态，作者那种得意，醉翁之意不在酒，在乎山水之间，山水之乐，得之心而寓之酒也。我这个心是通过酒来传达给你们的，而且是通过醉酒来传达给你们的，这是一方面。

另一方面，"已而夕阳在山，人影散乱，太守归而宾客从也。树林阴翳，鸣声上下，游人去而禽鸟乐也。然而禽鸟知山林之乐，而不知人之乐；人知从太守游而乐，而不知太守之乐其乐也。"[42]禽鸟不依赖人活着，靠山水活着，渴了有溪水喝，饿了有果子吃，跟人没有关系。知山水之乐而不知人之乐，鸟跟人是不通的，这是一个规律。"人知从太守而乐，而不知太守乐其乐也"[43]，他的随从都知道太守很高兴，但是不知道太守为什么高兴，就是庄子说那个，汝非鱼安知鱼之乐。他就说了，汝非我，安知我不知鱼之乐，充满了思辨精神。

"醉能同其乐，醒能述以文者，太守也。太守谓谁？庐陵欧阳修也。"〈44〉我为什么高兴呢？我喝醉了酒和你们大家一样快乐，我酒醒了我还能写这篇文章，所以我高兴，充满了愉快和自负的心态，所以他舒缓，他不急，如果把这些"也"字删掉，文章就少了舒缓之气，我们常说文章有气，气有各种各样的，比如上一讲我说《五卅一日急雨中》那篇文章，充塞着一种非常急促的气，一种悲愤的气，我们今天读欧阳修这篇文章是一种舒缓的愉悦之气，而且是带有醉态，带有酒的芬香的气味，这么一种气，他酒喝的不是那么醉，而是微熏的那种状态，这就很值得我们思索。文中还有很多名句，"酿泉为酒，泉香而酒洌"〈45〉，原来是酒香而泉洌，这么一调变成"泉香而酒洌"，泉怎么会香呢，酒应该是香的，但是调了以后味道就不一样了，"泉香而酒洌"，把两个字互换，这就属于修辞学了，下一讲谈这个问题。我们写文章可以采取多种手法、多种修辞手段，可以简约白描，可以匣剑帷灯，也可以步步传神。文章之妙在于作者自己的操作，你只对自己的文章负责，你不用讨好别人，给不给你奖没有什么意义，欧阳修散文没有得过任何奖，但是这篇文章流传一千年了。我们还是要写出自己的好文章，不要受别人的干扰。当然能得奖更好，但那是次要的，关键要写自己的好文章，把我们的心得传达给学生，让我们的学生写出好文章，这不是好之又好的事吗？

四 章法

章法指文章的组织结构，简单说就是谋篇布局。

文章有两个基本元素：句子与段落，句子组成段落，段落组成文章。把段落组成文章的技法就是章法。章法大于笔法。

古人常说文章的基本做法是起、承、转、合，即开头、过渡、中段与结尾四部分。

就文章的结构而言，章法大体可以分为四类：

第一类，以时间为线索。时间线索可以是明朗的，也可以是不明朗的。

俞平伯的《阳台山大觉寺》记述他去阳台山大觉寺看杏花，它的时间线索就是明朗的。文中从清晨写起："六时五十分抵南池子。七时开车，十五分出西直门"[46]，"三十三分抵西勾桥"[47]，朱自清已经在燕京大学在门口等他，在这里俞平伯下了汽车，雇了一辆人力车，继续前行。"五十五分过颐和园"[48]，"八时四分逾一大石桥，安和桥也"[49]，"十时二十分过温泉疗养院，未入游。二十五分，周家巷，巷口门楼，上祀文昌。已近城子山麓，望北安河隐约可辨"[50]。"十时四十六分抵大觉寺，自温泉村至此八里许"[51]，"入寺门，颇喧杂，有乞丐，从东侧升。引导流水，萦洄寺里，寺故辽之清水院，以泉得名。此在北土为罕见，于吾乡则'辽东豕'耳"[52]。不知什么原因，俞平伯没有见到杏花，于是离开大觉寺，"遂登车上驴，十二时十分也"[53]。"五时半乘车返北京东城，抵家正六时三十分"[54]。从清晨到黄昏，"适得十二时，行百二里许"[55]。

在这篇不长的散文中，俞平伯用时间做文章的接续点，一点一点向前推进，每一个时间点都是旅途中的关键点。

刘白羽的《长江三日》用三天日记的形式，记述了十一月十七日、十八日、十九日的三天见闻。三天时间，三个板块，用时间连续描述三峡的不同景色，读来饶有趣味。

第二类，以空间为线索。

余光中《西欧的夏天》从苏格兰写起，之后是巴黎、法国的南部、西班牙、英国，最后是鹰头小店栈：从小店的窗口望去："沿湖一带，树树含雨，山山带云，很想告诉格拉斯米教堂墓地里的诗翁，我国古代有一片云梦大泽，也出过一位水气逼人的诗宗。"[56]我们朗读一下：

旅客似乎是十分轻松的人，实际上却相当辛苦。旅客不用上班，却必须受时间的约束；爱做什么就做什么，却必须受钱包的限制；爱去哪里就去哪里，却必须把几件行李蜗牛壳一般带在身上。旅客最可怕的恶梦，是钱和证件一起遗失，沦为来历不明的乞丐。旅客最难把握的东西，便是气候。

我现在就是这样的旅客。从西班牙南端一直旅行到英国的北端，我经历了各样的气候，已经到了寒暑不侵的境界。此刻我正坐在中世纪古堡改装的旅馆里，为《隔海书》的读者写稿，刚刚黎明，湿灰灰的云下是苏格兰中部荒莽的林木，林外是隐隐的青山。晓寒袭人，我坐在厚达尺许的石墙里，穿了一件毛衣。如果要走下回旋长梯像走下古堡之肠，去坡下的野径漫步寻幽，还得披上一件够厚的外套。

从台湾的定义讲来，西欧几乎没有夏天。昼蝉夜蛙，汗流浃背，是台湾的夏天。在西欧的大城，例如巴黎和伦敦，七月中旬走在阳光下，只觉得温暖舒适，并不出汗。西欧的旅馆和汽车，例皆不备冷气，因为就算天热，也是几天就过去了，值不得为避暑费事。我在西班牙、法国、英国各地租车长途旅行，其车均无冷气，只能扇风。

巴黎的所谓夏天，像是台北的深夜，早晚上街，凉风袭肘，一件毛衣还不足御寒。如果你走到塞纳河边，风力加上水气，更需要一件风衣才行。下午日暖，单衣便够，可是一走到楼影或树荫里，便嫌单衣太薄。地面如此，地下却又不同。巴黎的地车比纽约、伦敦、马德里的都好，却相当闷热，令人穿不住毛衣。所以地上地下，穿穿脱脱，也颇麻烦。七月在巴黎的街上，行人的衣装，从少女的背心短裤到老妪的厚大衣，四季都有。七月在巴黎，几乎天天都是晴天，有时一连数日碧空无云，入夜后天也不黑下来，只变得深洞洞的暗蓝。巴黎附近无山，城中少见高楼，城北的蒙马特也只是一个矮丘，太阳要到九点半才落到地平线上，更显得昼长夜短，有用不完的下午。不过晴天也会突来霹雳：七月十四日法国国庆那天上午，密特朗总统在香榭里榭大道主持阅兵盛典，就忽来一阵大雨，淋得总统和军乐队狼狈不堪。电视的观众看得见雨气之中，乐队长的指挥杖竟失手落地，连忙俯身拾起。

法国北部及中部地势平坦，一望无际，气候却有变化。巴黎北行一小时至卢昂，就觉得冷些；西南行二小时至罗瓦河中流，气候就暖得多，下午竟颇燠热，不过入夜就凉下来，星月异常皎洁。

再往南行入西班牙，气候就变得干暖。马德里在高台地的中央，七月的午间并不闷热，入夜甚至得穿毛衣。我在南部安达露西亚地区及阳光海岸（Costa del Sol）开车，一路又干又热，枯黄的草原，干燥的石堆，大地像一块烙饼，摊在酷蓝的天穹之下，路旁的草丛常因干燥而起火，势颇惊人。可是那是干热，并不令人出汗，和台湾的湿闷不同。

英国则趋于另一极端，显得阴湿，气温也低。我在伦敦的河堤区住了三天，一直是阴天，下着间歇的毛毛雨。即使破晓时露一下朝曦，早餐后天色就阴沉下来了。我想英国人的灵魂都是雨荸，撑开来就是一把黑伞。与我存走过滑铁卢桥，七月的河风吹来，水气阴阴，令人打一个寒噤，把毛衣的翻领拉起，真有点魂断蓝桥的意味了。我们开车北行，一路上经过塔尖如梦的牛津，城楼似幻的勒德洛（Ludlow），古桥野渡的蔡斯特（Chester），雨云始终罩在车顶，雨点在车窗上也未干过，消魂远游之情，不让陆游之过剑门。进入步布瑞亚的湖区之后，遍地江湖，满空云雨，偶见天边绽出一角薄蓝，立刻便有更多的灰云挟雨遮掩过来。真要怪华兹华斯的诗魂小气，不肯让我一窥他诗中的晴美湖光。在我一夕投宿的鹰头（Hawkshead）小店栈楼窗望出去，沿湖一带，树树含雨，山山带云，很想告诉格拉斯米教堂墓地里的诗翁，我国古代有一片云梦大泽，也出过一位水气逼人的诗宗。(57)

此文不长，不到1500字，但是精彩地描述了法国、西班牙与英国的夏天，凉爽、干热与雨气霖霖，充溢着诱人的诗意。这篇文章写于1985年，余光中是2017年过世的吧，八十几岁，他的散文在台湾是很著名的，写得非常好，他说的地方我都去过，确实写得很到位，我因为去过所以有比较。英国是一个海洋国家，英伦三岛被海洋包围，所以夏天不热，而且多雨，这雨用现在气象员的说法是分散式阵雨，这是最近他们常说的一个词，分散式阵雨，分散就是这雨不一定在一个地方，可能在怀柔下，也可能在密云下，分散式的嘛，还是一阵一阵的。英国是典型的分散式阵雨，你坐在旅行车上，看车窗外面一会下雨一会不下雨，而且英国的草很绿，这种草就是我们现在公园、小区里常见的草，叫旱地早熟禾，这种草需要雨水滋养，种这个草是很费水的，所以我很奇怪为什么我们一定要把英国的草弄到中国来呢？中国的野草难道不行？我住那个小区长了很多野草，挺好的，却一定要让园林工人把草割去，因为不是旱地早熟禾。一个国家有一个国家的水土与植物，不要盲从，盲从就不好。

　　法国的南方接近西班牙的北方，西班牙的北方是山，是高原，南边是海，地中海和大西洋，南边多雨，北部干旱，西班牙、葡萄牙也有点意思，有历史价值的破屋子政府不拆也不修，破破烂烂的，说这个有多少百年，也不拆就搁在那，与现代建筑的风格是不一样的。1985年余光中去了欧洲，创作了《欧洲的夏天》，欧洲人很少装空调，我们有一次去奥地利，在维也纳，吃完中饭，在饭店外面等旅行车，我观察居民住的楼房，那么多楼只有一家窗户底下装有一个空调机，为什么不装呢，因为那个地方凉快，装风扇就行了，而且人工贵，在北京不装空调绝对不成，天气太热，40℃左右是常态。余光中很真实地写了当时旅游的足迹。怎么写的呢，就是空间过渡，巴黎在北边，西班牙在南边，然后过海，英伦三岛，很简单的道理，我们写散文其实有时候也需要这个空间组合，没有什么很复杂的事情，有时候又要写英国，又要写法国，还要写西班牙，怎么写，你按照空间顺序写不就完了吗。最后是"在我一夕投宿的鹰头（Hawkshead）小店栈楼窗望出去，沿湖一带，树树含雨，山山带云，很想告诉格拉斯米教堂墓地里的诗翁，我国古代有一片云梦大泽，也出过一位水气逼人的诗宗。"[58]这篇文章就有味道了，因为英国人，包括法国人死后都是放在教堂，当然放在教堂是有条件的，你得是名人，给国家作过贡献的，把他的棺材放在教堂里，这是一种方法。我去过西班牙大教堂，看过哥伦布的墓，非常辉煌，很大的一口棺材，四个壮汉抬着这个棺材，穿着他们当时的服装，壮汉是青铜的，当然这是坟墓上的雕像，棺材埋在石板底下。在英国伦敦威斯敏斯特大教堂，意译为西敏寺里，很多英国的文学家都葬在里面，许多人去教堂，不是看国王的墓而是看文人的墓，墓碑有放在墙上还有放在地上的，如同地板一样。所以余光中文章最后总结道"格拉斯米教堂墓地里的诗翁"[59]，格拉斯米是一座小镇，格拉斯米教堂就在小镇里。余光中指的诗翁应该是指华兹华斯，他住在温德米尔湖区一带。余光中由西方的诗宗，想到中国的诗宗，中国古代的诗宗。是谁呢？你们认为是？

学员：屈原。

王彬：好，屈原。课间有些学员问我怎么能够写好散文，我认为：第一学习理论，第二多读经典。什么是经典？这篇文章就是经典，读起来很有味道。第三比较学习。好散文是有法度的，我们遇到一篇好的散文要反复琢磨，反复体验，为什么人家写得好，我写不好，我们的差距在什么地方。再一个如果是，我们教学生读一些课外美文，不要老读那些心灵鸡汤，他可能读不懂，但我们可以指导他去体会文章的好坏，精髓在哪儿，应该学习什么地方。所以我希望大家通过你们的言传身教，培养出我们下一代的好作家来，这是个功德无量的事情。

第三类，是以逻辑为线索，不说了。上次我说过三毛《撒哈拉的故事》中有一篇《沙漠中的饭店》，三毛以做饭为线索，说西方人不愿意吃西方饭，愿意吃中国饭，那么怎么给这些人做饭？三毛以做饭为逻辑线索，一点一点推进，完成全篇。这个不再说了。

最后，第四类，以情感为线索，情感的演进，这就是所谓的情态，所谓的"气"，如果你的气不长，情感不绵长、不深厚就很难写出好作品。余光中有一篇散文《听听那冷雨》比较长，已经说过，他对故国的思念，对大陆的思念，他作为一个游子，通过雨的一点一滴唤起他的情感波澜，引起读者共鸣。以情感为线索，《听听那冷雨》是一篇好例子。

文学作品应该是言之于形，而发之于情，形是什么呢，就是形象，情就是情感。如果真的能够言之于形，而又发之于情则肯定是好作品。当然，法度不可以忽略，要贵在活用，有法而又无定法，不能说某个法一定不能变，没有这个道理。简单地说，审美往往通过法度呈现出来，在遵守前人法度的基础上，我们还应该有创新意识，不能一味守旧。我们要写出超越前人的好文章，这就需要创新，需要有新法度，当然新法度离不开旧法度，旧法度是基础，我们掌握了旧法度才可能创造出新法度。我们弄懂了历史上优秀散文的原因，才能写出更好的今天的散文。我很希望大家能够写出好文章，好的散文作品，为中国当代文坛作出贡献，谢谢大家。

注释

(1) 王景峰编著：《中国现代散文小品理论研究十六讲》，山东文艺出版社2009年版，第153页。

(2) 王景峰编著：《中国现代散文小品理论研究十六讲》，山东文艺出版社2009年版，第153页。

(3) 〔清〕刘熙载：《艺概》，上海古籍出版社1978年版，第42页。

(4) 〔清〕刘熙载：《艺概》，上海古籍出版社1978年版，第

42页。

(5)〔战国〕左丘明:《左传》,上海古籍出版社2016年版,第189页。

(6)〔战国〕左丘明:《左传》,上海古籍出版社2016年版,第189页。

(7)〔战国〕左丘明:《左传》,上海古籍出版社2016年版,第189页。

(8)〔战国〕左丘明:《左传》,上海古籍出版社2016年版,第189页。

(9)陈必祥:《古代散文文体概论》,河南人民出版社1986年版,第38页。

(10)〔清〕刘大櫆:《论文偶记》,人民文学出版社1998年版,第7—8页。

(11)〔汉〕司马迁:《史记》,中华书局1959年版,第2747—2748页。

(12)〔汉〕司马迁:《史记》,中华书局1959年版,第2748页。

(13)余嘉锡:《世说新语笺疏》,中华书局1983年版,第723页。

(14)《全唐诗》,中华书局1960年版,第848页。

(15)〔清〕刘熙载：《艺概》，上海古籍出版社1978年版，第42页。

(16)〔清〕王国维：《人间词话》，四川人民出版社1981年版，第1页。

(17)〔清〕王国维：《人间词话》，四川人民出版社1981年版，第4页。

(18)张文修编著：《礼记》，北京燕山出版社1995年版，第83页。

(19)〔宋〕朱熹著、欧阳玄主编：《四书集注》，海南出版社1992年版，第282页。

(20)〔唐〕柳宗元：《柳河东集》，上海人民出版社1974年版，第408页。

(21)〔唐〕柳宗元：《柳河东集》，上海人民出版社1974年版，第408页。

(22)王彬主编：《中华文学经典·散文》，中国社会出版社2004年版，第47页。

(23)王彬主编：《中华文学经典·散文》，中国社会出版社2004年版，第47页。

(24)王彬主编：《中华文学经典·散文》，中国社会出版社

2004年版,第47页。

(25)王彬主编:《中华文学经典·散文》,中国社会出版社2004年版,第47页。

(26)王彬主编:《中华文学经典·散文》,中国社会出版社2004年版,第47页。

(27)王彬主编:《中华文学经典·散文》,中国社会出版社2004年版,第47页。

(28)王彬主编:《中华文学经典·散文》,中国社会出版社2004年版,第47页。

(29)王彬主编:《中华文学经典·散文》,中国社会出版社2004年版,第378页。

(30)王彬主编:《中华文学经典·散文》,中国社会出版社2004年版,第378页。

(31)王彬主编:《中华文学经典·散文》,中国社会出版社2004年版,第186页。

(32)王彬主编:《中华文学经典·散文》中国社会出版社2004年版,第186页。

(33)王彬主编:《中华文学经典·散文》,中国社会出版社2004年版,第186页。

（34）王彬主编：《中华文学经典·散文》，中国社会出版社2004年版，第186页。

（35）〔宋〕朱熹著、欧阳玄主编：《四书集注》，海南出版社1992年版，第173页。

（36）王彬主编：《中华文学经典·散文》，中国社会出版社2004年版，第186页。

（37）王彬主编：《中华文学经典·散文》，中国社会出版社2004年版，第527—528页。

（38）王彬主编：《中华文学经典·散文》，中国社会出版社2004年版，第527页。

（39）王彬主编：《中华文学经典·散文》，中国社会出版社2004年版，第527页。

（40）王彬主编：《中华文学经典·散文》，中国社会出版社2004年版，第527页。

（41）王彬主编：《中华文学经典·散文》，中国社会出版社2004年版，第367—368页。

（42）王彬主编：《中华文学经典·散文》，中国社会出版社2004年版，第368页。

（43）王彬主编：《中华文学经典·散文》，中国社会出版社

2004年版，第368页。

（44）王彬主编：《中华文学经典•散文》，中国社会出版社2004年版，第368页。

（45）王彬主编：《中华文学经典•散文》，中国社会出版社2004年版，第367页。

（46）俞平伯：《杂拌儿（之二）》，江西人民出版社1983年版，第123页。

（47）俞平伯：《杂拌儿（之二）》，江西人民出版社1983年版，第123页。

（48）俞平伯：《杂拌儿（之二）》，江西人民出版社1983年版，第123页。

（49）俞平伯：《杂拌儿（之二）》，江西人民出版社1983年版，第124页。

（50）俞平伯：《杂拌儿（之二）》，江西人民出版社1983年版，第125页。

（51）俞平伯：《杂拌儿（之二）》，江西人民出版社1983年版，第125页。

（52）俞平伯：《杂拌儿（之二）》，江西人民出版社1983年版，第126页。

(53) 俞平伯:《杂拌儿（之二）》,江西人民出版社1983年版,第126页。

(54) 俞平伯:《杂拌儿（之二）》,江西人民出版社1983年版,第127页。

(55) 俞平伯:《杂拌儿（之二）》,江西人民出版社1983年版,第127页。

(56) 林辛编:《听听那冷雨——余光中散文精品选》,山东文艺出版社1994年版,第202页。

(57) 林辛编:《听听那冷雨——余光中散文精品选》,山东文艺出版社1994年版,第200—202页。

(58) 林辛编:《听听那冷雨——余光中散文精品选》,山东文艺出版社1994年版,第202页。

(59) 林辛编:《听听那冷雨——余光中散文精品选》,山东文艺出版社1994年版,第202页。

第四讲　修辞

这几讲，我们都是在叙事学的范围内，讨论散文的写作问题。

有学员问，叙事学有几个发展阶段？有两个阶段：第一个阶段是语法问题，就是叙事学的方法问题，简称语法。在这个阶段中，有哪些核心问题呢？比如说有叙述者、聚焦、时间、空间、文本等一些基本概念，我们这两天一直谈这两个问题。

叙事学还有第二阶段，就是语境问题。语境有大语境与小语境。社会环境是一个大的语境。那么，社会环境包含哪些内容呢？这是叙事学所关心的一个重要问题。

我举个例子，我们读过《红楼梦》，至少看过它的连环画、电视剧。《红楼梦》的历史语境是什么？《红楼梦》的主题是什么？不同人有不同说法，有人说是阶级斗争。焦大是被压迫的人，贾母是压迫人的人。有人说是民族斗争，是反清复明。还有人说是宫斗，说得很热闹，说废太子允礽有一个私生女，嫁给了贾珍的儿子贾蓉，也就是秦可卿。所以秦可卿死了以后，贾政要给她大办丧事，而且哭成泪人一般。

那么，他说的对不对呢？我们看历史语境。第一，我们检索废太子允礽的历史，他的确有许多女儿，有的早夭，有的嫁给了蒙古贵族，但没有嫁给贾蓉的。所以那是他编的，他想象的，于史无据。第二，历史和小说是两码事，我们不能把真实的历史和虚构的小说对接。所以他说的不对，语境不对，他的研究与科学无关。

坚持民族斗争的人说宝玉喜欢吃女孩子嘴上的胭脂，喜欢吃那个红的东西，朱元璋姓朱，朱明，火焰是红的，大清是水，水可以把火扑灭，按照五行的说法，说是反清复明，举了很多例子。对不对呢？不对。为什么不对？还是要从语境入手，我们不要老是从意识方面做肆意解读，那是说不清楚的。

《红楼梦》有一回写林黛玉从扬州来到荣国府。吃完中午饭，贾母说看看你的大舅舅和二舅舅、大舅妈和二舅妈。大舅舅是贾赦，这是一个浑蛋人物，二舅舅是贾政，他的妻子是王夫人。先去看看大舅舅贾赦，贾赦在家，但是不见。说我妹妹刚死，见我妹妹的女儿怪伤心的，不如不见她的好。这是一个很荒唐的理由，不近人情。贾赦是个浑蛋，所以他说出浑蛋话可以理解。然后去见贾政，贾政因为公事去斋戒了。古代遇到一些重要礼仪活动之前是要斋戒的，要洗澡，要不吃荤腥，不近女色。老嬷嬷把林黛玉引到王夫人住的那个地方，书中有一段关于环境的描写，其中有一个细节，说是在一个楠式洋漆小几上放着一只周公鼎。周公鼎是什么意思？是周公为了祭祀他的父亲文王而制作的礼器。

乾隆皇帝非常喜欢周公鼎，在热河文庙落成的仪式上，特意把紫禁城里的周公鼎奉送到热河的文庙中去。而且仿制了很多周公鼎。今天我们在拍卖场上还可以看到乾隆时期仿制的掐丝珐琅周公鼎。上有所好，下必行之，因此周公鼎是当时贵族和高官家中的一种时尚陈设。

这就说明这部小说应该写于乾隆年间，不会写在乾隆之前。这是一个很好的细节，这是产生《红楼梦》的一个历史语境。

我们上一讲说，这部书的语言，是满族人学汉话不利落时，是清初的满式语，历史阶段的北京话。作者是个满人，我以我为例，我英语很糟糕，略识之无。前几年我和我爱人去英国访问，想去福尔摩斯纪念馆，我就问英国人：Stray away Holmes，人家就愣了，不知道说什么。这是中式的英语。

那个时期的满人说汉话，说的是满式汉语，他说得不利落，有很多满语的结构，不是汉语结构。比如汉人说话是主语、谓语、宾语。而满语则把谓语放到后面，所以我们看《红楼梦》很多的语言，你读着它怎么都觉得有些怪。周汝昌先生就说过，《红楼梦》的确是北京话，但是有一种特别味道，他叫"味外味"，味道外面还有一种味道。他就问我，因为周先生不研究语言学，他是红学大家，但是这方面他不研究，我说这是满式汉语。他说什么叫满式汉语，我给他解释，举出了很多例证。

昨天我们说的劳什子——令人讨厌的东西，我不要这个劳什子，还有白冷了些——仅仅是着凉、感冒了而已，《红楼梦》中有很多这种满人说话的习惯和满式词汇。这是一个满族人写的小说，任何一个民族的人都不会反对本民族做统治者，除非这个人是本民族的叛徒。所以《红楼梦》不存在反清复明这一说法。但是有些人信口雌黄，把红学界搅得乌烟瘴气，甚至说《红楼梦》不是曹雪芹写的，总之是沉渣泛起。前几年江苏有一个冒氏后裔，说是他们早先的族人冒辟疆写的。冒辟疆是明末清初之人，如果是他写的，我刚才说的历史语境之下的周公鼎，他难道能够推断出来？能够写出周公鼎在王夫人家里吗？那是不可能的，但是就有人因为无知而闹得乌烟瘴气。当地负责宣传的领导知道后也非常兴奋，说《红楼梦》原来在如皋这儿，前去祝贺炒得也是乌烟瘴气。

为此，我写过一篇文章登在《光明日报》上，我说请尊重曹雪芹。曹雪芹是我们国家的瑰宝，没有《红楼梦》，只有《水浒传》《西游记》《三国演义》，是不成的。我们应该尊重作者，尊重历史，尊重曹雪芹的艰辛创作。我们为什么要研究叙事学？它是一门社会科学，它既有方法，又有语境，对我们的研究很有好处，是一个很好的研究工具。然而，许多人不懂，不重视这些问题。当然叙事学本身也在发展。所以我们今天要谈修辞，把它进一步发展起来。

一　普通修辞

修辞我们都知道，不用说了，是为了加强言辞和文句的一种表达手法。《易经》乾卦第一初九，"子曰：'君子进德修业。忠信，所以进德也。修辞立其诚，所以居业也'。"[1]孔子说：君子培育品德，增进学业。用忠信培养品德，以修饰言辞建立诚信，这是事业得以成功的基础。这是"修辞"的最早出处。

《左传》襄公二十四年："大上有立德，其次有立功，其次有立言，虽久不废，此之谓不朽。"[2]立德、立功、立言，这是中国传统文化的精髓。首先要修德，就是要立德；其次要立功，比如你对国家有贡献，我有战功，或者说我把国家的经济搞上来了,我有大功;其次是立言,是放在第三位的。第一位是立德,第二是立功,第三是立言,所谓"三立"。相声名人马三立,"三立"就是出于此,别小看说相声的,人家有文化,他爸爸有文化,希望儿子"三立",我儿子马三立,或者我儿子叫刘三立,一听很俗的名字,但是它背后是立德、立功、立言。然而,可怕的是很多人把立言作为一种牟利工具,甚至是一种政治手段,说得很漂亮,干了很多坏事。语言是"高大上",行事是"低俗恶"。

　　我读《贞观之治》,读到李世民问询魏徵,说魏先生,我不明白,我看隋炀帝说的话那么好,都是为民操劳,他怎么会垮台呢?听到这话魏徵就笑了,隋炀帝这个人,他说的话是说的话,他做的事是做的事,言和行是不统一的。古今中外的政客大都是这样,非如此何以欺世盗名窃取公器?因此白居易有诗:"试玉火烧三日满,辨材需待七年期"[3],检验一个事物要用时间考验,就是这个意思。

　　所以有时候我们看一篇文章,或者看一个君主的什么诏书,全是为民、顺天,上承天命,下为百姓,那往往是假话,干尽了坏事。但是他可以做,你不可以说。你要是立言,你要是史官,你给他写出来,有可能就把你灭口。比如崔杼与史官的故事,但是坚持真相的史官是杀不绝的。立言是文人对社会的贡献,不要把立言当成一个可有可无的虚无之物，写文章，写散文也是这个道理。

修辞学包括三个方面，第一是辞格。第二是修辞活动。第三是语言风格。修辞方法就是辞格，修辞活动就是语境、语体。比如说我们今天坐在这儿讨论散文问题，这属于情景语境。再一个是语言风格。我们今天只谈辞格，别的不谈，因为谈起来没完没了。

辞格有63种，这个不说了，在网上可以查到。今天只谈修辞的辞格问题。

修辞是可以变化的。我举个例子，吴伯箫的散文我读中学的时候课本里有，现在被撤掉了，为什么要撤呢？我学过他的《记一辆纺车》，还有一篇是《菜园小记》，都是优秀的散文。吴伯箫的散文风格有一个演变过程，而且保留了时代的厚腻痕迹。郑明娳在《现代散文理论垫脚石》中引述他早期散文《梦到平沪夜车》："车厢里也已亮了灰黄的灯光。乘客们都偎依着蜷跼着睡了疲惫的旅途啊，都这样可怜。他们都在做什么梦呢？宁静和乐的故乡？艰难饥饿的荒旱？宝宝祖母的糖果？青年爱妻的温馨？还是风，雨，突突的枪声啊，做着各种的梦吧。你看，一个皱了眉头哭丧着脸，一个唇边挂着微笑，哎！醒也是悲欢，梦也是悲欢，这网罗，这樊笼，谁是自由人呢？正笑着忽然哭起来了。正哭着忽然笑起来了。解不开的谜哟。"[4] 这是他早期的散文，和他后期的散文完全不是一个风格。早期提倡白话文，认为书面语应该以口语为依规，而且大量使用虚词，啊、呢、哟、哎。我们今天读来觉得很别扭，这不是个人问题，而是在探索口语转化为书面语时发生的普遍现象，我们感到别扭的散文作品，不是作家个人，而是语言书写转型时期的问题。

比如，我们听侯宝林的相声，侯宝林学当时人说国语：呦！三轮，我要到西单去，好不好呦？你要多少钱？太贵了，少于一块钱，我不拉你呦。好了好了，我给你两块钱好喽。它不是一个简单的相声，而是反映了当时人们的说话习惯。

后来就不这样了，我们看吴先生后来的文章多漂亮，多秀气，充满了文采的光影，比如《菜园小记》，我读一段：

种菜的整个过程，随时都有乐趣。施肥，松土，整畦，下种，是花费劳动量最多的时候吧，那时蔬菜还看不到影子哩，可是"种瓜得瓜，种豆得豆"，就算种的只是希望，那希望也给人很大的鼓舞。因为那希望是用诚实的种子种在水肥充足的土壤里的，人勤地不懒，出一分劳力就一定能有一分收成。验证不远，不出十天八天，你留心那平整湿润的菜畦吧，就从那里会生长出又绿又嫩又茁壮的瓜菜的新芽哩。那些新芽，条播的行列整齐，撒播的万头攒动，点播的傲然不群，带着笑，发着光，充满了无限生机。一颗新芽简直就是一颗闪亮的珍珠。"夜雨剪春韭"是老杜的诗句吧，清新极了；老圃种菜，一畦菜怕不就是一首更清新的诗？⁽⁵⁾

我们今天写散文，写文章，要明白：第一，口语是基础。第二，绝对不能照搬口语，那不是文章，那是说话。第二，书面语不等于口语，这是两种文体。所以我们有时文章要写得很"文"，说明你有文采。完全口语化的文章是不可取的。第三，优秀的散文往往是书面语与口语长处的结合体。文章就是文章，散文就是散文，说话就是说话，文学作品是个人行为，有权利选择不同文体不同的修辞方式，我喜欢把文章写得很"文"，我喜欢用文言创作，不会有人干预，那是你个人的权利。

还有一个问题是比喻的运用。早期的散文往往用的比喻比较简单、朴素，一般是以明喻为主，经常爱用什么类比、排比、比喻、夸张、模拟，等等。比如，朱自清的《绿》："这平铺着，厚积着的绿，着实可爱。她松松的皱缬着，像少妇拖着的裙幅；她轻轻的摆弄着，像跳动的初恋的处女的心；她滑滑的明亮着，像涂了'明油'一般，有鸡蛋清那样软，那样嫩，令人想着所曾触过的最嫩的皮肤；她又不杂些儿尘滓，宛然一块温润的碧玉，只清清的一色，但你却看不透她！"⁽⁶⁾这是朱自清的《绿》。我们怎样给学生解读这篇文章？就是讲比喻？就是从比喻角度来讲吗？

朱自清在这篇散文中，把喻体连续做了四度转化："像少妇拖着的裙幅"[7]，这是第一个；"像初恋的处女的心"[8]，这是第二个；"像涂了'明油'一般"[9]，这是第三个；"宛然一块温润的碧玉"[10]，这是第四个。转到这儿以后，作者指道："你却看不透她"[11]，这是本体。"有鸡蛋清那样软，那样嫩，令人想所曾触过的最嫩的皮肤"[12]，是从"像涂了'明油'一般"[13]衍生出来的，"明油"[14]是喻体，"鸡蛋清那样软"[15]等是喻依，二者是大逻辑与小逻辑的关系。我们在后面解释。

初学写作的人一看，认为这写得真棒，博喻，四个比喻。但是行家看这个比较嫩，比较幼稚。不是说朱自清不好，我绝对没有这个意思，因为写作有一个发展规律，修辞也有一个发展变化，从不成熟到成熟。

我们的小朋友如果写到这样就很好了，大学老师写这个则尚需努力。中国的散文它就是这么走过的，反映在修辞上也是从不成熟到成熟慢慢走过来的。今天写散文这么写就比较稚嫩了。怎么写呢？我们再看余光中《听听那冷雨》的片段："雨敲在鳞鳞千瓣的瓦上，由远而近，轻轻重重轻轻，夹着一股股的细流沿瓦槽与屋檐潺潺泻下，各种敲击音与滑音密织成网，谁的千指百指在按摩耳轮？"[17]余光中的比喻相对朱自清比较巧妙。朱自清的都是像什么，宛如什么，都是明喻，最后才指到那个语意。余光中的比喻采取暗喻形式，先是把雨比喻为音乐，各种敲击音与滑音，又比喻为网，最后是手指。雨是本体，音乐、网与手指是喻体。喻体直接转到本体非常简洁。

但是，明喻也不是一味不好，而是看你用于什么地方，要恰到好处。用的不好，往往使人感到啰唆。我们看许多散文，用了很多比喻。而且比喻也非常漂亮，从各种角度来比喻一个事物。但是读者为什么不读？原因是你这个方法太陈旧，太啰唆了，不适合今天读者的阅读口味。

我们说文章有时需要通过明喻表达某一个意思。但是中国人也好，外国人也好，目前都是快节奏生活，他未必喜欢看那么多啰唆的比喻。所以将喻体和喻依直接过渡就完了，一语中的，把核心的问题说出来就好了。我们要在修辞上考虑今天读者的阅读习惯。历史上，许多文章是好文章，是经典，它确实是经典，但它是历史上的经典。不是今天的经典，因此未必适合今人阅读。

所以我们讲"五四"以后的散文，有它的优点，有它的缺点。我们要给小朋友讲清楚。否则孩子学一堆"五四"以后的啰唆东西就麻烦了，它跟现在不接轨，不接口，这是很要命的。话虽如此，但做起来其实是很麻烦的。你说你这个好，我还说我这个好呢！文无第一，武无第二，作者互相不服气，况且读者的口味又不一样。

二　变异修辞

下面谈变异修辞。

变异修辞是普通修辞的分支。

文学语言有相当一部分是变异修辞。

修辞学是研究惯常的修辞现象。变异修辞的重点是变异，普通修辞的重点是修辞。怎么把普通修辞变成一种变异修辞，变成一种文学语言，这是很麻烦的事情。怎么使这个话说得有味，文学味很浓，属于文学家要研究的问题，也是今天我们要讨论的问题。

我们在第一讲中说过有三种语体，社科类的一般不存在变异修辞，比如我们看社科类著作，基本没有变异修辞。即便有也是少之又少。生活语体基本也没有变异修辞，你要是跟人家说变异修辞，人家不知道你什么意思，影响了正常的交流社会就乱套了。

文学中有变异修辞，但是在不同文体中，变异修辞的比例也不一样。在戏剧、小说、散文和诗歌中，诗歌的变异修辞最多。小说和戏剧较少，散文也相对少。

第四讲 修辞

我举个例子，比如说整夜的狂风吹过，"路旁的大树疼得弯了腰"。这是个暗喻。大树怎么会疼呢？它的重点是在"疼"上，疼得弯了腰。从修辞语法上来讲，这个语法完全是对的，主语、谓语、宾语。但是这个话里面的内容不对。话的内容发生了变异，就是说词语之间的搭配虽然符合语法规则，但是词的内容却不符合日常逻辑。

我再举一个咱们学员的例子，这是陈奉生的一篇散文，近结尾处有这么一段话："水是船的路，返回的小船离开船两边的水，水面绽放着朵朵的浪花，仿佛老舅的右桨把初升的太阳划碎在水中，左桨就挑起西天红彤彤的晚霞，周围的村庄升起年轻而又古老炊烟，大地上的庄稼绿了又黄，黄了再绿，村民的脚印叠摞着大事小情，树木一圈一圈地画满年轮。"[18]这里面有修辞，也有变异修辞。哪处是变异修辞？"村庄升起年轻而又古老炊烟"[19]，村庄升起炊烟，这是普通修辞。主语、谓语都对，内容都对。"古老而又年轻的炊烟"[20]，这就是变异修辞。炊烟怎么还有古老和年轻呢？炊烟就是炊烟，它是在天空中飘动的烟尘。但是我们给炊烟加了修饰语，加了"古老而又年轻"，这就变异了。我们读起来就觉得有味道。如果只是村庄升起了炊烟，那就是日常用语。升起古老而又年轻的炊烟，这是文学语言，而充满了韵味。

我们每个人都可以写变异修辞话语，但是要动脑子，语法要对，内容可能发生变异。但是，让读者认可必须有语境，比如上面举例的这篇文章是一个大语境，而下面这段话只是其中的一个小语境："仿佛老舅的右桨把初升的太阳划碎到水中，左桨就挑起西天红彤彤的晚霞"[21]，如果没有前面的语境，这是什么话呢？它是有语境来做制约的。

我们接着说，刚才是举一些例子。通过修辞的手法将话语进行反常搭配，从而形成变异化语言，即变异修辞。它不是正常的，它是反常搭配，从而形成变异化的语言，这就叫变异修辞。变异修辞和普通修辞的区别在于，普通修辞的重点是修辞，各种辞格，各种修辞的活动。变异修辞的重点是在变异，我利用普通辞格的手法来对我这些话进行变异，使得这些话变成一种文学语言，至少不能那么陈腐，读起来令读者耳目一新。这是关于变异化的一些简单的说法。

我们再谈一些例子。变异修辞离不开修辞手法，比如辛弃疾的《满江红·敲碎离愁》："敲碎离愁，纱窗外，风摇翠竹"[22]。应该是纱窗外，风摇翠竹，敲碎离愁，但它是辞格，它是词，它要调过来，把词序打乱，根据平仄来重新排组。正常说话应该是：纱窗外，风摇翠竹，敲碎离愁。风摇翠竹在前面，是语境，风摇动着绿色的竹子，我的愁绪，我爱国的这种想法，这种离愁，离开故乡的这种愁绪，像竹子一样被风给敲碎了。这是粘连法。如果没有风摇翠竹，你突然来一个敲碎离愁，这是什么话呢？他是利用了修辞格的粘连法，但是他进行了变异。离愁怎么能敲碎呢？他进行了变异。古人可能不懂这么复杂的修辞，但是他在下意识中会用。我们分析经典诗词，用辞格分析有时是很有意思的。我们读一首诗或者词，明白是什么意思，感动我了，但这是浅层次的。我们要进一步，从辞格的角度来推演分析为什么感动我的道理。

再比如三毛写了一篇散文，《雨季不再来》："雨下了万千年，我再想不起经历过的万里晴空。"[23]雨能下万千年吗？当然不能。但是雨下了万千年，从修辞上说，该有多棒！如果说雨下得太久了，则是大白话，是常用语而与文学无关。雨下了万千年，是夸张也是变异修辞。

我们再进一步设想，如果我们把它改成：雨仿佛下了万千年，就是长袍改马褂了，而雨下了万千年才符合我们刚才谈的修辞方法，不那么废话，"雨"和"万千年"直接就过来了。

再举一个例子："不要望吧，望穿了我也是要分离的。"[24]三毛说她去欧洲留学，爸爸、妈妈、弟弟去送她，送她入关，父母家人还在望着她。她回过头看他们，他们还在看着她，她说不要望啊，"望穿了我也是要分离的"[25]，我怎么能够望穿呢？我是一个实体，怎么能够望穿呢？你又不是X光机，这是一种夸张的手法。

161

当然这种夸张比较复杂，为什么？因为有"望穿秋水"这个成语。中国人一读这段话，就明白这是从望穿秋水的角度来进行演绎的，这是相对比较复杂的夸张。这种变异多么简单，如果我们说父母一直在那儿望着我，眼睛都望穿了。不要望啊，不要像望穿秋水那样，这不是废话嘛，毫无味道。

再比如说，有一首《无名高地》的诗："最鲜的血，/最响亮的血，/最烫手的血，/融化在一起。"(26)血怎么会响亮呢？血是有温度的，但是不会发出响亮的声音。"最响亮的血"也就是所谓通感。把视觉用听觉表现出来，这是变异修辞，利用修辞格的手法把不同的事物与感觉搭配在一起。

再比如说，胡玫有一首诗《夏天，走出我的记忆》："携着满眼绿色，/沿着叶铺就的凄凉，/踮起狂躁的鞋尖，/你悄悄走出我的记忆。"(27)首句是隐喻的手法。"沿着叶铺就的凄凉"(28)，也是隐喻。"踮起狂躁的鞋尖"(29)是移就，第四句是拟人。四句诗用了三种修辞格。

所以说，我们搞文学创作的人不仅要懂点修辞学，也要懂点变异修辞。如果我们一篇文章，一篇散文中统统都是大白话，既无修辞，又无变异修辞，那么靠什么彰显你的文才呢？除非你是周作人，有内功，就是大白话，但是说得有味，这个更难，这属于语感问题，我们在后面谈。

作为作家一般来讲，多少还是要懂点修辞学，用一些语言的色彩来迷离读者的眼睛,让他对你的散文产生兴趣。我相信大多数读者水平一般不如作者水平高,否则他当作者你就去当读者了。他之所以要读你的作品,其中很大一部分是修辞学的问题,语言真好。语言好是什么意思呢?他说不清楚。

还是说这首诗,"最鲜的血,/最响亮的血,/最烫手的血,/融化在一起"[30]。这个话我们写不出来,我们要琢磨,这个血怎么会响亮呢?再比如三毛这个"雨下了万千年,我再也想不起经历过的万里晴空"[31],这个语言一下子打动他了,让我们眼睛一亮。再比如说我们阅读辛弃疾,"敲碎离愁,纱窗外,风摇翠竹"[32],这个写得好。总之,变异话语是文学家的基本功。

为什么要将日常的普通话语通过修辞改造为变异话语呢?目的很简单,第一是为了吸引,让那种通常的话语、我们已经有麻木感觉的那种话语,通过变异修辞把它激活。最普通的话语通过我们的改变,通过我们的修辞把它激活了,从而营造一种陌生感,或者说一种新鲜感。读者总是想读新鲜的语言,而不愿意读陈旧的语言。那么通过变异修辞把不同的内容概念连在一起,就会制造出一种新的语言。

修辞是有条件的,变异修辞也是有条件的,第一是语体限制,不同语体对修辞和变异修辞是有约束的。

第二是语境问题。语境是变异修辞的基本条件。语境有广义和狭义之分。广义的语境指社会、时代、人物的情感、场合、对象等。比如说不同的场所，同样一句话会有不同的反应。比如，在公共汽车上，我没有老年证，我也没有一卡通，你得买票，票多少钱？5元钱。这个票是指车票的意思。你到了火车站，也是票，但这是指火车票的意思。电影院售票，这是电影票的意思。不同的场景，不同的语境，同样一个名称会有不同的内涵。

还有一个是狭义的语境，指单纯的上下文，就是上文和下文之间的关系。上文和下文就是所谓语境，小语境。没有这个语境，变异修辞往往被认为是荒唐的。

比如说张长弓，这是20世纪80年代很有名的一个小说家，写过一篇文章叫《挂匾》，其中有这么一句话，"乡党委书记和乡长都很年轻，他们的祝酒词也很年轻：'为了落实党的富民政策，请干了这杯！'"[33]，这话说得很漂亮，而且读者也很喜欢。他们的祝酒词也很年轻，祝酒词有年轻和陈旧之分吗？但是前面有语境，乡党委书记和乡长都很年轻，他们的祝酒词也很年轻，为了落实党的富民政策，请干了这杯。因为干部年轻，所以祝酒词也年轻。人物的"年轻"被粘连到祝酒词的年轻上去了。如果换句话，乡党委书记和乡长都是外地人，他们的祝酒词也很年轻，这个话就不通了，你没有语境。尤其是这种狭义的语境是决定变异修辞是否成功的一个基本条件。如果换一种写法：乡党委书记和乡长都是外地人，他们的祝酒词"却"很年轻，通过"却"字，而和语境相适应，也是可以的。总之，语境与变异修辞是相互关系，或者说是一种特殊的互文关系，变异修辞不是一成不变的，运用之妙存乎一心，明白了道理之后，要动脑筋不要僵化而呆板。

有时候我们读小朋友的作品，觉得这句话写得不错，但总是觉得不合适，就是语境不对。你把语境给他改一改，上下文调整一下，这句话就可以通顺地保留下来了。

变异修辞的再一个条件就是审美。文学的最终目的是审美，审是审视着看，美是对象，我用审美的眼光看一个美女，看一幅油画，看一座美轮美奂的建筑，这就叫审美。审美也有美学原则，我们今天在这里审美是审作家的语言与文字。我们与作家的交流是信息传递过程，比如说我今天和大家交流，就是个信息传递过程，我是发布信息的源，诸位是接收信息的接收器。信息是交流的，有发布源和接收器，就是这么一个关系。

每个人在说话、交流中都有自己的风格。什么叫风格？就是说话的特点。作家当然也是如此，有强弱和优劣之分。美学信息相对实用信息而言其实是一种补充信息，如果我用生活话语阐释一个问题，大家不理解，但是换一种手法，大家可能就理解了。我可能用夸张的手法、粘连的手法，或者是通感的手法把这个问题阐释出来,总之它是一种补充信息。

如果作者用平常话语不足以表达时,便要采取特殊的表达手段。运用特殊的手段的目的是打动读者。如果一句生活话语就可以打动读者,自然没有必要调动那些修辞手段,诸如普通修辞或者变异性修辞了。比如说屈原的一首诗,"长太息以掩涕兮,哀民生之多艰"[34],用不着那些辞格,这句话直接就可以打动我们。再比如说"袅袅兮秋风,洞庭波兮木叶下"[35],秋风袅袅吹来,洞庭湖岸上的树叶已经落下来了,用得着什么比喻修辞吗?这本身就是一种非常美的意境了。再比如说杜老夫子的"无边落木萧萧下,不尽长江滚滚来"[36],这本身就很壮观,很瑰丽。诗人的伟大就在这里。但是如果你没有这个能力,那你就得借用修辞手段,甚至于借助变异修辞手段。

举个例子,还说余光中的散文《听听那冷雨》:

雨天的屋瓦,浮漾湿湿的流光,灰而温柔,迎光则微明,背光则幽暗,对于视觉,是一种低沉的安慰。至于雨敲在鳞鳞千瓣的瓦上,由远而近,轻轻重重轻轻,夹着一股股的细流沿瓦槽与屋檐潺潺泻下,各种敲击音与滑音密织成网,谁的千指百指在按摩耳轮?"下雨了,"温柔的灰美人来了,她冰冰的纤手在屋顶拂弄着无数的黑键啊灰键,把晌午一下子奏成了黄昏。

　　……

　　因为雨是最最原始的敲打乐从记忆的彼端敲起。瓦是最最低沉的乐器灰蒙蒙的温柔覆盖着听雨的人，瓦是音乐的雨伞撑起。但不久公寓的时代来临，台北你怎么一下子长高了，瓦的音乐竟成了绝响。千片万片的瓦翩翩，美丽的灰蝴蝶纷纷飞走，飞入历史的记忆。现在雨下下来下在水泥的屋顶和墙上，没有音韵的雨季。树也砍光了，那月桂，那枫树，柳树和擎天的巨椰，雨来的时候不再有丛叶嘈嘈切切，闪动湿湿的绿光迎接。鸟声减了啾啾，蛙声沉了阁阁，秋天的虫吟也减了唧唧。七十年代的台北不需要这些，一个乐队接一个乐队便遣散尽了。要听鸡叫，只有去诗经的韵里寻找。现在只剩下一张黑白片，黑白的默片。[37]

　　这是余光中描写雨给他的感受。他在文中用了很多暗喻，普通修辞和变异修辞："千片万片的瓦翩翩。美丽的灰蝴蝶纷纷飞走，飞入历史的记忆。"[38]"千片万片的瓦翩翩"[39]，瓦片怎么会翩翩呢？它在变异，发生了变异。如果不是变异，不能这么写。"美丽的灰蝴蝶纷纷飞走"[40]，这是暗喻，或者是直接过渡了，喻体直接过渡了。翩翩本身就是一个比喻，形容鸟或者昆虫飞舞的姿态，直接过渡到美丽的灰蝴蝶纷纷飞走。很简洁。但是给我的感觉印象非常突出。这就是所谓现代文人、当下的文人用修辞和变异修辞来写散文。

古代因明喻支仅有例证作用，没有喻体与喻支的区别。后人将喻支分为两个部分，第一部分称喻体，相当于逻辑学的大前提；第二部分称喻依，即喻体的实例。比如，"'下雨了，'温柔的灰美人来了，她冰冰的纤手在屋顶拂弄着无数的黑键啊灰键，把晌午一下奏成了黄昏"(41)。温柔的灰美人来了，这是一个暗喻，雨是本体，灰美人是喻体，再直接过渡到手指，这是喻依。灰美人是大逻辑，手指是小逻辑，灰美人延伸发展了，发展成为她的手指，通过美人想到她的手指，通过手指又想到屋顶，屋顶因为是黑瓦，又想到黑键，然后因为下雨所以一下变成了黄昏。余光中在这里的文字很短，但是展示了很多意象，把有关雨的话题凝缩成一句话。在精短的话语中，展现了非常丰富的意象，简洁而魅人地跳动着一种风韵。比喻是修辞的基本方式，但是如果使用过多则往往形成呆滞的效果。作家在把喻格转换成喻依时，这个喻体就成为一个独立的生命体而蜿蜒发展。

喻体和喻依是什么关系？简单说，第一部分为喻体，第二部分为喻依，一个是大逻辑，一个是小逻辑。大逻辑和小逻辑直接过渡。我们刚才谈的朱自清那篇文章《绿》中的比喻都是并列的，不是直接过渡的。如果换一个方法来调整：这平铺着，厚积的绿，着实可爱，像少妇拖着的裙幅，又无杂些尘滓，宛如一块温润的碧玉，但有些看不透她[42]，这不就简洁了，不啰唆了嘛。喻体和喻依直接过渡，喻依还可以再发展。我们现在写文章是这么写的。但是这样的修辞风格丧失了民国味道，我还是愿意读朱自清的《绿》，为什么？因为它有一种特殊的历史情调与只属于朱自清的行文风格。

朱自清的比喻今天看来啰唆，今人不这么写东西，但在当时不这么看，认为这是高手。我们要从历史的角度理解朱自清，对前人不要妄自菲薄。我们要读点经典性的优秀作品，不要只看杂志上那些什么获奖散文，那不是经典。我们应该老老实实读点经典作品，体会人家是怎么写的，从而学点本事。我们可以从这两个角度，来体会大师是怎么用修辞和变异修辞，如何把文章锤炼成这个样子的。我们和大师有哪些距离？我们应该怎么努力？如果把我们学到的这些方法传达给孩子们，让他们也写出美好的文章来，不是好事吗！

顺便说说非辞格问题。

辞格是一种程式化的有形标记，在言语变异中很容易从形式上进行区分，因此辞格变异相对非辞格变异是显性的，后者则是隐性的。

非辞格。辞格在语言变异中，利用各种言语因素，诸如语音、词汇、语法等，而非辞格则没有利用这些因素，只是通过语义上呈现出来的特别含义而达到变异效果。比如罗马尼亚尼基塔·丹尼诺夫的诗：

人的脚下/已种上/小麦的泪，/大麦的泪/以及黑麦的泪。/路人的腿/在高高的麦穗中行走：/泥土的蜡烛/因黄昏而颤动。⁽⁴³⁾

小麦的泪是什么？泥土的蜡烛是什么？小麦的泪与泥土的蜡烛有何种关系？它们之间的关系属于什么修辞格？就是非辞格，具体说，这里的非辞格依靠语义而进行扩张变异。小麦、大麦、黑麦的颗粒与眼泪相似，由此引申并进而产生联想，由眼泪联想到祭奠亡灵时的蜡烛。而小麦是生长在土地里的，再由此联想的蜡烛，不是可以燃烧的而是泥土的蜡烛。这就是从语意联想而形成的变异修辞。这种非辞格手法往往被现代派的诗人所喜用，但是语义往往过于狭窄晦涩而难以传播、难以被读者领会而沦为小众读物。

在审美过程中，话语传递过程中必然要产生损耗，比如说刚才我们谈余光中的这篇散文，我在阅读的过程中和余先生写的过程中可能是不一样的。他想的可能比我读的要丰富，我接收到的只能是我当下的感觉，我接收的和他传达的肯定会有损耗。这就如同遥远的雷声一样，从东边的苍穹传到西边的耳畔肯定会有损耗，就是这个道理。

还有，就是读者层次的问题。美好的交流应该是制造者的审美水平与接收者的审美水平是一个对等关系，大体保持在一个层面上，从而避免信息的大量流失。如果不是在一个层面上，比如说我今天的课不是给诸位讲，而是给幼儿园的孩子讲，幼儿园的小朋友肯定会请我下台，因为二者不对等。所以制造者和接收者应该是一个对等的关系。如果接收者水平过低，则所接收的一些信息必然会大打折扣，从而不能产生相应的美感。

非常残酷的现实是，下里巴人和者甚多，而阳春白雪和者甚少。这个话是2000多年以前宋玉先生说的。

我听过一次一位音乐专家讲课，他说流行音乐是个好事，因为大家喜欢音乐嘛，但是也是一个坏事。此话怎讲？他说流行音乐要想流行，这个曲子必须得琅琅上口，易学而好唱。如果旋律复杂则难以流行。但好音乐如果只琅琅上口是不够的。很多音乐人为了出名就追求这种琅琅上口的音乐，大家都能唱。这个就不是精英文化了，这是很残酷的现实。

再讲商业文化，商业文化符合大众的消费水平，大众都愿意唱，大众都愿意读，那么你的粉丝就多，你就可以多挣钱。为什么那些电影明星要制造绯闻呢？要吸引人的眼球，其实是为了制造粉丝，就可以拿高片酬。你倒是阳春白雪了，确实是好东西，大家接受起来很难，唱起来不容易，那对不

起，很残酷，钱跟你无关，跟你无缘。就是这么一个关系。

我在鲁院讲课时，我对学员谈了几个观点，第一，你们首先要想清楚做何种类型的作家，来鲁院读高研班的学员一般想当纯文学作家，很少有人说要做通俗文学作家，鲁院的学生不追求这个，而是志存高远。但残酷的是，严肃文学属于阳春白雪，读者很少。第二，实际是大多数学员也做不了严肃文学作家，你没有这个能力，这个非常残酷。如果当不了严肃文学作家，那就当通俗文学作家也可以，挣点钱不也挺好嘛。第三，如果既当不了严肃文学作家，也当不了通俗文学作家，当网络作家也挺好，可以挣大钱。唐家三少一年挣好几千万呢。但是他的好几千万有的出于衍生产品。我们要考虑好，设计好今后的创作道路，就是说物有所值，物有所求。

所以我们搞文学创作，你首先要定位，我到底要干什么。不能既想当严肃文学作家，又想当通俗作家，这是不可能的事。什么叫通俗小说？通俗小说是读过一遍就扔掉的小说。你不会再读它了，为什么？因为它的生命只有一次，它只有一个通俗的故事。

什么叫严肃文学作家？什么叫经典呢？你读了若干遍，你觉得越读越有味道，需要继续品味。总之，可以反复阅读的就是经典。大概有多少值得你反复阅读的作品呢？很少。经典不是说你想要就有的，不是说我给政策，我出钱，我号召出经典就能够出经典的，这不是炼钢铁。艺术有艺术的生产规律，它是可遇而不可求的。

我既不能当作家，甚至不能当通俗作家，那我作为一个文学爱好者不也很好吗？上一讲讲五柳先生读古书，读到会心处，心里很高兴，发出会心的微笑，这不是很好嘛。大多数人，肯定做不成李白，也不是杜甫，但是我读到李白和杜甫的诗我觉得很高兴，我觉得会心，跟我的心碰在一起，这不就是文学给我的好处嘛。所以我们一定要把文学的问题想清楚。

20世纪80年代我在鲁院主持过函授，那时每年的函授学员有一万多人，有很多农村孩子在经济上很苦，有一次我们去牡丹江办班，有一位学员把他奶奶给他房子上的瓦卖了，凑路费。在招待所水池子洗手，把包放在水池边上，一扭头，包没了，钱放在包里被偷走了。然后我们找所长，所长说跟他没有关系：我们有贵重物品寄存处，你为什么不存呢？墙上贴着说明。我说你自己读一遍。他写的是不包括钱，我说你自己看看，你这不是相互矛盾吗？那也不管。最后找到牡丹江的市长，那时有市长办公日，现在好像没有这个机制了，后来这个学员号找到市长，勉强解决了一部分问题。为了参加一次活动把瓦卖了，没有瓦的房子怎么住呢？再穷就该卖房子了。没有了房子生存就更困难了。文学的诱惑力是非常可怕的！

所以不要把文学当作唯一的东西，文学可以有，也可以没有，但是生活不能没有。我可以不当文学作家，但是我可以当一个文学爱好者，这是文学给我的好处，不是也很好嘛！我们要把这个问题想透了，这就如同佛教徒参禅，你把它想透了，就不苦恼了。

三 意象新生

下面讲意象新生。

我记得给大家留过一个作业，交了一部分，还有一部分没交。作业是将以下单词组成一篇短文。单词是：小门、河堤、大道、野草、蜃气、教堂。有一个学员写得不错，是刘风波写的，非常好：

入春三月，来到心仪已久的襄城，享受难得的安宁。清晨，枝叶茂密的大树上响起青涩的鸟鸣，不知道这小精灵们在唱什么曲儿，如此欢快。

推开客栈的小门（这里出来小门了），踏上并不算很宽阔的大道（出现大道）了。此刻川藏高原的风还有些冷彻，但是阳光很好。穿过薄薄的云，直接投射下来，洒在山坡上，野草上（出现了野草），也洒在旅人的身上、脸上，深深呼吸，真是让人神清气爽。

走了几百米，走到山脚，并看到一条安静的小河，也没有一点点喧哗，就那样静静地流淌着。溪水清可见底，各色的石头散落水底，白的晶莹剔透，黑的乌光发亮，灰的别致古朴，棕的高贵冷峻，每一块都不一样，大自然的杰作如此神奇。

河堤边竟然矗立着一个小教堂（河堤有了，教堂也有了）。白色的尖屋顶，红色的墙面，衬着湛蓝的天，那儿的安静祥和让人无法形容。恍惚之间不像是真实的，倒像是蜃气（出现了蜃气），萦绕所至，不管平时多么纷乱嘈杂，此刻也只剩下放松和惬意了。

括号内的话是我加的。

怎么样？我们给刘风波鼓掌，真的很好！这个作业应该是写得很不错的。只是有一个小问题。西方教堂一般不会是红墙，咱们中国的佛院、道观是红墙。我研究过西方的建筑，很有意思。西方为什么很多建筑能留下来？比如说罗马斗兽场，还有罗马的凯旋门，因为它是石头的。中国为什么不能用石头造房子？因为欧洲有一种泥岩，是石头的一种，很容易切割。石头是浅黄的颜色，所以它的墙是用泥岩砌的。但是时间久了，风吹日晒泥岩会变化，它就变成浅黑或者是浅灰的颜色。

中国人为什么用砖和木头做建筑？因为你没有这种材料，中国没有泥岩。西方的泥岩可以承重，很容易切割，而且不怕风吹日晒。这就是西方的建筑能够留存1000年，我们古代建筑留存不了1000年的原因。尤其是民间的房子，百年之内肯定倒。为什么故宫不倒？材料不一样。另外施工也不一样。你去巴黎，房子确实漂亮，都是泥岩墙面，浅灰色的，或者有点发黄的颜色很漂亮。

说到的石头、河堤这些词是从哪儿来的？是从《静静的顿河》第一篇第一段来的。《静静的顿河》有好几个译本，这个是金人的译本，是人民文学出版社出版的，这个本子译得很棒：

麦列霍夫家的院子，就坐落在村口的尽头。牲口院子的小门正对着北方的顿河。在许多生满青苔的浅绿色的石灰岩块中间，有一条道陡斜的、八沙绳长的土坡，这就是堤岸；堤岸上面分布着一堆一堆的珍珠母一般的贝壳；灰色的、曲折的、被波浪用力拍打着的鹅卵石子边缘；再向前去，就是顿河的急流被风吹起蓝色的波纹，慢慢翻滚着。东面，在当作场院篱笆用的红柳树的外面，是"将军大道"。一丛一丛的白色艾蒿，被马蹄践踏过的、生命力很强的褐色杂草，十字路口上有一座小教堂；教堂的后面，是被流动的蜃气笼罩着的草原。面南，是白灰色的起伏的山脉。西面，是一条穿过广场、直通到河边草

地去的街道。⁽⁴⁴⁾

这是开篇的首段,关于麦列霍夫家的环境。我们分析一下,这是一段景观描写,出现了13个景观。哪13个景观?牲口院子的小门、北方的顿河、生着青苔的浅绿色的石灰岩块、陡斜的八沙绳长的土坡、被波浪用力拍打着的鹅卵石子边缘、顿河的急流被风吹起蓝色的波纹、将军大道、白色艾蒿、褐色杂草、小教堂、蜃气笼罩着的草原、灰白色的起伏的山脉、穿过广场直通到河边草地去的街道。

我们把修饰语都删掉,小门、顿河、石灰岩块、土坡、石子边缘、波纹、大道、艾蒿、杂草、小教堂、草原、山脉、广场,都是孤立的名词,没有任何的连接性。那么怎么把它们组织起来变成一种文学的语言呢?

我们选5个词,杂草、鹅卵石子边缘、草原、山脉、波纹,就拿这5个词为例说明,看原来是怎么修饰的。杂草,这是最原始的名词,褐色的杂草,加上颜色了。生命力很强的褐色杂草,又加上它的感觉了,这个草是褐色的,我眼睛看着是褐色的,给人的感觉是生命力很强的褐色杂草,出现两个意象了吧,生命力很强和褐色。被马蹄践踏过的生命力很强的褐色杂草。这是被马蹄践踏过的。杂草,褐色的杂草,生命力很强的褐色杂草,被马蹄践踏过的生命力很强的褐色杂草,这一下子脱胎换骨了，这就不一样了，一下子变成文学语言了。

再比如说鹅卵石子边缘，被波浪用力拍打着的鹅卵石子边缘。波浪拍打着鹅卵石子的边缘。灰色的曲折的被波浪用力拍打着的鹅卵石子的边缘。这鹅卵石子的边缘是灰色的、曲折的。鹅卵石，灰色的、曲折的。被波浪用力拍打着的鹅卵石子的灰色边缘，这是什么感觉？动感吧？而且波浪是用力的，我们感到波浪不是软绵绵的，是很有力的一种波浪拍打着鹅卵石的边缘，这个鹅卵石的边缘是灰色的、曲折的，这种形象感一下就出来了。

草原，被蜃气笼罩着的草原，蜃气是一种大气的光学现象，被流动的蜃气笼罩着的草原。蜃气是流动的，不是静止的。教堂的后面被流动的蜃气笼罩着的草原。草原在教堂后面，教堂是一种特殊的建筑物，在小村庄里它是一个高层建筑，有一个尖尖的顶，或者有一个圆圆的顶。它后面是草原。但是草原是被蜃气笼罩着的，而蜃气又是流动着的，那么这个草原就会有一种迷离的感觉，迷离的、朦胧的草原的感觉，这个草原动起来了。

再比如说山脉。灰白色的起伏的山脉，山脉没有什么感觉，比如说我们看那个山脉，山脉起伏，这是灰白色的起伏，有颜色，有形状，南面是灰白色的起伏，这是它的一个位置。

波纹，蓝色的波纹，在向前去就是顿河的激流被风吹起蓝色的波纹。顿河是俄罗斯科萨克人的母亲河。这次俄罗斯世界杯赛大家都看了吗？有一个就在顿河边上的一个城市，大家有印象吗？我也想不起来了。当时看的时候还想着，这是科萨克人的所在地方。顿河是很宽阔的。激流被吹起蓝色的波纹很漂亮。

我们看这里的修辞采取的是加法，一层一层修饰，刚才刘风波写的这个也是一种修饰的方法。比如说"推开客栈的小门，路上并不算很宽阔的大道"，"路上并不算很宽阔的大道"也是一种修饰。再比如说石头，"各色的石头散落水底，白的晶莹剔透，黑的乌光发亮，灰的别致古朴，棕的高贵冷峻，每一块都不一样，大自然的杰作如此神奇"。道理是一样的，我们虽然不是作家，但是我们也会使我们的语言生色，把无生命的语言变成有生命的语言，方法之一就是通过修饰，逐层修饰。但是这种修饰不是瞎修饰，它是有原则的。

比如说野草，它跟马蹄是连在一起的，草原上有马，马是有蹄子的，马蹄践踏草是很正常的。但是马蹄践踏的草可以使我们产生很多联想，比如说这里（宽沟招待所）的草，它叫金丝草，它是装饰性的草，马蹄践踏过以后不会再有生命力。那么草原上的草不是这种草，它是牛羊吃的草，它是吃完以后可以再生长出来的。

为什么中国羊绒衫很著名？外国为什么不出产羊绒衫？羊绒衫的毛是山羊毛。外国人不养山羊，只养绵羊。为什么？绵羊吃草的叶子，山羊是吃草的根。养了山羊就把草场给破坏了。我们有时候为了追求短期的经济效益不顾后果。

我去过澳大利亚访问过他们的牧场，牧场很大，有牛，有羊，还有羊驼，羊驼是非常"萌"的一种动物，但在网上被恶搞为"草泥马"，它是骆驼的变形，实际上是小骆驼，非常可爱的一种小动物。我说牛跟羊在一起怎么吃草呢？他说这没有问题，先放牛，牛吃草尖，牛吃完就走了，羊吃草茎。北京有句话叫"老牛吃嫩草"，就是说老先生娶一个年轻的女人，就是这个道理。

我们要把问题看透了，因为澳大利亚草场都是人工种的草，我们的草原是自然的草。澳大利亚牧场的草被牛羊吃完24天以后再生长出来，它把草场划成24个格子，比如说初一吃这个格子，初二吃那个格子，到24天以后再回来吃第一个格子。

我们写文学，搞文学研究也是如此，它是一种科学，它有科学性，也有规律性的问题，不是我们想象的那样无章可循，不是那么简单的。所以我们研究问题就要研究透了。

四　语感

刚才说到澳大利亚的草场，牛和羊吃草的部位不同。牛吃草尖，羊吃草茎。马永珍有他的解释，请他给我们做详细解释。

学员（马永珍）：牛吃的是迎风草，因为牛的舌头只有下齿，风把草尖吹过来，它的舌头一顶就把草吃到了。马吃的是顺风草，马是有上下齿的，风往那边吹就吃到了。所以历史上有一句话叫风马牛不相及，我记得我们上学的时候有一个老师解释，是那种发情的牛与马，这是很粗俗的解释。把一群马和牛赶在草原上，吃草的方向不一样，牛吃迎风草，马吃顺风草，然后就分开走到相反的两端，因此叫风马牛不相及。

学员（甲）：不刮风怎么办？
学员（马永珍）：在山上从来没有不刮风的时候。
学员（乙）：为什么是老牛吃嫩草。
学员（马永珍）：老牛牙齿已经不行了，舌头伸缩也比较慢，所以要吃嫩草。

王彬：他的生活经验解决了一个问题，什么叫风马牛不相及。刚才还说到了羊驼，我们去一个农庄参观，说羊驼可以喂，把你的饲料放在手上去喂，我还是怕它，我不敢。带领我们参观的人说羊驼不会咬你，因为它只有上齿，没有下齿，所以不会咬人。我喂的时候，我看到羊驼张开嘴上牙齿很长，底下有很短的牙，很难把牙对在一起咬，所以咬不了人。不知道为什么在中国网上要恶搞它，羊驼虽然很温驯，但是愤怒起来也很厉害，它会通过鼻子把粪便喷出来，羊驼也不是好惹的。

我们刚才说了因为通过修饰的办法，把简单的名词变成有生命的，有灵动的，具有温暖感觉的东西。我们说杂草，哪类杂草，没有具体的说法，这是绝对普通的词汇，那么怎么进行加工呢？"褐色的杂草"就带有色彩了，现在杂草被赋予了颜色，"生命力很强的褐色杂草"不仅有颜色了，而且注入了作家的感觉与判断。这样，普通的生活话语发酵了，转化为文学语言，"被马蹄践踏过的生命力很强的褐色杂草"，草是具象，马蹄也是具象，两个具象叠加产生一种丰饶的意象。被马蹄践踏过的一定是奔跑的马蹄，从而产生很丰饶的联想。

从普通生活中的杂草，演变成可以使我们产生无限丰富的联想，用了什么手法呢？一个是修饰一个是叠加，意象叠加可以产生新的意象。所以作家除了修饰以外，要制造一种新的东西把它加进去。这杯白水如果我加盐，它就变成有味的汤，我加点柠檬酸，它就是一杯饮料。

作家就要把这些东西加进去，你生活中的语言就是一杯白开水，无色无味，我们作家就要把它变成有色有味而且喝起来有无穷回味的东西。你要叠加新东西,叠加什么?那是个人的做法。作家就是干这个活的,如果作家语言永远是生活语言,只是褐色杂草,没有被马蹄践踏过的命力很强的褐色杂草,那么你的语言就会大大减色。为什么很多散文我不想读,因为都是白开水,没有修辞,引不起我的联想与阅读的快感。

所以我们教孩子作文,第一,要教他达意,用生活语言把话说清楚;第二,要在达意的基础上增加文学性。我们教作文不是教文学,而是教文字练习,但是我们在文字练习的基础上如果能够加上文学色彩,当然就更好。

总之,刚才的例证是,作家通过对杂草的加工,使意象发生了变化,产生了新意象,所用的手法就是增饰法,把简单的客体复杂化、主观化、意象化、意味化,对客体进行观察、思索与联想,挖掘出可以刺激大脑皮层的兴奋点,从而达到某种境界。

我再举一个例子,余光中的《丹佛城》:

城,是一片孤城。山,是万仞石山。城在新的西域。西域在新的大陆。新大陆在一九六九的初秋。你问:谁是张骞?所有的白杨都在风中摇头,萧萧。

……

只见山。在左。在右。在前。在后。在脚下。在额顶。只有山永远在那里,红人搬不走,淘金人也淘它不空。在丹佛城内,沿任何平行的街道向西,远景尽处永远是山。西出丹佛,方觉地势渐险,已惊怪石当道,才一分钟,早陷入众峰的重围了。于是蔽天塞地的落矶大山连嶂竞起,交苍接黛,一似岩石在玩迭罗汉的游戏。而要判断最后是哪一尊罗汉最高,简直是不可能的。因为三盘九弯之后,你以为这下子总该登峰造极了吧,等到再转一个坡顶,才发现后面,不,上面还有一峰,在一切借口之外傲然拔起,竖一座新的挑战。这样,山外生山,石上擎石,逼得天空也让无可让了。因为这是科罗拉多,新西域的大石帝国,在这里,石是一切。落矶山是史前巨恐龙的化石,蟠蟠蜿蜒,矫乎千里,龙头在科罗拉多,犹有回首攫天吐气成云之势,龙尾一摆,伸出加拿大之外,昂成阿拉斯加。对于大石帝国而言,美利坚合众国只是两面山坡拼成,因为所谓"大陆分水岭"(Continental Divide),鼻梁一样,不偏不颇切过科罗拉多的州境。(45)

文章写得不是很精彩,就是怎么描写这山的形态,这个不细说了,我们可以再想想。我也去过科罗拉多,那个山和咱们西藏的山是无法比的,但在北美确实是大山。余光中在美国待过一段时间教书,所以他写了这个山的情况,用了很多的修饰方法。也用了很多变异修辞手法。他在这篇散文中用了哪些变异修辞，请同学们课下分析，我这里不再讲了。

变异性修辞就是语法符合逻辑，语言的内容不符合逻辑，把这两个放在一起，目的要达到审美的效果，要具有文学的色彩。我们搞创作不能通篇都是生活语言，需要把语言打磨一下，找到新一个的生长点，从而制造意象新生。在文学界变异修辞学过去没有人讲过，所以很多评论家家经常批评作家语言不符合逻辑。他不懂文学语言是需要变异的，而且语境不一样，在不同的语境下变异也是各式各样的。不同的文体有不同的要求，不能千篇一律，不能胶柱鼓瑟。我们在搞创作和教学的时候，要把这个问题说清楚，这样就可能有新收获。

下面，我们讲语感。

什么是语感？语感就是对语言的感觉，对话语的感应能力。有评论家喜欢说某某作家语言好，这话说得不对，何谓语言好？我们书柜里有各式各样的词典，每本词典里都收了很多的字和词，这些字典语言就好了吗？这话是不通的，实际上应该是指语感好。语感应该包括4个因素：

第一是词汇；
第二是句型；
第三是句型组合；
第四是平仄协调，就是你这个文章写起来要抑扬顿挫。平仄不仅仅存在于诗歌之中，在散文和小说中也不应该忽视。我们常说文章读得拗口，其实就是平仄不叶，如果文章读得上口就是平仄和洽。如果读一篇文章，疙疙瘩瘩的，读起来不顺嘴，就是平仄关系不顺。诗歌讲平仄，散文其实也讲究平仄，当然这个平仄不是严格的诗歌的平仄，如果我们写的散文平仄混乱，跟绕口令似的，那就麻烦了。

我们举一个例子，以鲁迅的《阿Q正传》为例，开头这样写道，"我要给阿Q做正传，已经不止一两年了。但一面要做，一面又往回想，这足见我不是一个'立言'的人，因为从来不朽之笔，须传不朽之人，于是人以文传，文以人传——究竟谁靠谁传，渐渐的不甚了然起来，而终于归接到传阿Q，仿佛思想里有鬼似的"[46]。为什么思想里仿佛有鬼似的呢？我们再读：

然而要做这一篇速朽的文章，才下笔，便感到万分的困难了。第一是文章的名目。孔子曰，"名不正则言不顺"，这原是应该极注意的，传的名目很繁多：列传，自传，内传，外传，别传，家传，小传……，而可惜都不合。"列传"么，这一篇并非和许多阔人排在"正史"里；"自传"么，我又并非就是阿Q。说是"外传"，"内传"在那里呢？倘用"内传"阿Q又决不是神仙。"别传"呢，阿Q实在未曾有大总统上谕宣付国史馆立"本传"——虽说英国正史上并无"博徒列传"，而文豪迭更司也做过《博徒别传》这一部书，但文豪则可,在我辈却不可的。其次是"家传",则我既不知与阿Q是否同宗,也未曾受他子孙的拜托;或"小传",则阿Q又更无别的"大传"了。总而言之,这一篇也便是"本传",但从我的文章着想,因为文体卑下,是"引车卖浆者流"所用的话,所以不敢僭称,便从不入三教九流的小说家所谓"闲话休题言归正传"这一句套话里,取出"正传"两个字来,作为名目,即使与古人的所撰《书法正传》的"正传"字面上很相混,也顾不得了。(47)

我们分析鲁迅的这段文字有什么特点。

第一,词汇选择,出现了很多传记的称谓,都是中国古代为人物立传的名称;

第二,出现了很多短句,不像今天有些小说家的笔下都是翻译体的长句;

第三,多转折词,文人的文章多转折词。比如说我们读《红楼梦》和我们读"三言二拍"做比较。后者是用话本改编的,《红楼梦》是文人创作的拟话本小说,《红楼梦》的语言风格是"文"的,原因之一是多转折词或者是多虚字。古人,比如说《左传》中转折词就很少,所以郁达夫的老师教他,少用虚字文章则古。这是有诀窍的,但是我们今天对这个都不屑一顾,觉得你说的是什么,还用你说吗?但是听了老师的话就是没错，郁达夫的文章写得就是好。

简言之，转折词和介词在文人笔下多，在口语中则少，如果我们说话有很多转折词和介词，我们肯定觉得很别扭。但你是文章，不是口语，在必要的时候需要转折词与介词。同时也可以利用它制造语感。鲁迅小说中的转折词很多，他是从旧时代转过来的文人，你让他纯粹用白话小说写是写不了的，他用他理解的语言来写小说，从而造就了鲁迅小说的典雅风格。这种时代和人格的东西，是模仿不了的。所以《红楼梦》为什么是满族人写的小说，不是汉人写的小说，语境不一样，语言风格也不一样，模仿不了。我们要通过语言分析历史上的小说，尤其在关键时刻不能含糊，不懂语言学搞研究是很麻烦的。

第四，文风诙谐调侃。他写《阿Q正传》的时候，还没有兄弟阋墙，原来兄弟关系是非常好的。衰败的周家现在中兴了，从老家搬到京师，一家十几口人在一起，住在八道湾11号。我去过那个院子，占地4亩半，北京普通的四合院是五八丈，即六分地，不过半亩地多一点，而周家的四合院是四亩半，鲁迅当时的想法是全家住在一起永不分离。

八道湾11号的前院是放洋车的地方，然后是一进院，二进院，后院。二进院正房三间，中间是客厅，东边住鲁老太太，西边住鲁迅，客厅北部接出一间小房子，也就是老虎尾巴，那时就有老虎尾巴了，因为鲁迅跟太太不合，所以他单住。西厢房三间是鲁迅与周作人的书房，靠门南边的倒座，鲁迅在那儿创作了《阿Q正传》。虽然这篇小说是悲剧，但它是诙谐的、调侃的，有张力的。通过诙谐、调侃讲述阿Q的悲剧，过去没有人谈，我这是第一次谈。就是说，这篇小说洋溢着一种喜剧的调子。

我们再看他写的《故乡》，那就非常凄凉悲惨了，没有诙谐调侃的语调了，为什么呢？因为哥俩翻车了，他搬到砖塔胡同84号，借居了三间小北房。84号原来一直要拆，我跟有关部门交涉说不要拆，有关部门说鲁迅不能有那么多故居，这里也不是历史文物保护地，为什么不能拆呢？我说，这是一个重要的历史信息承载之地，拆掉信息就不存在了。鲁迅在北京有四个常住之地，现在都在西城区。第一处是绍兴会馆。第二处是八道湾11号。第三处是砖塔胡同84号，住了8个月，租别人的房子。第四处是现在的鲁迅故居，宫门口西三条21号，原来是一条小胡同，后来因盖鲁迅博物馆把胡同拆了，把鲁迅故居包在里面。这样的做法实质上是破坏了文物，破坏了周边环境。类似还有广东中山县（今中山市）翠亨村孙中山故居，把村里的人全部轰走，变成再也不会出现孙中山的地方了。有时候你真觉得不可思议，怎么会这么愚蠢，做这种蠢事呢！

再说我们读《祝福》，它是一种什么样的语感，绝没有

《阿Q正传》那种欢快的诙谐的语感，因为他的心情非常坏。兄弟阋墙以后，鲁迅病了很长时间，在这种语境下，对他人生与健康的影响是非常深刻的。为什么孟子说要"知人论世"，你一定要了解他这个人，他的经历，他的时代才能够"以意逆志"，否则都是胡说八道，没有任何理论基础的分析怎么能让读者信服呢？

我们再看看老舍的语感。《骆驼祥子》这样开场：

我们所要介绍的是祥子，不是骆驼，因为"骆驼"只是个外号；那么，我们先就说祥子，随手儿把骆驼与祥子那点关系说过去，也就算了。

北平的洋车夫有许多派：年轻力壮，腿脚灵利的，讲究赁漂亮的车，拉"整天儿"，爱什么时候出车与收车都有自由；拉出车来，在固定的"车口"或宅门一放，专等坐快车的主儿；弄好了，也许一下子弄个一块两块的；碰巧了，也许白耗一天，连个"车份儿"也没着落，但也不在乎。这一派哥儿们的希望大概有两个：或是拉包车；或是自己买上辆车——有了自己的车，再去拉包月或散座就没大关系了，反正车是自己的。

比这一派岁数稍大的，或因身体的关系而跑得稍差点劲的，或因家庭的关系而不敢白耗一天的，大概就多数拉八成新的车；人与车都有相当的漂亮，所以在要价儿的时候也还能保持住相当的尊严。这派的车夫，也许拉"整天"，也许拉"半天"。在后者的情形下，因为还有相当的精气神，所以无论冬天夏天总是"拉晚儿"。夜间，当然比白天需要更多的留神与本事；钱自然也多挣些。

年纪在四十以上，二十以下的，恐怕就不易在前两派里有个地位了。他们的车破，又不敢"拉晚儿"，所以只能早早的出车，希望能从清晨转到午后三四点钟，拉出"车份儿"和自己的嚼谷。他们的车破，跑得慢，所以多走路，少要钱。到瓜市，果市，菜市，去拉货物，都是他们：钱少，可是无需快跑呢。(48)

第一，有很强的地域色彩，跟鲁迅的绝对不一样。第二，也是短句很多。另外很京白，没有鲁迅那么文，也没有那么多转折、虚词。老舍的语感第一是北京话，第二是俏皮，第三是流利，无论看还是读都很流利。

每个人都应该追求适合自己的语感，我这个人文绉绉的，那可以追求老舍这种风格，追求俏皮、流利也可以。可能我这个人写东西就是有些古奥，那就追求鲁迅的风格也挺好。每个作家都有自己的风格，我们不要强求一致。本来我适合老舍，但是我非要学鲁迅，这就是自己与自己闹别扭了。

1923年8月，俞平伯和朱自清游秦淮河，两人写了同题散文《桨声灯影里的秦淮河》。我们做简单对比分析。俞平伯的《桨声灯影里的秦淮河》写道：

我们消受得秦淮河上的灯影，当圆月犹皎的仲夏之夜。

在茶店里吃了一盘豆腐干丝，两个烧饼之后，以歪歪的脚步踅上夫子庙前停泊着的画舫，就懒洋洋躺到藤椅上去了。好郁蒸的江南，傍晚也还是热的。"快开船罢！"桨声响了。

小的灯舫初次在河中荡漾；于我，情景是颇朦胧，滋味是怪羞涩的。我要错认它作七里的山塘；可是，河房里明窗洞启，映着玲珑入画的曲栏干，顿然省得身在何处了。佩弦呢，他已是重来，很应当消释一些迷惘的。但看他太频繁地摇着我的黑纸扇。胖子是这个样怯热的吗？

又早是夕阳西下，河上妆成一抹胭脂的薄媚。是被青溪的姊妹们所熏染的吗？还是匀得她们脸上的残脂呢？寂寂的河水，随双桨打它，终是没言语。密匝匝的绮恨逐老去的年华，已都如蜜饧似的融在流波的心窝里，连呜咽也将嫌它多事，更哪里论到哀嘶。心头，宛转的凄怀；口内，徘徊的低唱；留在夜夜的秦淮河上。

在利涉桥边买了一匣烟，荡过东关头，渐荡出大中桥了。船儿悄悄地穿出连环着的三个壮阔的涵洞，青溪夏夜的韶华已如巨幅的画豁然而抖落。哦！凄厉而繁的弦索，颤岔而涩的歌喉，杂着吓哈的笑语声，劈拍的竹牌响，更能把诸楼船上的华灯彩绘，显出火样的鲜明，火样的温煦了。小船儿载着我们，在大船缝里挤着，挨着，抹着走。它忘了自己也是今宵河上的一星灯火。

既踏进所谓"六朝金粉气"的销金锅，谁不笑笑呢！今天的一晚，且默了滔滔的言说，且舒了恻恻的情怀，暂且学着，姑且学着我们平时认为在醉里梦里的他们的憨痴笑语。看！初上的灯儿们一点点掠剪柔腻的波心，梭织地往来，把河水都皴得微明了。纸薄的心旌，我的，尽无休息地跟着它们飘荡，以致于怦怦而内热。这还好说什么的！如此说，诱惑是诚然有的，且于我已留下不易磨灭的印记。至于对榻的那一位先生，自认曾经一度摆脱了纠缠的他，其辨解又在何处？这实在非我所知。(49)

朱自清的片段：

一九二三年八月的一晚，我和平伯同游秦淮河；平伯是初泛，我是重来了。我们雇了一只"七板子"，在夕阳已去，皎月方来的时候，便下了船。於是桨声汩——汩，我们开始领略那晃荡著蔷薇色的历史的秦淮河的滋味了。

秦淮河里的船，比北京万生园、颐和园的船好，比西湖的船好，比扬州瘦西湖的船也好。这几处的船不是觉着笨，就是觉著简陋、局促；都不能引起乘客们的情韵，如秦淮河的船一样。秦淮河的船约略可分为两种：一是大船；一是小船，就是所谓"七板子"。大船舱口阔大，可容二三十人。里面陈设著字画和光洁的红木家具，桌上一律嵌著冰凉的大理石面。窗格雕镂颇细，使人起柔腻之感。窗格里映著红色蓝色的玻璃；玻璃上有精致的花纹，影里的秦淮河也颇悦人目。"七板子"规模虽不及大船，但那淡蓝色的栏杆，空敞的舱，也足系人情思。而最出色处在它的舱前。舱前是甲板上的一部份，上面有弧形的顶，两边用疏疏的栏干支著。里面通常放着两张藤的躺椅。躺下，可以谈天，可以望远，可以顾盼两岸的河房。大船上也有这个，便在小船上更觉清隽罢了。舱前的顶下，一律悬著灯彩；灯的多少，明暗，彩苏的精粗，艳晦，是不一的。但好歹总还你一个灯彩。这灯彩实在是最能勾人的东西。夜幕垂垂地下来时，大小船上都点起灯火。从两重玻璃里映出那辐射着的黄黄的散光，反晕出一片朦胧的烟霭；透过这烟霭，在黯黯的水波里，又逗起缕缕的明漪。在这薄霭和微漪里，听着那悠然的间歇的桨声，谁能不被引入他的美梦去呢？只愁梦太多了，这些大小船儿如何载得起呀？我们这时模模糊糊地谈著明末的秦淮河的艳迹，如《桃花扇》及《板桥杂记》里所载的。我们真神往了。我们彷佛亲见那时华灯映水，画舫凌波的光景了。于是我们的船便成了历史的重载了。我们终于恍然秦淮河的船所以雅丽过于他处，而又有奇异的吸引力的，实在是许多历史的影像使然了。

秦淮河的水是碧阴阴的；看起来厚而不腻，或者是六朝金粉所凝麽？我们初上船的时候，天色还未断黑，那漾漾的柔波是这样的恬静，委婉，使我们一面有水阔天空之想，一面又憧憬着纸醉金迷之境了。等到灯火明时，阴阴的变为沉沉了：黯淡的水光，像梦一般；那偶然闪烁着的光芒，就是梦的眼睛了。我们坐在舱前，因了那隆起的顶棚，彷佛总是昂着首向前走着似的；于是飘飘然如御风而行的我们，看着那些自在的湾泊着的船，船里走马灯般的人物，便像是下界一般，逴逴的远了，又像在雾里看花，尽朦朦胧胧的。(50)

我们将两篇文章做对比，俞的行文晦涩，修辞近于古奥，朱则行文流畅，更接近现代汉语的表述，当然语感也不一样，绝对不一样。比较一下，我们即明白了，为什么朱自清的散文可以选进中小学课本，而俞平伯的不会，因为朱更接近当下汉语的表达，好读，好理解，而且轻松明白晓畅，俞的东西更接近民国初年的风格，是一种改良风格，微荡一种古茶的涩味，读起来拗口不顺。俞平伯与朱自清是好朋友，写同题散文，风格迥然不一样，很重要的一点就是语法与语感不同。

秦淮河历史上叫清溪，两侧是妓院，我们不要一说到妓院就想到肉体，不是那么简单的，妓院在很大程度上是交际场所。俞、朱二人都是大家，都描写夜色中朦胧的秦淮河，但是风格不一样，很重要的一点是语感不一样，我们本来可以做详细分析，但是没有时间了，有兴趣的话，可以课下再谈。简言之，阅读经典作品，哪些跟我相近的我可以学习，哪些是不相近可以不学，找一些作品做比较，对我们的写作是会有帮助的。

我再重复一遍，语感通俗讲就是对语言的感应能力，语感包括这样几个方面，即词汇的选择；控制词汇之间的节奏；字词之间的平仄关系；不同的句型组合。

语感相对变异话语、意象新生，何者为重呢？语感更重要，因为文章，包括散文，也包括小说，首先要达意，在达意的基础上抒发情感，一篇文章如果全是变异或者意象就麻烦了。达意靠什么呢？靠语感。语感是文学作品的底色也可以说是语言的本质。小说把故事讲清楚靠语感，散文把自己的心里话说清楚也要考语感，这是作家的基本功。然而，文学的样式不同，侧重的手法也不一样，诗歌因为要描写意象，因此要依赖变异修辞与意象新生。简言之，门类不同对修辞的要求也不一样。

对于散文作家而言，首要的是把事儿说清楚，在事儿的基础上传达作者的情绪、思索与感悟，因此语感对散文作家是基础，其他的诸如变异修辞与意象新生，则是次要的。比如说我们读周作人的散文，他语感好，他哪有什么变异？我读鲁迅的散文也没有什么变异，就是语感好。所以散文的底色是语感，只要我们抓住这个核心去锻炼词字，肯定会有长足长进与收获，而且会收获颇丰。

注释

（1）徐子宏译注：《周易全译》，贵州人民出版社1991年版，第9页。

（2）〔战国〕左丘明著、〔晋〕杜预注：《左传》，上海古籍出版社2016年版，第602页。

（3）〔唐〕白居易著、谢思炜校注：《白居易诗集笺注》，中华书局2019年版，第1232页。

（4）郑明娳：《现代散文理论垫脚石》，广州人民出版社2016年版，第33页。

（5）吴伯萧：《吴伯萧散文选》，上海教育出版社2020年版，第147页。

（6）朱自清：《朱自清散文集》，南京出版社2018年版，第

125页。

(7) 朱自清:《朱自清散文集》,南京出版社2018年版,第125页。

(8) 朱自清:《朱自清散文集》,南京出版社2018年版,第125页。

(9) 朱自清:《朱自清散文集》,南京出版社2018年版,第125页。

(10) 朱自清:《朱自清散文集》,南京出版社2018年版,第125页。

(11) 朱自清:《朱自清散文集》,南京出版社2018年版,第125页。

(12) 朱自清:《朱自清散文集》,南京出版社2018年版,第125页。

(13) 朱自清:《朱自清散文集》,南京出版社2018年版,第125页。

(14) 朱自清:《朱自清散文集》,南京出版社2018年版,第125页。

(15) 朱自清:《朱自清散文集》,南京出版社2018年版,第125页。

(17) 林辛编:《听听那冷雨——余光中散文精品选》,山东文艺出版社1994年版,第14页。

(18) 北京作家协会编:《首届"文化托起梦想·北京市中小学教师原创文学征文"获奖作品集》,北京日报出版社2016年版,第208页。

(19) 北京作家协会编:《首届"文化托起梦想·北京市中小学教师原创文学征文"获奖作品集》,北京日报出版社2016年版,第208页。

(20) 北京作家协会编:《首届"文化托起梦想·北京市中小学教师原创文学征文"获奖作品集》,北京日报出版社2016年版,第208页。

(21) 北京作家协会编:《首届"文化托起梦想·北京市中小学教师原创文学征文"获奖作品集》,北京日报出版社2016年版,第208页。

(22) 〔宋〕辛弃疾:《稼轩长短句》,上海人民出版社1975年版,第42页。

(23) 三毛:《雨季不再来》,北京友谊出版社1985年版,第56页。

(24) 三毛:《雨季不再来》,北京友谊出版社1985年版,第92页。

(25) 三毛：《雨季不再来》，北京友谊出版社1985年版，第92页。

(26) 张丽萍：《无名高地》，转引自冯广艺：《变异修辞学》，湖北教育出版社2004年版，第138页。

(27) 胡玫：《夏天，走出我的记忆》，转引自冯广艺：《变异修辞学》，湖北教育出版社2004年版，第139页。

(28) 胡玫：《夏天，走出我的记忆》，转引自冯广艺《变异修辞学》，湖北教育出版社2004年版，第139页。

(29) 胡玫：《夏天，走出我的记忆》，转引自冯广艺：《变异修辞学》，湖北教育出版社2004年版，第139页。

(30) 张丽萍：《无名高地》，转引自冯广艺：《变异修辞学》，湖北教育出版社2004年版，第138页。

(31) 三毛：《雨季不再来》，北京友谊出版社1985年版，第56页。

(32)〔宋〕辛弃疾：《稼轩长短句》，上海人民出版社1975年版，第42页。

(33) 张一弓：《挂匾》，转引自冯广艺：《变异修辞学》，湖北教育出版社2004年版，第143页。

(34)〔清〕王夫之撰：《楚辞通释》，上海人民出版社1975

年版，第7页。

（35）〔清〕王夫之撰：《楚辞通释》，上海人民出版社1975年版，第32页。

（36）〔清〕浦起龙：《读杜心解》卷四之二，中华书局1978年版，第671页。

（37）林辛编：《听听那冷雨——余光中散文精品选》，山东文艺出版社1994年版，第14—16页。

（38）林辛编：《听听那冷雨——余光中散文精品选》，山东文艺出版社1994年版，第16页。

（39）林辛编：《听听那冷雨——余光中散文精品选》，山东文艺出版社1994年版，第16页。

（40）林辛编：《听听那冷雨——余光中散文精品选》，山东文艺出版社1994年版，第16页。

（41）林辛编：《听听那冷雨——余光中散文精品选》，山东文艺出版社1994年版，第14页。

（42）朱自清：《朱自清散文集》，南京出版社2018年版，第125页。根据朱自清《绿》改动。

（43）〔罗马尼亚〕卢奇安·布拉加等著、高兴编译：《罗马尼亚当代抒情诗选》，花城出版社2012年版，第278页。

(44)〔苏联〕肖洛霍夫著、金人译:《静静的顿河》,人民文学出版社1956年版,第5页。

(45)林辛编:《听听那冷雨——余光中散文精品选》,山东文艺出版社1994年版,第154—155页。

(46)鲁迅:《鲁迅全集》第1卷,人民文学出版社1981年版,第487页。

(47)鲁迅:《鲁迅全集》第1卷,人民文学出版社1981年版,第487—488页。

(48)老舍:《骆驼祥子》,人民文学出版社1962年版,第1—2页。

(49)俞平伯:《杂拌儿(之一)》,江西人民出版社1982年版,第21—22页。

(50)朱自清:《朱自清散文集》,南京出版社2018年版,第74—75页。

第五讲 / 创作

今天讲创作。

前面我们讲了四讲，第一讲是辨体，探讨散文这种文体在我国历史上的变迁，从文章、到骈文、到古文、到明清小品。"五四"以后出现了新化，西方开创的Essay引进我国以后，与我国传统散文融合在一起，形成了今天的散文样式。

在我国的传统认知中，散文是真实的，具有显著的个人特色，而且介入文本，它不像小说，小说的叙述者采取隐蔽、回避状态，但是钱币总有正反两面，有些人写散文不愿意介入，愿意采取客观的叙述状态，当然也可以，我说的是一个大体情况。

现在很多散文作家，在写作上采取虚构态度，通过虚构获取利益，而且果真获取了利益，得到什么"鲁奖"之类。这是一个客观现实。但是，大多数读者还是认为散文应该是真实的，这不是理论问题，而是一个社会认知问题。虚构的散文之所以获利，原因之一便是利用了读者认为散文是真实的心理，从而具有欺骗读者的性质。我认为，散文应该真实而不虚构，散文应该是作家个性的流露，我们读鲁迅的散文就是鲁迅，周作人就是周作人，朱自清就是朱自清，丰子恺就是丰子恺，余光中就是余光中，黄裳就是黄裳，三毛就是三毛。就不同群体创作的散文而言，我们往往喜欢某些专家的散文，他们不是作家，但他们写出来的散文，有深邃、广阔的内涵，可以给读者提供新文化、新知识与新事物，这是吸引读者的重要元素。作家之所以成为作家，是因为你写的东西别人不知道，要从日常生活中写出别人不知道的而且感兴趣的东西来。

从当下的美学角度衡量，好小说，不在于故事情节有多曲折，而在于你于习见的日常生活中发掘出新鲜的、大家没有关注的，你发掘出来以后让大家觉得是这么回事儿，而且让大家感动的东西。好散文也是如此，要在庸常的生活中挖掘出新鲜的东西，这是一个散文作家应该做的事情，我们应该给读者呈现真诚、温暖而美好的事物，如果我们呈现的永远是丑恶的事物，又是宫斗，又是婆媳斗法，或者人和人之间冰冷的厮杀，这就很可怕。

当然，讨论散文，离不开方法的讨论。比如我们读《静静的顿河》，麦列霍夫与情人阿克西妮亚的悲欢离合是一个泪点，小说在结尾处讲到麦列霍夫带着阿克西妮亚骑着马，趁着夜色偷偷离开村庄，他坐在前面阿克西妮亚坐在后边，被巡逻的士兵发现后开枪，阿克西妮亚被打死了，麦列霍夫悲痛欲绝，第二天把阿克西妮亚埋葬以后，他在天上见到了一轮黑太阳。肖洛霍夫很聪明，没有写很多废话，我们作为散文家是不是应该这样写？

还有"诗鬼"李贺，李诗人，青铜仙人的承露盘子被抢走了，仙人感到悲痛，在李贺的笔端是："酸风射眸"[1]，寒风射进眼睛里，把眼睛刺激得流出眼泪，因此眼睛是酸的。但是李贺不说眼睛是酸的，而说风是酸的，把主观的生理反应转移到自然界的风里，这样风不再是客观之风，而是具有情感的风，使人感到酸楚的风，这就是主观转为客观，寄情于景从而偷换概念，形成了一种难以磨灭的审美感觉。修辞是我国的文学传统，但是现在文坛好像不太在意、不太感兴趣了。

下面谈创作。

一　养气

第一要养气。

养气出自《孟子·公孙丑上》：

"敢问夫子恶乎长?"

曰:"我知言,我善养吾浩然之气。"

"敢问何谓浩然之气?"

曰:"难言也。其为气也,至大至刚,以直养而无害,则塞于天地之间。其为气也,配义与道;无是,馁也。是集义所生者,非义袭而取之也。行有不慊于心,则馁矣。我故曰告子未尝知义,以其外之也。必有事焉而勿正,心勿忘,勿助长也。无若宋人然。宋人有闵其苗之不长而揠之者,芒芒然归,谓其人曰:'今日病矣,予助苗长矣。'其子趋而往视之,苗则槁矣。天下之不助苗长者寡矣。以为无益而舍之者,不耘苗者也。助之长者,揠苗者也,非徒无益,而又害之。"(2)

有一个叫公孙丑的弟子问孟子:"敢问夫子恶乎长?"老师,请问您有什么长处?孟子说,我有两个长处,一个长处是能从别人的言辞中,察觉出他的心理活动,也就是听言辨色;另一个长处是我善于培养浩然之气。那么,何谓浩然之气?浩然之气是最宏大最刚强的气,我们应该用正义的力量培养它而不要用邪恶伤害它,当然也不可以像宋人那样揠苗助长。浩然之气不是空说的,而是具体实在的,培养浩然之气就要与仁义道德相配合,不这样做,浩然之气就会像人得不到食物一样而疲软衰竭。

中国古代的先哲讲究修身，中国传统文化中有一套完整的修身理论，所谓正心诚意、格物致知、修身齐家、治国平天下，简而言之就是修齐治平。修，是养气，培养自己的浩然之气，首先要有一个独立的人格而坚守初心，心灵自由了，思想自由了，你的笔就自由了。

南梁时期的刘勰在《文心雕龙》中承袭了孟子的养气之说。他认为气是人体的内在因素，表现于外的东西就是神。因此在他的论述中，气或称气，或称神，或者二者经常并用。他认为文思的通塞与人的精神盛衰有关，因此作家要养气。文学是一种精神活动，如果作者不养气而采取强迫违拗的办法去创作，必然不会是理融情畅，因此作家既要会养好气又要会巧用气，从而促进文学创作。气或者说神，与文学创作的关系是气是指导，是大逻辑，文是被指导，是小逻辑。文气不通首先是气不通，神不通。所以刘勰认为要养气、蓄气、守气，从而形成文学作品内在的气势。

对此，明代的宋濂说得十分透彻："为文必在养气，气与天地同，苟能充之，则可配序三灵，管摄万汇。不然，则一介之小夫尔，君子所以攻内不攻外，图大不图小也。"[3]他又说："人能养气，则情深而文明，气盛而化神，当与天地同功也。"[4]"大抵为文者，欲其辞达而道明耳，吾道既明，何问其余哉？虽然，道未易明也，必能知言养

气，始为得之。"⁽⁵⁾

我理解中国传统文化中关于气的诠释，一是指道德品质的修养，二是指文化艺术的修养，作家的文化艺术修养至少要超过普通读者的阅读水准，否则读者不读。现在有些作家说自己写的东西读者不读，我认为有两个原因，第一是你的生活体验已经落后于时代，被时代所抛弃了。第二是你的艺术修养已经低于读者水准。读者读书有自己的角度，有自己的选择，他不愿意看落伍的、墨守成规的而喜欢看新鲜有益的文学作品。当然，读者也有自己的问题，现在不少读者是碎片化、娱乐式阅读，这就需要改进。在当下，系统性阅读是十分必要的，需要我们呼吁与提倡。

我有一次在散文研讨会上谈到这个问题，当下不少散文作家的作品没有人看，反而是一些非文学刊物刊登的作品写得好而读者多，比如汽车杂志里关于汽车的文章，服装刊物里关于服装的文章，国家地理杂志中关于舆地的文章，等等。我读过一篇讲述男同志白衬衫历史演变的大作，我当时的感想是，这样的文章我写得出来吗？我不是服装专家所以写不出来。

我们从事散文创作，至少要拥有一门专业知识，并且一定要拥有高于读者的文化与审美水准，否则读者为什么要阅读你的作品？这是残酷的也是令作者无奈的现实。

二 才学识

才，聪明才智；

学，知识技能；

识，远见卓识。

简称三才。三才本是史学术语，是唐代的刘知几提出的，我在这里借用这个概念，用以说明文学创作所应具备的一些基本条件。刘知几曰："史才须有三长，世无其人，故史才少也。三长：谓才也，学也，识也。"[6] 刘知几认为史学家应该兼备才、学、识三种能力。这三者相互依赖，如果有学无才，即使有良田百顷，黄金满箱，如果用蠢人经营，也不会赚到财富；反之，如果有才而无学，即使巧如鲁班，倘若没有好工具，也不能修建好的房屋。更重要的是"识"，也就是见识，要有对善恶的判断，"善恶必书，使骄主贼臣，所以知惧，此则为虎傅翼，善无可加，所向无敌者矣。"[7]

才，是什么？就是天赋，属于天生的，老天给的，有的人就是笨，有的人就是聪明。我有一个朋友的小孩，上高中了，学习成绩原本挺好，后来越来越坏，我这个朋友去问孩子的老师，老师说这个孩子不做作业，还说他有一个同学，号称大仙，从来不做作业，上数学课时老师做演算，大仙说错了，老师一看果然是自己错了。大仙有天赋，但是他的儿子不是天才，却学习大仙，也不做作业，结果考试一塌糊涂。所以人是不一样的，作家的天赋自然也有高低之别。

再一个就是学，就是学习，这是后天的，是可以达到的，天赋差可以通过学习来弥补。

还有一个是识，就是见识，就是判断力。你怎么看待这个社会？你如何认识这个问题，你怎么判断是非曲直，你如何辨别这篇作品好坏？很多作家有才、有学，但无识。

在识的问题上，历史学家最为重视，比方说，为什么有新旧唐书之别？《新唐书》的作者欧阳修认为《旧唐书》的识不对，历史观不对，三观不正，因此要把《旧唐书》的观点纠正过来，于是写了《新唐书》。文人最可怕的是没有是非，这个社会的好坏要有一个基本的评估标准，因此识是很重要的，这是一个明辨是非的原则问题。

三 观物取象

观物就是观察事物，就是通过眼睛、耳朵、鼻子、喉咙、皮肤感知外在的事物，而且还要用心，推动心灵与思想去观察；取象就是从我们观察的对象中选择素材。

画家作画时首先要观物，齐白石老人画虾，他在家里养虾，白石经常观察虾，也就是观物。我认识他的四子齐良迟。20世纪80年代初，他的润格是每尺200元，他说他爸爸齐白石50年代也是这个价钱。润格是一样的，但是时代变了，现在呢？齐白石的一幅画都上亿了，画还是那样的画，价格可是大不一样，炒翻了天，这是齐白石无论如何也料想不到的。

观物，包括观察自然社会与人，要有自己的思索。取象是什么？不是简单描绘它的外在现象而是探寻它的精髓，通过我们的创作而把它描写出来。

观物是基础，取象是结果。

我们很多作家观物很充分，目有所观，心有所思，但是说不出来，问题就出在于取象阶段，观物是基础，想得很多，这是我们常见的一个状态，但是象取不出来。取象是非常艰苦的劳动，观物很容易，但是取象很难，需要反复思索研究比较，而且必须要有时间保证，为什么很多人喜欢写诗呢，原因之一是不需要很长的时间。

观物取象出自《周易·系辞下》曰：

古者包栖氏之王天下也，仰则观像于天，俯则观法于地，观鸟兽之文与地之宜，近取诸身，远取诸物，于是始作八卦，以通神明之得，以类万物之情。[8]

我们在观物时要有独特的视角与兴趣。散文作家在观物时要考虑两个因素，我套用一句话，极物和不极物，对你自己要极物，对别人也要极物，就是说你的作品不仅要打动自己，也要打动别人的心灵，好的文学作品一定要拨动读者内心的幽趣，那里面有一根弦，你把它拨动了，如果拨出了华章璀璨，那你就是伟大的经典作家。

我们读《红楼梦》，书中打动我们的往往是公子小姐而不是丫鬟家丁，是贾宝玉而不是兴儿；小姑娘都想做林黛玉、史湘云、薛宝钗，没人想做袭人、晴雯，都想把好命运好形象落在自己头上。男性读者没人想做焦大。这是一种普遍的阅读心理，与阶级斗争、民族斗争无关。《红楼梦》之所以成为经典就是因为拨动了读者内心深处的弦。

观物取象的过程是非常复杂的，要把眼耳鼻喉身打开，要把心智打开，要用智慧，向内心转化，要写出当下大家感兴趣的和新鲜的事物，而不要老是沉浸在陈旧的事物里。读者和作者是一个读和写的关系，如果说作者是一个船夫，作品便是一只船，你把读者用你的船渡到对岸，便完成了任务。就是这么一种既简单又复杂的关系。

渡河的过程应该是愉悦的，至少船应该是美丽的，豪华或者可人的，读者上了船就很高兴。如果是破破烂烂甚至漏洞百出，读者就不会上你的船，没有那么傻的读者，因此作为作家一定要动脑子，一定要打造一艘好船，进而打动读者的心。但是不要媚俗，不要出卖自己的良心，这是作家的底线。

这是观物取象。下面我们顺便说说神思，刘勰说过这样一段话：

> 形在江海之上，心存魏阙之下。神思之谓也。文之思也，其神远矣！故寂然凝虑，思接千载；悄焉动容，视通万里；吟咏之间，吐纳珠玉之声；眉睫之前，卷舒风云之色；其思理之致乎，故思理为妙，神与物游。[9]

身体在江海之上，心里思考的却是朝廷之事，身体是有形的，这叫"形"；思想是无形的，叫"神"。思接千载，视通万里，形做不到，神可以做到。作家要有神一样的思索，要敢于想象，敢于联想，敢于把自己的思想和情感注入笔下的客观事实之中，很多作家写东西，特别纠结，原因就是神与形不通。神和形应是统一的互动关系。我举个例子，我们外出旅游，从此地到彼地，比如从我国北京到法国巴黎旅游，坐十个小时的飞机，玩了两天，然后又从法国回到北京，一方面这是身体在行动，另一方面我们的神也随着身体的行动，感受着、思索着，从而成形与神的统一。回到北京以后，作家在创作时，虽然身在北京但是讲述的却是巴黎的风物与故事，这就是"形在江海之上，心存魏阙之下"，这么一个简单的比喻。

笼统地讲，形是具体的、客观的，神是主观的、变幻莫测的。形与神既是统一的又是变化的，而且应该变幻莫测。形可以散，也可以不散；神可以散，也可以不散，散与不散是辩证关系，可以变幻万千，如果都是千篇一律，那就是我们的失败，所以我们一定要把握好形和神的关系。

最后是虚静。虚是空白，没有任何私欲和杂念；静是安宁、平静，波澜不惊，虚静是心理状态，是摒弃干扰进入写作的理想状态。

我们很难设想一个人如果诸事缠身，心绪烦乱能够写出好文章来。大家都有这种体验，写东西的时候需要静一静，至少要找一个安静的地方写东西。为什么很多作家在夜里写？因为那是一个外在的安静环境，可以促使作家躁动的内心平静下来。

四 审美

审美是一种心理活动，根据自己的美学修养对外在事物进行判断、解读和赏析，比如我欣赏一幅画，好或者不好，是有美学标准的。人与人之间欣赏的事物往往不同，很大的原因是美学标准不同。鲁迅说，贾府的焦大也不会喜欢林妹妹的，就是这个道理。同样一个人，随着年纪的变化，审美标准也会发生变化，比如我年轻时看到一幅画觉得很美，后来觉得不美了，这就是说我的审美标准发生了变化，审美不是呆板、一成不变的。审美来源于文化积累、美学积累与个人偏好。审美既是个人的，也是社会的，时代、社会对个人的审美拥有巨大的影响力。

比如说我是中国人，我用中国人的眼光观察眼前这扇门的图案，这个图案总的感觉像一只猫头鹰，我不喜欢这个图案。为什么不把它做成蝙蝠的图案呢？这就是说，我的审美是中国人的传统审美，门的设计者与我不一样，他是受了西方审美的影响，因此他在门上设计了两只类似猫头鹰的图案。在古希腊神话中猫头鹰是智慧女神的象征，黄昏的时候，猫头鹰飞来了。但是中国人认为这是令人讨厌的、非常不吉利的鸟。再比如说，我去法国凡尔赛宫参观，那里有许多百合花的图案，但我怎么看也不像百合，因为它太抽象了，我无论如何都不能把那抽象的图案与百合联系到一起。这就是不同国家文化对人的影响，这是一种千变万化、千丝万缕、藕断丝连、潜移默化的影响。

简言之，审美是主观的心理活动，而美是客观存在的。审美就是主观对客观的认知，如果这个客观事物达到了审美标准，我们才会为此动笔而把它描写出来。那么什么是美？美是使人感到愉悦的事物，美往往与真和善相连，不是简单的感官快活也不是简单的物质享受，比如说开发商卖房子，卖了500

个亿，开发商高兴得发狂，但是与美学无关，因为审美是一种精神活动。

散文作家的审美，当然是一种精神活动。通过作家审美给读者以启迪。比如我上次讲的新加坡小说，一个孕妇遇到了一只母老虎，孕妇很害怕，但是母老虎没有伤害她，孕妇把这个事告诉了村长，村长纠集村民扛上枪把母老虎打死，把母老虎的两只幼崽，贩卖到集上。这篇小说给读者的启示是：在自然界谁更残酷？是老虎还是人？结论是人更残酷。然而，中国传统文化不是这样的，中国传统文化讲的是天地人合一，人要参与大自然的运行，作家如果明晓中国传统文化不是更好吗？但是很多作家都忘掉了，因为他们不知道传统文化是什么，传统文化曾经被批得太狠了，今天重新捡起来，需要一个重新认识的过程。

作家要把国学的内涵发掘出来，我们在普通事物中往往可以发现中国文化精神与审美。比如我们去吃饭、购物，我们去小商店，有的小店布置得很漂亮，入目而有情调，我们进去看了觉得很愉悦很养眼，这就是审美。现在很多的店都是80后、90后开的，店面布置得很漂亮，我们作为一个作家要善于捕捉袒露在我们眼前的事物，从中找到可以触发我们创作的审美点。然而，有些作家对这些往往熟视无睹，觉得不就是一个小店吗？这是不对的。

文学作品既有对美的赞颂，也有对丑的鞭挞。有人问，很多丑的东西为什么叫美呢？那叫化丑为美。我们看京戏，看《战宛城》里的曹操是一个恶霸式人物，他打败了张绣，张绣投降他了，但曹操这个人很好色，问他的侄子城里可有绝色女子？侄子说有，就是张绣死去的叔叔张济的妻子邹氏，曹操派士兵把邹氏找来霸占了。张绣听说之后大怒，说那是我的婶子，我降服了你，你却如此对待我的婶子，于是在夜晚偷袭曹操，把曹操打得落花流水，他的侄子、长子都被打死了。在这个戏里曹操是一个奸相，耸着肩膀，涂抹白脸，属于丑类。但是我们看这个戏，觉得很好，因为从中我们感到一种批判的锋芒，把曹操这个丑类上升到审美境地，这就叫化丑为美。我们写散文一定要有审美意识与审美标准，从而展示我们的文学魅力。

五　修辞立其诚

1. 辞，即言辞。修辞就是建立言辞。
2. 诚，真实、真挚，不虚假不造作。

孟子说："是故诚者，天之道也；思诚者，人之道也。至诚而不动者，未之有也；不诚，未有能动者也。"[10]孟子认为追求真诚是做人的基本法则，如果你是真诚的则一定会感动他人；反之，如果自己的心不真诚，要感动他人则是无论如何也做不到的。

诚，是天之法则也是做人的法则，《中庸》中有这么一句话，"唯天下至诚，为能尽其性"(11)，这个性不是性别，是人性的性，"能尽其性，则能尽人之性，能尽人之性，则能尽物之性，能尽物之性，则能可以赞天地之化育"(12)。孟子主张人性善，人之性与天之性是相通的，因此尽人之性便是尽天之性，做到这一点就是"诚"。

我们写文章要表达诚，表达天道和人道，因为诚是天道和人道的本质，而不会虚假作伪。写散文也是这个道理，要诚，要真诚，否则就违背人之道和天地之道了。

孔子说："君子进德修业。忠信，所以进德也。修辞立其诚，所以居业也。"(13)中国的文化传统历来认为人品和文品是相统一的，修辞的目的就是建立诚信，作家从事文学创作的目的，包括散文写作归根结底是为了世道人心，而且要有利于人类与社会的发展。

我记得西方人说过一句话：文学是真理的影子。文学是真理，但是不是真理本身，是真理的影子。中国人说文学是天道和人心的反应，它属于立德的范畴，因此要修辞立其诚。

最后，谈谈散文写作的一些问题。

我推荐余光中的一篇文章《剪掉散文的辫子》。这篇文章写于20世纪70年代，今天依然具有现实意义，可以作为一种借鉴。他说当时的散文可以分为四种情况，我在他的基础上，结合当下散文现状剖析如下：

第一，学者散文。

优秀的学者散文利用深厚的文化背景，往往可以写出使读者心旷神怡的作品，这类散文功力深厚，文辞雅致，而且是性格、修养和才情的自然流露，是文化与性格的结晶。反之，相对应的是"假学者"散文。有些假文化人，到了某个地方查查当地的风俗与旅游说明书，便抄录下来进行卖弄，这些人其实是冒牌学者，流淌于他们笔端的文字不能给读者任何滋养与审美愉悦。

第二，花花公子散文。

我们在刊物上到处都可以看到这类华而不实的纸花，这类散文歌颂自然的能力，感叹人生的无常，有些作者年纪大了，还会常常伏在老祖母的膝上，回忆苦涩的童年，怀念家乡的小溪与逶迤青山。这类散文如同包装俗艳的廉价糖果，这些作者犹如公子哥儿一般，搬弄辞藻简直是挥金如土，看似一团锦绣实际上是虚假空虚，在繁缛的文字下面虚编故事，而又虚情假意，令人作呕。

第三，洗衣妇的散文。

花花公子散文的毛病是太花，华而不实，洗衣妇的散文则是太白，白开水一般，没有任何味道与营养。这一类作者像有洁癖的老太婆，把自己的衣服洗了又洗，把衣服上的花纹、刺绣等纹饰一股脑全部洗掉。他们是散文世界里的"清教徒"，不少退休人员往往在散文里面折腾，他们写的散文基本可以不看，这些下笔千言统统是大白话，他们以为写散文就是写报告，就是拧开自来水龙头说些大白话。

第四，现代散文。

余光中说的现代散文不是我们理解的现代派的散文，他认为这类散文不仅熟谙旧文学而且精擅新文学。第一要有弹性，这类散文对各种文体与各种语言能够兼容并包且高度适应，文体和语言越变化多姿，散文的弹性也就越大。中国有白话文，有文言文，有网络文章，也有西式风格的翻译体，我们要兼容并蓄，汲取各种语体的精华从而丰惠自己的作品。第二要有力度，在一定的篇幅之中，满足读者对美感要求的分量，分量越重力度越大，如果你的文章松松散散，既无奇句又无新意，平庸无奇，读者为什么读你的作品？必然弃之如敝屣。第三要有质料，它是指构成全篇散文个别的字或词的品质。这种品质甚至决定了作品境界的高低。我理解余光中所说的品质，是作者对词、字的选择与锻炼，即语感中的第一个问题或者说散文话语的底色问题。

当然,散文也有各种写法,然而无论你创作何种题材的散文,都要以优秀为目的。那么。什么是优秀散文?我以为有两个标准:第一,如果你的散文既是个人,又是社会的;第二,如果你的散文既是文学,又是美学的,那么你的散文就是优秀的。

上面说到,中国古人讲究三立,立德、立功、立言。最高是立德,其次是立功,再下是立言。拥有三立的人物,虽然故世很久了仍被世人怀念,这就叫不朽。古人将立德列在三立之首,立功与立言都要受到立德的影响。言与辞是传达思想抒发情感的,道德品质的差异,必然会影响到言辞的表现。要建立好的言辞,必然要有好的道德,这是中国传统文化的精髓,中国人历来认为文品与人品是相统一的,修辞的目的就是建立诚信。作家从事文学创作的目的,包括散文写作,归根结底是为了世道人心,是为了有利于社会与人类的发展,推进社会与人类的审美层次。

清人管同说:"舍刚大而言养气,不可以为养气也;舍养气而专言为文,不可以言为文也。惟所养有浅深,则所就有高下,要之必归于此而后为得焉。"[14]我们要明白这个基本道理,从而创造出优秀的散文,好散文是作者内心深处的映射,应该给读者以美的启示,给人以温暖与希望,至少我们可以写得轻松一些，让读者感受阅读的欢愉。

谢谢大家！

● 注释

(1)〔唐〕李贺著、〔清〕王琦等注：《李贺诗歌集注》，上海人民出版社1977年版，第94页。

(2)〔宋〕朱熹著、欧阳玄主编：《四书集注》，海南出版社1992年版，第297—299页。

(3)〔明〕宋濂：《文原》，转引自胡经之主编：《中国古典美学丛编》，北京中华书局1988年版，第489页。

(4)〔明〕宋濂：《文原》，转引自胡经之主编：《中国古典美学丛编》，北京中华书局1988年版，第489页。

(5)〔明〕宋濂：《文原》，转引自胡经之主编：《中国古典美学丛编》，北京中华书局1988年版，第489页。

(6)〔后晋〕刘昫等撰：《旧唐书》，中华书局1975年版，第3173页。

(7)〔后晋〕刘昫等撰：《旧唐书》，中华书局1975年版，第3173页。

(8) 徐子宏译注：《周易全译》，贵州人民出版社1991年版，第373页。

(9) 〔梁〕刘勰著、范文澜注：《文心雕龙注》，人民文学出版社1958年版，第493页。

(10) 〔宋〕朱熹著、欧阳玄主编：《四书集注》，海南出版社1992年版，第378—379页。

(11) 〔宋〕朱熹著、欧阳玄主编：《四书集注》，海南出版社1992年版，第46页。

(12) 〔宋〕朱熹著、欧阳玄主编：《四书集注》，海南出版社1992年版，第46页。

(13) 徐子宏译注：《周易全译》，贵州人民出版社1991年版，第9页。

(14) 〔清〕管同：《与友人论文书》，转引自胡经之主编：《中国古典美学丛编》，北京中华书局1988年版，第492页。

附录之一

浅论散文、史述与小说中的叙述者

内容提要：叙述者是小说、散文与史述中的核心人物。叙述者的成功与否决定文本的成功与否。文体不同，叙述者的作用也不一样。

关键词：叙述者 散文 小说 史述

一 叙述者，突出或不突出

与小说相比，在叙述者方面，散文一定要突出叙述者的个人色彩，这是散文的特色之一。汪曾祺的小说《受戒》我们读过，小男孩受戒当和尚去了，他有个小朋友是个女孩子，俩人是青梅竹马的关系，其中有这么一段描写：她挎着一篮子荸荠回去了，在柔软的田埂上留了一串脚印。明海，就是那个小男孩，看着她的脚印，傻了。五个小小的脚指头，脚掌平平的，脚跟细细的，脚弓部分缺了一块。明海身上有一种从来没有过的感觉，他觉得心里痒痒的。这一串美丽的脚印把小和尚的心搞乱了。很含蓄吧，最后结尾是那个小男孩受戒完了，当小沙弥了，英子跳到中舱，两只桨飞快地划起来，划进了芦花荡。芦花才吐新穗，紫灰色的芦穗，发着银光，软软的，滑溜溜的，像一串丝线。有的地方结了蒲棒，通红的，像一支支小蜡烛。青浮萍，紫浮萍。长蚊子，水蜘蛛。野菱角开着四瓣的小白花。惊起一只青桩（一种水鸟），擦着芦穗，噗噜噜飞远了。作家没有任何议论，一句感想的话都没说。

再比如我们看鲁迅的小说《药》：华大妈跟着她的指头看去，眼光便到了前面的坟，这坟上草根还没有全合，露出一块一块的黄土，煞是难看。再往上仔细看时，却不觉也吃一惊，分明有一圈红白的花，围着那尖圆的坟顶。他们的眼睛都已老花多年了，但望着这红白的花，却还能明白看见。花也不很多，圆圆的排成一个圈，不很精神，倒也整齐。华大妈忙看他儿子和别人的坟，却只有不怕冷的几点青白小花，零星开着，便觉得心里忽然感到一种不足和空虚。对此，小说中的叙述者也没有任何议论，采取了一种含蓄态度。

在徐志摩的散文《翡冷翠山居闲话》中，我们在第二节《叙事》中已经援引了，这里不再啰唆，叙述者的感情十分鲜明，热情四射，毫不掩饰。哪位小说家敢这么写：华大妈怎么样，小和尚如何呢？小说的叙述者一定要采取隐蔽姿态，把自己的思想、感触、议论隐蔽起来，用景物、事物、细节暗示读者，让读者去猜测、思索，散文则往往要凸显个人色彩，议论、感喟，抒发情感，毫不回避，这是散文与小说的一个重要区别。

我们以杨朔的散文《樱花雨》为例。作者（叙述者）去日本访问，住在一家旅馆里头，服务员叫君子，对作者说你们中国人好，不像美国人老欺负我们，作者觉得君子很软弱，日本人很软弱，20世纪60年代中国跟日本没有建交，只能通过民间交流，有一种情绪认为日本是美国的殖民地。文章在结尾处说缆车因为停电不能运行了，作者不能出去，便在房间里眺望对面的山头，对面的山是白色的，樱花已经绽放了，停电的原因是怎么回事呢？

君子忍不住自言自语悄悄说："敢许是罢工吧？"从她那对柔和的眼睛里，我瞭见有两点火花跳出来。想不到在这个怯生生的心灵里，也隐藏着日本人民火一样的愿望。原来是我错看她了。

我倒不急着出谷，索性站到窗前，望着对山乍开的樱花。风雨能摧残樱花，但是冲风冒雨，樱花不是也能舒开笑脸么？赶明儿，风雨消歇，那霜雪也似的花儿该开得多么美，多么盛啊。如果樱花可以象征日本人民，这风雨中开放的樱花，才真是日本人民的象征。[1]

小说能这么写吗？比如说《受戒》来这么一段，明海看了以后心里就乱了，心里想到的时候，一定把英子娶到我们家怎么样，这就糟糕了。但是散文一定要这么写，一定要突出叙述者的个人色彩。

二　通过叙述者讲述人物描写景物

杨朔的《雪浪花》也好，《荔枝蜜》也罢，他都在散文中刻画人物，但是他刻画人物，不像一些"类小说"散文中的人物那么呆板，现在很多年轻作家一定要写小说模式散文，他也刻画人物，但是人物苍白无力，他没有杨朔这本事，因为杨朔本身也是小说家，他知道散文怎么描写人物，将情和人结合在一起，把叙述者的感情与人物融合在一起。现在很多新散文作家笔下的人物，人和情是分离的，故而人物呆板。他们不知道小说是用情节、对话刻画人物，散文则是通过叙述者讲述人物，这是两种文体的根本区别。

这是二者刻画人物的区别，但是它们有一个共同点，无论是散文还是小说，都应该将景物纳入情节的链条，而不能为写景而写景，也就是说景物不是孤立的，而应与人物或叙述者联系到一起。有些新散文作家不明白这个道理，景写得很长也很美，但是读者不读，因为你的描写是静止状态，游离于故事之外，没有随着情节而运转。杨朔《樱花雨》的景是随着叙述者的情和人物而展开的，望着对面山上乍开的樱花。他想到，风雨能摧残樱花，但是冲风冒雨，樱花不是也能舒开笑脸吗？景色与叙述者的感情是连在一起的，如果单独写一万字的樱花，有什么意义？一万字的樱花，写得很细致，很美丽，文学色彩很浓，但是脱离了具体语境，所以读者不读。我们现在很多模仿小说写散文的一些年轻作家，不懂这个道理，他把小说家早就摒弃的方法，离开了情节变化的景物的描写，把它捡到自己的纸篓里，而被小说家耻笑。我们一定要注意这个问题，在散文中写景是有目的的，不是单纯写景，是为人物，为情节，为心境而写，这样人景合一，读者才愿意读，否则读者不读，他看这个东西干什么，人家看你的景干什么？

三　史述中的叙述者

说到历史散文，不免要说到司马迁的《伯夷列传》。

《史记》中人物传记中有很多作者（叙述者）议论，比如说《伯夷列传》，文章不长，但特别感动人：

夫学者载籍极博，尤考信于六艺。《诗》《书》虽缺，然虞夏之文可知也。尧将逊位，让于虞舜，舜禹之间，岳牧咸荐，乃试之于位，典职数十年，功用既兴，然后授政。示天下重器，王者大统，传天下若斯之难也。而说者曰尧让天下于许由，许由不受，耻之逃隐。及夏之时，有卞随、务光者。此何以称焉？太史公曰：余登箕山，其上盖有许由冢云。孔子序列古之仁圣贤人，如吴太伯、伯夷之伦详矣。余以所闻由、光义至高，其文辞不少概见，何哉？

孔子曰："伯夷、叔齐，不念旧恶，怨是用希。""求仁得仁，又何怨乎？"余悲伯夷之意，睹轶诗可异焉。其传曰：

伯夷、叔齐，孤竹君之二子也。父欲立叔齐，及父卒，叔齐让伯夷。伯夷曰："父命也。"遂逃去。叔齐亦不肯立而逃之。国人立其中子。于是伯夷、叔齐闻西伯昌善养老，盍往归焉！及至，西伯卒，武王载木主，号为文王，东伐纣。伯夷、叔齐叩马而谏曰："父死不葬，爰及干戈，可谓孝乎？以臣弑君，可谓仁乎？"左右欲兵之。太公曰："此义人也。"扶而去之。武王已平殷乱，天下宗周，而伯夷、叔齐耻之，义不食周粟，隐于首阳山，采薇而食之。及饿且死，作歌，其辞曰："登彼西山兮，采其薇矣。以暴易暴兮，不知其非矣。

神农、虞、夏忽焉没兮,我安适归矣?于嗟徂兮,命之衰矣!"遂饿死于首阳山。

由此观之,怨邪非邪?

或曰:"天道无亲,常与善人。"若伯夷、叔齐,可谓善人者非邪?积仁洁行如此而饿死!且七十子之徒,仲尼独荐颜渊为好学。然回也屡空,糟糠不厌,而卒蚤夭。天之报施善人,其何如哉?盗跖日杀不辜,肝人之肉,暴戾恣睢,聚党数千人横行天下,竟以寿终,是遵何德哉?此其尤大彰明较著者也。若至近世,操行不轨,专犯忌讳,而终身逸乐,富厚累世不绝。或择地而蹈之,时然后出言,行不由径,非公正不发愤,而遇祸灾者,不可胜数也。余甚惑焉,傥所谓天道,是邪非邪?

子曰:"道不同不相为谋。"亦各从其志也。故曰:"富贵如可求,虽执鞭之士,吾亦为之。如不可求,从吾所好。""岁寒,然后知松柏之后凋。"举世混浊,清士乃见。岂以其重若彼,其轻若此哉?

"君子疾没世而名不称焉。"贾子曰:"贪夫徇财,烈士徇名,夸者死权,众庶冯生。""同明相照,同类相求。""云从龙,风从虎,圣人作而万物睹。"伯夷、叔齐虽贤,得夫子而名益彰;颜渊虽笃学,附骥尾而行益显。岩穴之士,趋舍有时若此,类名湮灭而不称,悲夫!闾巷之人,欲砥

行立名者，非附青云之士，恶能施于后世哉！(2)

我做过一次统计，全文共四段，真正写伯夷的小传只有280个字，即中间第二段中一部分，剩下的第一段、第三段、第四段，都是作者的感叹与议论，总共是707个字，是传记的两倍多。

为什么说《史记》是优秀的历史散文呢？司马迁由于为李陵辩解而受到腐刑，心情极其悲愤。他是悲愤著书，他很同情这两个有气节的名士，不食周粟最后饿死在这首阳山，所以他说："天道无亲，常与善人。"(3)那么"若伯夷、叔齐，可谓善人者非邪？积仁洁行，如此而饿死"(4)如何解释？伯夷叔齐因为受到了孔夫子的赞扬，所以名垂不朽，如果没有孔夫子的赞扬，这两个人怎么能够名垂不朽呢？我们设想，小说这么写可以吗？绝对是糟糕透了，这就是不同文体的不同写法。

我们读司马迁的《伯夷列传》，从故事的角度没有什么可写的，就是那么点事，小说家可以编，但司马迁不能编。就此而言，散文家和史学家是一致的，那我们怎么写好？那好，我司马迁有我的悲愤，所以伯夷、叔齐是他的酒杯，是司马迁悲愤的一个载体，通过他们抒写自己的愤激之情。我们写散文也是这个道理，有时候我们可能会写一个人物，这个人物没有什么可说的事，我又不能虚构，那就我们不妨学学司马迁，用这种写法，把我们的心态，我们的情感，我们的思想，通过笔下的人物表述出来，散文和历史，在传统散文观念中，历史本身也是散文的一种，是可以相互借鉴的。

但是今天写历史似乎没有人这么写，今天写历史，是很客观，很冷静，而少发议论的，和司马迁的时代不一样了，所以我们说散文与历史散文具有共性，而不是泛泛地指历史著作。

四 在场性

散文往往采取作者（叙述者）的个人姿态而突出在场的亲历性。

过去写报告文学强调在场，后来又出了很多写历史的一些报告文学，作者根本不在场，也说是报告文学，历史跟报告文学有什么关系？现在的报告文学也已经突破这个底线了。其实你叫历史著作不是很好嘛！何必酱在报告文学这口缸里？很多学历史的散文现在也都叫报告文学，也都可以得各种各样的奖，很多人因此出名，其实写得不过是历史，无非是把历史用现代话重新阐述一遍，这跟报告文学有什么关系？

作为散文作家，一定要突出在场的亲历性，你在这个场里，你见到了什么东西，你是怎么想的，否则怎么能打动读者？再一个是突出个人体验，你有个人体验吗？你必须要有个人体验，你是怎么想的，你是怎么感觉的，对不对？要写出你的直觉、感觉和思索来，或者写出你的意识流来。

五　古代小说的叙述者

我们多次强调，现代小说叙述者尽量隐蔽，不发议论，但是中国的传统小说则一定要这样开端：列位看官，你道此书从何而来？我们读《红楼梦》难道没有议论吗？我们读《三国演义》难道没有议论吗？我们读《聊斋》中的《胭脂》，难道没有议论吗？我们不妨分析一下，小说中说胭脂是一个美丽姑娘，看上了一个文雅的书生鄂秋隼，一个年轻寡妇给他们做中间人，不巧碰上了一个坏蛋叫毛大与寡妇的情人宿介，原本单纯的恋爱这样就分岔，不仅出现了纠纷而且出现了凶杀。断案的官员一开始认为鄂秋隼是杀人犯，后来又认为宿介是凶手，最后施愚山先生出现，找出了真凶毛大。在小说的结尾处先是用判的形式进行议论，宿介如何，毛大如何，胭脂如何，然后是作者也就是叙述者做叙述，最后是叙述者再次议论，附带讲述了一个施愚山先生的逸事。

关于宿介：

宿介：蹈盆成括杀身之道，成登徒子好色之名。只缘两小无猜，遂野鹜如家鸡之恋；为因一言有漏，致得陇兴望蜀之心。将仲子而逾园墙，便如鸟堕；冒刘郎而至洞口，竟赚门开。感悦惊尨，鼠有皮胡若此？攀花折树，士无行其谓何！幸而听病燕之娇啼，犹为玉惜；怜弱柳之憔悴，未似莺狂。而释幺凤于罗中，尚有文人之意；乃劫香盟于袜底，宁非无赖之尤！蝴蜨过墙，隔窗有耳；莲花卸瓣，堕地无踪。假中之假以生，冤外之冤谁信？天降祸起，酷械至于垂亡；自作孽盈，断头几于不续。彼逾墙钻隙，固有玷夫儒冠；而僵李代桃，诚难消其冤气。是宜稍宽笞扑，折其已受之惨；姑降青衣，开彼自新之路。(5)

关于毛大：

若毛大者：刁猾无籍，市井凶徒。被邻女之投梭，淫心不死；伺狂童之入巷，贼智忽生。开户迎风，喜得履张生之迹；求浆值酒，妄思偷韩掾之香。何意魄夺自天，魂摄于鬼。浪乘槎木，直入广寒之宫；径泛渔舟，错认桃源之路。遂使情火息焰，欲海生波。刀横直前，投鼠无他顾之意；寇穷安往，急兔起反噬之心。越壁入家，止期张有冠而李借；夺兵遗绣履，遂教鱼脱网而鸿离。风流道乃生此恶魔，温柔乡何有此鬼蜮哉！即断首领，以快人心。(6)

附录之一

关于胭脂：

胭脂：身犹未字，岁已及笄。以月殿之仙人，自应有郎似玉；原霓裳之旧队，何愁贮屋无金？而乃感关雎而念好逑，竟绕春婆之梦；怨摽梅而思吉士，遂离倩女之魂。为因一线缠萦，致使群魔交至。争妇女之颜色，恐失"胭脂"；惹鸳鸟之纷飞，并托"秋隼"。莲钩摘去，难保一瓣之香；铁限敲来，几破连城之玉。嵌红豆于骰子，相思骨竟作厉阶；丧乔木于斧斤，可憎才真成祸水！葳蕤自守，幸白璧之无瑕；缧绁苦争，喜锦衾之可覆。嘉其入门之拒，犹洁白之情人；遂其掷果之心，亦风流之雅事。仰彼邑令，作尔冰人。(7)

以判的形式对宿介、毛大与胭脂进行评论。之后让县令做媒人，撮合胭脂与鄂秋隼百年好合：

自吴公鞫后，女始知鄂生冤。堂下相遇，靦然含涕，似有痛惜之词，而未可言也。生感其眷恋之情，爱慕殊切；而又念其出身微，且日登公堂，为千人所窥指，恐娶之为人姗笑，日夜萦回，无以自主。判牒既下，意始安帖。邑宰为之委禽，送鼓吹焉。(8)

最后是异史氏的议论。异史氏既是作者也是叙述者。

235

异史氏曰："甚哉！听讼之不可以不慎也！纵能知李代为冤，谁复思桃僵亦屈？然事虽暗昧，必有其间，要非审思研察，不能得也。呜呼！人皆服哲人之折狱明，而不知良工之用心苦矣。世之居民上者，棋局消日，绌被放衙，下情民艰，更不肯一劳方寸。至鼓动衙开，巍然高坐，彼哓哓者直以桎梏静之，何怪覆盆之下多沉冤哉！"

愚山先生吾师也。方见知时，余犹童子。窃见其奖进士子，拳拳如恐不尽；小有冤抑，必委曲呵护之，曾不肯作威学校，以媚权要。真宣圣之护法，不止一代宗匠，衡文无屈士已也。而爱才如命，尤非后世学使虚应故事者所及。尝有名士入场，作"宝藏兴焉"文，误记"水下"；录毕而后悟之，料无不黜之理。作词曰："宝藏在山间，误认却在水边。山头盖起水晶殿。瑚长峰尖，珠结树颠。这一回崖中跌死撑船汉！告苍天：留点蒂儿，好与友朋看。"先生阅而和之曰："宝藏将山夸，忽然见在水涯。樵夫漫说渔翁话。题目虽差，文字却佳，怎肯放在他人下。尝见他，登高怕险；那曾见，会水淹杀？"此亦风雅之一斑，怜才之一事也。[9]

这是中国古代小说的写法。叙述者不仅显身出现而且滔滔不绝地议论，丝毫也不回避。在中国的文言小说中，作者与叙述者有时是合一的，作者就是叙述者，叙述者就是作者，如同散文的作者与叙述者一样而不分彼此。当下中国文坛的主流文体，小说、诗歌、戏剧、散文，"五四"以后全盘西化，我们今天写的散文基本是西方传过来的文体，小说也是，如今哪位还写长篇章回小说？很少有人去写，现在都是西方文体，把中国自己的文化传统全部丢掉，我们反对全盘西化，实际上在中国文坛上已经全盘西化，现实不就是这样？！我们现在写的基本是西方文体，不是中国文体，谁还写文言文？谁还写明代小品？都是"五四"以后的这种散文，全盘西化了。

中国古代的小说为什么要进行议论？西方的小说为什么不进行议论？因为小说观念不一样，西方人认为小说是虚构的故事，中国人认为小说是诸子之说，属于小道，是街谈巷议，是要教诲人，教人向善的。所以叙述者一定要在小说中进行议论，警醒你要做善事，我不仅把故事给你讲明白了，而且把故事的底细给你拆穿了，这样的小说照旧吸引你阅读，而且读后认为这是真棒的小说，这种小说的写法就更难，犹如猜谜语一般，我不仅告诉你谜面，而且告诉你谜底，我告诉你了，还让你猜，你还心甘情愿地猜，这是不是更难了？小说也是如此。所以说，今天哪位作家如果还沿用中国传统小说写法，用中国白话章回体写出一个很棒的小说，那是难而又难的，而应该鼓励，但是没有人去做这件事，有谁去做这种蠢事呢？

总之，文体不同，古今不同，即便是同一文体，时代不同，叙述者有时也是不一样的。我们与历史著作相比较，在史著上是有议论的，但是今天的历史文章是不议论的；我们与小说比起来，在历史上中国的小说是有大量议论的，但是今天的小说是不议论的。而散文则要突出在场性，突出作者的亲历感与作者的个性。但是，如果我坚持在散文中不议论，自然也可以，我只是说这是个一般性的写作手法，我们写散文要明白这个基本道理。

注释

(1) 杨朔：《东风第一枝》，作家出版社1961年版，第146页。

(2) 〔汉〕司马迁：《史记》，中华书局1959年版，第2121—2127页。

(3) 〔汉〕司马迁：《史记》，中华书局1959年版，第2124页。

(4) 〔汉〕司马迁：《史记》，中华书局1959年版，第2124页。

(5) 张友鹤辑校：《聊斋志异（会校会注会评本）》，上海古籍出版社1978年版，第1374—1375页。

(6) 张友鹤辑校：《聊斋志异（会校会注会评本）》，上海古籍出版社1978年版，第1375—1376页。

(7) 张友鹤辑校：《聊斋志异（会校会注会评本）》，上海古籍出版社1978年版,第1376—1377页。

(8)张友鹤辑校:《聊斋志异(会校会注会评本)》,上海古籍出版社1978年版,第1377—1378页。

(9)张友鹤辑校:《聊斋志异(会校会注会评本)》,上海古籍出版社1978年版,第1377—1378页。

散文的六个叙事特征

内容提要：西方的文学范畴包括小说、戏剧、诗歌，不包括散文。中国传统的散文概念与西方的散文概念近似，也认为散文处于文学与非文学之间。中国现代文学包括小说、戏剧、诗歌与散文，从而将散文纳入文学范畴。本文以中国现代散文概念为依归，对散文的叙事方法进行梳理，进而探讨散文的叙事特征。

关键词　叙述者　解构　聚焦　叙述语　动力元

西方的文学包括小说、戏剧、诗歌，不包括散文。中国现代文学包括小说、戏剧、诗歌与散文。

中国传统的散文概念与西方的散文概念近似，也认为散文处于文学与非文学之间。在浩如烟海的散文中，只有极少部分优秀的臻于美学标准的散文才会脱离实用文体而侧身于文学范畴。"五四"以后，中国散文逐步形成了应该以真实为界限的准则，但是近年随着新散文的出现，这个界限已被突破，从而造成散文界的混乱。

本文只在中国现代散文概念的范畴里进行讨论。不讨论散文定义的内涵，只对散文的叙事方法进行简单探索。

一　叙述者解构

叙述者是作家创造的第一个人物。

小说中的其他人物都是通过叙述者的叙述而创造的。叙述者处理好了，故事便一气呵成。因此，作为小说家，往往首先要选择叙述者，故事怎么讲，由哪个叙述者讲故事，是小说家遇到的第一个问题。

简言之，小说通过叙述者讲故事，散文则相对简单，叙述者就是作家，作家就是叙述者。作家讲故事，没有叙述者中转，从而是作家直接讲故事。比如，鲁迅的散文《阿长与山海经》《藤野先生》《父亲的病》，就是鲁迅讲自己的故事、讲自己的人生经历、讲自己的父亲、讲自己的保姆、讲自己小时候的经历。他不需要通过叙述者来中转。然而，现在很多年轻作家一定要虚构一个叙述者来讲故事，为什么要这样做呢？原因在于社会上有一个共识，即散文是真实的，小说是虚构的，这既是社会的也是读者的普遍共识，如果一定要颠覆对散文这种文体的共识，目的是什么呢？无非是利用读者认为散文是真实的，从而达到自己的目的，制造一种真实的特殊效果，有些散文作家持之以恒地进行虚构，就是出于这个目的，他们的理由是为了艺术的真实，但是哪种艺术的文体不追求艺术真实呢！艺术的真实和社会的真实是两个概念。高手是通过社会的真实来反映艺术的真实，反之只能通过虚构的社会真实来反映艺术的真实。

也有人提出这样一个问题，请问古代庄子的作品是什么文体呢？庄周的作品是散文还是其他呢？如果是散文，庄子则是虚构的，这就很糊涂。庄周时代没有散文概念，只有"文章"概念，所谓"文章"之学，和散文不是一个概念，因此不要把古今错位而偷换概念。

如同小说，散文的叙述者也有显身与隐身两种形式，显身便是叙述者显身出现，隐身就是叙述者采取隐蔽的形式。比如朱自清的《春》："盼望着，盼望着，东风来了，春天来的脚步近了"[1]，等等，这是隐身，散文中显身与隐身的叙述者与小说是一样的。

散文有三种人称，即第一人称、第二人称、第三人称。在中国古代散文中，叙述者的"我"通常以客观的人物形象出现，这是中国散文的特殊问题，苏轼的《前赤壁赋》："壬戌之秋，七月既望，苏子与客泛舟游于赤壁之下。清风徐来，水

波不兴，举酒属客，诵明月之诗，歌窈窕之章。"(2)

苏子是苏轼，按照我们今日写法，应该是：我和客人泛舟于赤壁之下，但是古人不这么说。因为，中国传统文化认为，只有把第一人称的"我"，转化为第三人称的客观人物，将自我消融在客观之中，其所阐述之事才具有真实的客观性。比如《史记》，在文章的结尾有时用"太史公曰"，而不说"余曰""我曰"，把第一人称转换为第三人称，从而制造一种客观的真实。

在散文中，叙述者还可以进行各种形式的解构。

第一，将单数解构为复数。徐志摩的《翡冷翠山居闲话》，"这样的玩顶好是不要约伴，我竟想严格的取缔，只许你独身；因为有了伴多少总得叫你分心，尤其是年轻的女伴，那是最危险最专制不过的旅伴，你应得躲避她像你躲避青草里一条美丽的花蛇！平常我们从自己家里走到朋友的家里，或是我们执事的地方，那无非是在同一个大牢里从一间狱室移到另一狱室去"(3)。将第一人称"我"解构为复数"我们"。

第二，把第一人称解构为第二人称。如林徽因的《蛛丝和梅花》：

你向着那丝看，冬天的太阳照满了屋内，窗明几净每朵含苞的，开透的，半开的梅花在那里挺秀吐香，情绪不禁迷茫缥缈地充溢心胸，在那刹那的时间中振荡。同蛛丝一样的细弱，和不必需，思想开始抛引出去；由过去牵到将来，意识的，非意识的，由门框梅花牵出宇宙，浮云沧波踪迹不定。是人性，艺术，还是哲学，你也无暇计较，你不能制止你情绪的充溢，思想的驰骋，蛛丝梅花竟然是瞬息可以千里！"(4)

"所以未恋时的对象最自然的是花"(5)，"不是因为花而引起感慨，——十六岁时无所谓感慨，——仅是刚说过的自觉解花的情绪，寄托在那清丽无语的上边，你心折它绝韵孤高，你为花动了感情，实说你同花恋爱，也未尝不可，——那惊讶狂喜也不减于初恋。还有那凝望，那沉思……"(6)再看：

一根蛛丝！记忆也同一根蛛丝，搭在梅花上就由梅花枝上牵引出去，虽未织成密网，这诗意的前后，也就是相隔十几年的情绪的联络。

午后的阳光仍然斜照，庭院阒然，离离疏影，房里窗棂和梅花依然伴和成为图案，两根蛛丝在冬天还可以算为奇迹，你望着它看，真有点像银，也有点像玻璃，偏偏那么斜挂在梅花的枝梢上。[7]

林徽因为什么要采用"你"作为叙述者?"你"属于独语体的散文,是自己写给自己看的。我们都知道她和她的先生关系很好,但是徐志摩和金岳霖都追求她,徐志摩1931年去世,而此文写于1936年,是不是写金岳霖呢?林徽因不能直抒胸臆。写"我"如何,那是要难为情的。所以用"你"来表述,她很含蓄。

第三,将叙述者解构为散文的作者。老舍的散文《旅行》:"老舍把早饭吃完了,还不知道到底吃的是什么。"[8]不是我,是老舍,作者解构为作者了。再比如余光中散文《鬼雨》开篇的第一句,"请问余光中先生在家吗?"[9]

关于散文的叙述者与叙述者解构问题,很少有评论家去研究分析,很多评论家欣赏马原的小说,我就是那叫马原的汉人,我写小说、我喜欢天马行空,等等。那么,余光中和老舍,还有古人把叙述者解构为作者,怎么没有一个批评家赞美呢?在小说中,把人物解构为作者在我国200多年以前的《红楼梦》中便已出现,曹雪芹在书斋,批阅十载,增删五次,难道不是吗?诧异的是不但无人赞美,反而据此摇唇鼓舌说这恰恰证明曹雪芹不是作者而是编辑家。

这真是荒唐得很!

总之,在叙述者解构上,散文早已有之,解构的目的是要创造符合作家自己的文体,我解构"你"是为什么?那不是我,是"你"啊,归根结底是要回避敏感问题。

二 通过疏离词进入人物内心

聚焦即叙述角度。比如《圣经》叙述亚伯拉罕(《圣经》中一个重要人物):清早起床,给他的驴备上鞍,带上他两个年轻的仆人和他的儿子以撒,劈好燔祭的木柴,就往神指示的地方去了,因为上帝昨晚跟亚伯拉罕说:为了考验你的忠心,你要把你的儿子奉献给我。亚伯拉罕一听神的指示,不能不做,于是带着他的儿子去了,以撒到了那个地方和父亲砍伐燔祭的木柴,因为上天要闻到味,得用木柴烧,相当于烤肉,这很残酷。以撒不知道,还挺高兴,帮助爸爸弄木柴,亚伯拉罕很痛苦,但是不能违背上帝的旨意。这时候突然跑来一只公羊,被灌木丛给困住了,这时上帝说,我已经知道你的诚意了,你真的是信仰我,那就用公羊来代替你儿子以撒,把它杀了,把它烧了,让我享受就可以了。

亚伯拉罕清晨的一系列活动,是一个客观叙述,那么触及内心叙述的时候,应该怎么处理呢?比如余光中的散文《牛蛙》，说他住在香港沙田的家，为楼下阴沟里牛蛙的吼声所困，过了几天，有一个老师叫之藩，从美国来香港教书，他们之间有这样的对话："你听，那是什么声音？"[10]"哪有什么声音？"[11]之藩讶然。"你听嘛，"[12]我存说。我存是余光中的妻子，之藩侧耳听了一会儿，微笑道："那不是牛叫吗？"[13]我存和我对望了一下，笑了起来，"那不是牛，是牛蛙，"[14]她说。"什么？是牛蛙。"[15]之藩吃了一惊，在青蛙声中愣了一阵，然后恍然大悟，孩子似的爆笑起来。"真受不了，"[16]他边笑边说，"世界上没有比这更单调的声音！牛蛙！"[17]他想想还是觉得好笑，青蛙似有所闻，又呱呱数声相应。

余光中这段叙述涉及了我、我存与之藩三个人，主要是讲述之藩第一次知道牛蛙的反应，因为是旁观故而不能直接深入之藩的心理活动，因此只能采取对他的外部观察：觉得好笑，哑然，吃了一惊、恍然大悟，孩子似的爆笑，苦笑，等等，通过疏离词进行表达。

三 突出叙述者个人色彩

鲁迅的小说《明天》，结尾是这么写的："单四嫂子早睡着了，老拱们也走了，咸亨也关上门了。这时的鲁镇，便完全落在寂静里。只有那暗夜为想变成明天，却仍在寂静里奔波；另有几条狗，也躲在暗地里呜呜地叫。"[18]叙述者不露声色，没有任何议论，让读者去联想。单四嫂子是一个寡妇，小孩又夭亡了，老拱等人帮了她的忙，那么单四嫂子这时候怎么办呢？作者没有进行议论，只是在小说的结尾处写道："这时的鲁镇，便完全落在寂静里。只有那暗夜为想变成明天，却仍在这寂静里奔波；另有几条狗，也躲在暗地里呜呜地叫。"[19]

与小说不同，散文则采取相反的做法。20世纪60年代，杨朔写了一篇《樱花雨》的散文。结尾是这样的：

我倒不急着出谷，索性站到窗前，望着对山乍开的樱花。风雨能摧残樱花，但是冲风冒雨，樱花不是也能舒开笑脸么？赶明儿，风雨消歇，那霜雪也似的花儿该开得多么美，多么盛啊。如果樱花可以象征日本人民，这风雨中开放的樱花，才真是日本人民的象征。[20]

这就是卒章显志，新散文家以为不足道，然而这有什么不可以呢？举此例子是要说明，无论是中国还是外国，散文和小说的区别在于：小说家一定要把叙述者的议论深藏不露，散文家为什么要反其道而行之呢？这就是散文的叙事特色。在现代小说中，出于叙述者的议论甚至出于小说中人物的议论，均不占主导地位，原因是议论过多的小说，往往会打破真实感，不被读者认可。然而，在散文中，出于叙述者的议论，却是被读者认可的，缺少作者情感与议论的散文反而不被看好，这是散文与小说至少在读者眼中的重要区别。

在散文中，叙述者一定要突出个人体验，突出在场的亲历性，注重笔下事物与过程的直觉、感觉、认知、体验、思索。这是散文家与小说家的一个根本区别。根由在于散文的主要动力来自叙述者，而小说的主要动力来自情节和人物。二者的动力是不一样的，小说主要是通过情节与人物，散文则主要是通过语感、修辞、思想、情感、文化、人品、学养、阅历等方式感动读者。

四 以叙述者为中心描写人物

散文当然要写人物，但是散文中的人物写法和小说中的写法是不一样的，小说主要通过情节、细节、对话刻画人物，散文则相对简练。比如《背影》，如果把《背影》视为小说，绝对是粗糙的。但是，如果作为散文来看，朱先生笔下的人物，我们觉得写得好，为什么？因为文体不同写法也不同，读者内心对小说和散文是有认知与标准的，读者虽然可能没有理论，但是他在潜意识中会把二者区分得很清楚。小说是虚构的，但是恰恰要回避虚构这个概念，然后造成一种真实的假象，所以叙述者就回避开来。而散文是真实的，作者一定要借助文本，用简练的笔墨浸润作者的情感来摹写人物。同样是写人物，散文要以作者（也就是叙述者）为中心，人物和情节躲在叙述者的背后，似乎没有情节，似乎没有对话，我们接受叙述者啰唆的散文，而不接受叙述者啰唆的小说，现实也是如此，读者宁可接受叙述者啰唆的散文，而不接受叙述者啰唆的小说，对读者而言，接受啰唆的叙述者还有议论，很有情感，他觉得真棒。如果是小说，读者则不接受。那些把散文写成小说模样，在叙述者的啰唆中增加虚假情节，在小说界不获成功的原因就在这里。

有些散文作家不明白这个道理，叙述者不仅啰唆，掺杂了很多主观色彩，又虚构了很多情节，好像是小说，但在小说界却没有地位，其原因就在于此。荒唐的是，散文界反而把这些具有虚构性质的类小说、类散文的东西视为了不起，是一个很大的跨界，等等。这就是无知者无畏，无知者的悲哀，从而给散文制造了极大混乱。

有些年轻的作者，时常询问散文是不是可以虚构？现实是，如今虚构的散文大行其道，而且可以获得各种各样的奖，获奖者大言炎炎地辩解是为了追求艺术真实，但哪一种文艺作品不追求艺术真实呢？小说不追求艺术真实吗？电影不追求艺术真实吗？散文之所以反对虚构，其本质是反对颠覆真实，那么真实的含义是什么呢？第一是历史背景，第二是人物，第三是情节，这三者是真实的底色。总之，小说有小说的文体特征，散文有散文的文体特征，散文的作者要议论，要抒发情感、要流露智慧，而且要显示出来，从而让读者接受，小说的作者则与此相反，要控制议论，叙述者要隐藏起来，要制造一种虚构中的真实。

现代有些散文作家标榜向小说学习，增加了很多细腻的景物描写，甚至有上万字是景物描写，对这样的写法用古人的表述是："咏物太过。"现在小说家已然不怎么描写景物，因为从叙事学来讲，景物如果不纳入情节链条，则属于零度叙述而与故事无关。比如巴尔扎克的小说《猫打球商店》或其他类似的小说，大段的景物描写，与故事没有任何关系，读者也很简单，哗哗哗翻过去完了。散文作家向小说学习，不要学"咏物太过"的手法，在描写景物时一定要将其纳入故事的链条之中，作为故事事件而不是零度事件，这是一个不应忽视的问题。

再一个问题是在散文中如何刻画人物。小说通过情节、对话、细节等刻画人物，散文作家可能不需要这么多手法，而是简练地描绘出来。我们经常说：典型环境典型人物，这是不错的。那么，人物除了典型性以外，还有没有别的吸引读者的地方呢？比如文化性、时代性、情调、情感、趣味等，这些因素也可以吸引读者。散文向小说学习刻画人物，不应该简单地把情节、对话的形式搬上来。这只是形而不是神。散文家刻画人物可以很单纯，但也可以拥有丰厚的内涵。比如杨朔散文《雪浪花》中老泰山这个人物，我至今记得，为什么？因为他有时代性，反映了那个时代。这就是说，散文家刻画人物，要写出人物背后的东西来，要么具有典型性，要么具有时代性等，如果都不具备，只是简单地敷衍情节、人物与对话，又有什么实质性的意义呢？

五　以叙述语为主体

小说是语言的艺术，散文也是语言的艺术，任何一部小说、任何一篇散文，都是两种语言，即叙述语加转述语。叙述语是叙述者说的话；转述语是人物之间的对话。《阿Q正传》中写道："吴妈，是赵太爷家里唯一的女仆，洗完了碗碟，也就在长凳上坐下了，而且和阿Q闲谈天。"[21]这属于叙述语，是叙述者说的话。"太太两天没有吃饭哩，因为老爷要买一个小的……"[22]这是吴妈说的话，属于转述语。"我和你困觉，我和你困觉！"[23]"阿Q忽然抢上去，对伊跪下了。"[24]说："我和你困觉，我和你困觉！"也是转述语、是阿Q说的话。"阿Q忽然抢上去,对伊跪下了"则属于叙述语。任何一部小说和散文,都是这两种话语的组合。

小说中转述语非常多,散文中转述语相对少,大多是用叙述语来代替。为什么写小说就是小说,写散文就是散文,就在于对转述语处理的方法是不一样的,现在小说向散文学习,出现了很多"亚自由直接话语",把转述语转化为亚叙述语,这是中国当下文学(主要是小说)和西方文学在叙事方法上的一个重要区别。

就散文作家而言,往往通过第一人称进行自我叙事,没有必要借助人物对话来讲述。比如朱自清的《背影》里有多少人物对话呢?只是通过作家的观察来反映父亲的活动,从而完成人物形象的塑造。相对小说而言,转述语少之又少。有些散文作家不明白这个道理,把散文写成如同小说一样而对话连篇。散文是以叙述语为主体的,比如《朝花夕拾》中的《无常》:"迎神赛会这一天出巡的神,如果是掌握生杀之权的,——不,这生杀之权四个字不太妥,凡是神,在中国仿佛都有些随意杀人的权柄似的,倒不如说是职掌人民的生死大事的罢,就如城隍和东岳大帝之类。那么,他的卤簿中间就另有一群特别的脚色:鬼卒、鬼王,还有活无常。"[25]没有人物对话,只是叙述者在讲述。这是从转述语和叙述语的区别来讲的。从某种角度来说,小说接近戏剧,比如话剧脚本的模式，一是背景描写，二是人物对话。小说中叙述语相当话剧中的背景描写，人物对话和戏剧是没有区别的。

我们很容易把一个话剧改编成小说，也很容易把一篇小说改编成话剧，因为它们在本质上是一样的。散文则基本是以叙述语为主，这是散文与小说在叙述语和转述语上的一个根本区别，立志从事散文的写作者要学会把人物的转述语变成叙述者的叙述语，如果做不到，便去写小说吧，何必一定要违背文体特征呢？

六 以叙述者为主要动力元

动力元就是动力因素，一部小说之所以能够展开，读者之所以有兴趣阅读，是因为有动力因素在起作用。动力元是一个因果链，有因必有果，因是悬念、是故事的起因；果是结局，是悬念的完结。因果链结束了，故事也就结束了。

现在纸媒小说往往读者甚少，在于因果关系太稀疏，而很难改编成电视剧，也是因果太稀疏，就是情节太少。为什么网络小说有那么多读者呢？很简单，因果关系稠密、跌宕起伏，情节有吸引力，故而导演也愿意改编为电视剧。小说的基础当然是故事，故事是由因果组成的，但是因果后面是有文化的，这个决定了小说立意的高低。不能只用电视剧、电影的标准来判断一部作品的好坏。

动力元是一个因果链，它是产生情节的，围绕动力元，还产生了次动力元、辅助动力元和非动力元，以及辅助性的、次要性的动力元等。

小说和戏剧中的动力元，主体是人物，通过人物推动情节变异。《红楼梦》《水浒传》《三国演义》，都是人物推动故事。《红楼梦》中通过宝玉被打引爆后面的故事，《三国演义》通过蒋干渡江，引出蔡瑁、张允诈降最后被杀，都是通过人物推动故事、推动情节的发展和情节的变异。

散文的动力元主体则是叙述者，通过叙述者推动故事的发展。因此散文是一种以叙述语为主体的文学样式，是一种自述的文学样式。因此，注重叙述者的个人色彩，其原因就在于此。这是散文与小说的重要区别之一，以鲁迅为例，小说《阿Q正传》通过阿Q的经历推动故事发展，散文《阿长与山海经》则是通过叙述者的叙述来推动故事发展。

鲁迅有一篇散文《我的第一个师傅》，一共17段，基本上是通过"我"讲故事、通过"我"的讲述推动故事发展，只有第14段的末尾和第15段涉及人物动力元，即："不料他竟一点不窘，立刻用'金刚怒目'式，向我大喝一声道：'和尚没有老婆，小菩萨哪里来！？'"[26]通过三师兄的狮吼，使"我"顿然醒悟。只有这一段，出现了人物动力元。之后再次回到"我"：这真是所谓"狮吼"，"使我明白了真理，哑口无言，我的确早看见寺里有丈余的大佛，有数尺或数寸的小菩萨，却从未想到他们为什么有大小。经此一喝，我才彻底的省悟了和尚有老婆的必要，以及一切小菩萨的来源，不再发生疑问。但要找寻三师兄，从此却艰难了一点，因为这位出家人，这时就有三个家了：一是寺院，二是他的父母的家，三是他自己和女人的家"[27]。"我的师父，在约略四十年前已经去世；师兄弟们大半做了一寺的住持；我们的交情是依然存在的，却久已彼此不通消息。但我想，他们一定早已各有一大批小菩萨，而且有些小菩萨又有小菩萨了。"[28]完全通过"我"讲我的经历、我的故事，我眼中的师傅和他的儿子们。

倘有兴趣，不妨把鲁迅散文集《朝花夕拾》，或没有收在《朝花夕拾》里的散文找来分析研究，这难道不是经典吗？

2019.11.12

注释

(1) 朱自清：《朱自清散文集》，南京出版社2018年版，第107页。

（2）王彬主编：《中华文学经典·散文》，中国社会出版社2004年版，第419页。

（3）徐志摩：《徐志摩散文全集》，浙江文艺出版社1991年版，第22页。

（4）林徽因：《林徽因文集：你是那人间四月天》，北京理工大学出版社2016年版，第150—151页。

（5）林徽因：《林徽因文集：你是那人间四月天》，北京理工大学出版社2016年版，第153页。

（6）林徽因：《林徽因文集：你是那人间四月天》，北京理工大学出版社2016年版，第153—154页。

（7）林徽因：《林徽因文集：你是那人间四月天》，北京理工大学出版社2016年版，第154页。

（8）老舍：《老舍幽默文集》，湖南人民出版社1983年版，第105页。

（9）林辛编：《听听那冷雨——余光中散文精品选》，山东文艺出版社1994年版，第113页。

（10）林辛编：《听听那冷雨——余光中散文精品选》，山东文艺出版社1994年版，第96页。

（11）林辛编：《听听那冷雨——余光中散文精品选》，

山东文艺出版社1994年版,第96页。

(12) 林辛编:《听听那冷雨——余光中散文精品选》,山东文艺出版社1994年版,第96页。

(13) 林辛编:《听听那冷雨——余光中散文精品选》,山东文艺出版社1994年版,第97页。

(14) 林辛编:《听听那冷雨——余光中散文精品选》,山东文艺出版社1994年版,第97页。

(15) 林辛编:《听听那冷雨——余光中散文精品选》,山东文艺出版社1994年版,第97页。

(16) 林辛编:《听听那冷雨——余光中散文精品选》,山东文艺出版社1994年版,第97页。

(17) 林辛编:《听听那冷雨——余光中散文精品选》,山东文艺出版社1994年版,第97页。

(18) 鲁迅:《呐喊》,海燕出版社2015年版,第52页。

(19) 鲁迅:《呐喊》,海燕出版社2015年版,第52页。

(20) 杨朔:《东风第一枝》,作家出版社1961年版,第146页。

(21) 鲁迅:《呐喊》,海燕出版社2015年版,第105页。

（22）鲁迅：《呐喊》，海燕出版社2015年版，第105页。

（23）鲁迅：《呐喊》，海燕出版社2015年版，第106页。

（24）鲁迅：《呐喊》，海燕出版社2015年版，第106页。

（25）鲁迅：《鲁迅全集》第2卷，人民文学出版社1981年版，第267页。

（26）鲁迅：《鲁迅全集》第6卷，人民文学出版社1981年版，第581页。

（27）鲁迅：《鲁迅全集》第6卷，人民文学出版社1981年版，第581页。

（28）鲁迅：《鲁迅全集》第6卷，人民文学出版社1981年版，第581页。

附录之二

好散文是穿透生活的光
——凤凰网记者对王彬《三峡书简》访谈

《三峡书简》是王彬老师最近上市的一部散文集。《美文》杂志副主编安黎称赞其是:"极尽优美,满天星辉。"凤凰文学近日有幸邀请到王老师来做客,畅谈散文创作的二三感想。

凤凰文学:感谢王老师的到来,今天主要跟王老师谈一下《三峡书简》这部散文集。拿到书之后我最先注意到的就是书名,这本散文集一共包含29篇散文,为什么会将"三峡书简"选做书名?这其中有什么特殊含义吗?

王彬:是的,有含义。《三峡书简》这篇散文是我写给妻子的几封长信,在这里作为这本散文集的题目,我还是有偏爱的。当然,不可能原文发表,有些部分已经删掉了,留下的是我对三峡的一些观察,还有我对三峡、对家人的情感,以曲折委婉的方式表现出来。比如在奉节的时候,漫天飞雨,偶尔放晴,露出一角天空,星辰硕大而有蓝色的芒角,悬垂于乌黑的天际,让我想起了妻子,想起了历史上的文人,杜甫、李商隐、莎士比亚等。因此用这篇散文作为书名,其实是有寄托的。

凤凰文学:从书中内容我们能了解到,在您的作品里,不管是树木、野菜、杜鹃、猴子,还是桥梁、雪原,皆可成文,这种不拘和洒脱,没有一定的生活积淀和体会感悟是做不到的,我们想了解一下,您在散文创作中,是如何做到使其兼具文学之美的同时又能体现真实生活的?

王彬:这个关系到中国文学的传统,《周易》里有一句话,"观乎天文,以察时变,观乎人文,以化成天下",天文是指天道自然,人文指社会人伦。人文与天文相对应,是对上苍精神的体现。天上的星象、人文教育、文化内涵,由彼及此,文学便是由此演化而来。《周易》中还有一句话:"观鸟兽之文,与地之宜,近取诸身,远取诸物。""以同神明之德,以类万物之情。"天地人是一体的,而天地自有文采。刘勰在《文心雕龙·原道》中说:"云霞雕色,有逾画工之妙;草木贲华,无待锦匠之秀,夫岂外饰,盖自然耳。"人是天地的一部分,天地本身有文采,那么,人类的生活本身也

261

应该有文采，生活有多么缤纷，我们的文章就应该有多么缤纷，所以我认为散文应该是生活忠实的摹写者。

凤凰文学：就像陆游的那句诗所写的，"文章本天成，妙手偶得之"，有异曲同工之妙。

王彬：对。但是现在有些人把这个本质忘掉了，一心要吸引读者，只想以情节取胜，而情节又是虚构的。

凤凰文学：所以您认为散文是不能虚构的。

王彬：散文应该是典型的"生活流"写法，这个"流"无限宽广，生活是复杂的也是单纯的，生活是什么样子，散文就应该是什么样子。从叙事学的角度来讲，小说是虚构的，作者通过叙述者讲故事，散文是不需要虚构的，作者直接进入文本。比如鲁迅的小说《孔乙己》，作者通过小伙计讲故事，而他的散文《父亲的病》则是鲁迅直接进入文本讲故事。很多作者缺乏生活积累，想要通过虚构的手法来写散文，以赢得读者的青睐，这是不可取的。这就违背了散文的本质，忘掉了初心。

凤凰文学：如果写散文是带有目的性的，那就会掺杂其他东西，不纯粹，所以创作还是要从本心出发。

王彬：文学的本质是情感抒发，不要复杂化，否则很难写出好作品。现在文坛上很多问题就出在这里——创作动机不纯，不是为了抒发心灵或者对社会的看法，而是掺杂了很多文学之外的杂念，很不可取。我对写散文的看法是，从自然出发，从生活出发，生活和散文密不可分，但是创作者又不能照搬生活，要从生活中提炼情趣、意境、活泼而自然的天机，而后展现出来。文学是什么？散文是什么？文学是人类生存的必需品，人类有了文学才有了思想，有了情感，有了想象，有了境界，变得强大、充实、崇高与不朽。如果没有文学，人类就难以强壮，文学充满幻想和向往，因为有了文学，才可以探索未知世界，才可以使我们的灵魂得到抚慰。总之，文学是穿透生活的光。古希腊哲人柏拉图说：文学是真理影子的影子，便是这个道理。就此而言，散文是一种高贵的文体，我们应该以敬畏的态度从事散文写作。

凤凰文学：从您的这些观点和想法里，不难看出您对散文的热爱，能否讲一下您的文学之路，是如何开始散文创作的，又为什么会在众多的文学体裁中选择散文，并且三十年如一日的坚持散文创作？

王彬：我在鲁迅文学院是教叙事学的，搞叙事学研究，写过这方面的理论著作，这是我的本职工作。但是我个人对创作也有浓厚兴趣，年轻时写过诗、小说，还写过话剧，而且话剧的反响还不错。在所有体裁中，散文写的最多，时间最长，跨度有30多年。但是我在这方面不是很勤奋，20世纪80年代出版了《沉船集》，2010年出版了《旧时明月》，2017年出版了《三峡书简》。我为什么写散文呢？我说过散文是生活的忠实摹本。小说依靠虚构的故事，通过这个故事来表现感情与思索，多了一层媒介。而散文是直抒胸臆，更真诚，更随意，更自由，生活是什么样，散文就是什么样，无拘无束。我的散文也是这样，随意而不呆板，很适合我的性格。我要强调的是，说到散文的艺术形式，不应该仅仅局限于结构、构思、意境，而是在此之外，更需要一种无拘无束、舒放自如的叙事风度。友人古耜评价我的散文："正好把散文的'随便'之美，表现得既精彩又酣畅，进而成为自身的又一突出特征。"我是认可的，古耜是研究散文的专家，他对我很了解。

凤凰文学：您的作品，总是能够恰到好处地体现文字的魅力，有一种能让人沉静下来的魔力，能否传授一下经验，您是如何形成这种独特气质的？

王彬：中国的文学有一个发展的过程，到了魏晋南北朝时期，出现了一种自由状态，这是一个充满活力的创新期，当时的诗歌分为两类，一种是镂金错彩式的，辞藻华丽，文采飞扬；另一种是陶渊明式的，文风典雅而意境深远。陶渊明生前不得意，他的诗不被当时认可。但他过世后，梁太子萧统编撰的《昭明文选》，把他的九首诗录入其中，颇为推崇。陶渊明的诗歌恬淡自然，展现出一种深远的悠长，成为我国文学的一个重要传统。归根结底,文学其实是一种管道,把个人的灵魂、茫茫人生与浩渺宇宙联系起来。比如我们看凡·高的《星月夜》,涡旋状的星云,湍流一样布满星空,黑色的柏树宛如火焰一样冲上天空,夸张的黄色的圆月,这是他对宇宙的认知与沟通。中国传统文人的意境,不是躁动不安,而是协调恬静的,就像"新荷初绽"一样。大众更喜欢哪种风格呢?当然各有各的追求。我喜欢后者,不喜欢无谓的喧哗,我选择内心安详,我是这种风格的追求者。中国的美学讲究静穆,在静穆中展示难以言喻的天机和一种蓬勃的温润的光泽。

凤凰文学:就像古人讲究君子之风是一样的道理。

王彬:对,以玉比德,玉有一种润泽之美,同时又蕴含一种内在的力量。我追求的是这样一种文字之美。所谓语言之美实际是指语感,对文字的感受能力。语感由三个方面组成:一是词汇,就是用词选择方面,比如鲁迅和老舍,他们在用词选择方面就会有很大区别。再是句式,是复句、长句还是短句,现在很多作家的文学作品偏重长句、复句,因为作者受翻译小说的影响,复句是西方人的语言习惯,而我们传统作家的习惯还是短句。最后是各种句型的组合,也就是章法。

凤凰文学:您认为一篇好散文,需要具备哪些特质?

王彬:不同作家有不同的追求,我喜欢那种纯净的、安静的、从容的,娓娓道来,恬淡自然,蕴含生活味道的。我认为文章是一扇窗口，通过窗口可以观察到作者的内心，看到他对人生的认知，对宇宙的探索。文学之为文学，不仅是文坛上的事，是关乎天地万物的。明白这个道理，就能写出好文章。不要浮躁、不要慌乱，踏实地按照本心写，少一点逐利的心思，多出一些精品。中国传统文化提倡"修辞立其诚"，以"诚"为标准，才能真正写出好文章。

凤凰文学：您的这种观点就有一种学者的心态了，那么能请您谈谈散文与学者的关系吗？

王彬：学者写散文可能包含一些文化内涵，而作家写散文可能会多一些情感的抒发，如果既是学者又是作家，作品既包含对社会的认知，对宇宙的探索，又抒发对生活的感想自然会更好。我要指出的是，真正学者的散文其包含的文化或者说是知识，往往是独到的而不是泛泛的，乱七八糟抄袭什么不知其出处的东西。

凤凰文学：那请您给我们谈谈写作技法的问题吧。

王彬：写散文当然要讲究技法。比如《三峡书简》这篇，也是有技法的，是通过景物的描写，展示我对社会、对长江的思索，这就需要一个基本功，用语言把你观察的对象精确、生动地描画出来，这是散文，包括其他文学作品的基本功，有了这个基本功，才能谈其他。诗人喜欢说，诗到语言为止，其他文学作品，包括散文也是如此。这就像西方油画，没有素描的基本功，就很难搞油画创作，道理都是相同的。很多散文作者缺乏这种能力，导致作品无法折射情感。当然这只是基础。而好散文，当然不仅如此。我认为，追求好散文的作家至少应该做到这三点：第一能够拨动作者自己的内心幽曲，第二能够拨动读者内心的幽曲，第三能够拨动时代、社会内心的幽曲。如果不能让读者感悟、思索、震撼，就不能说是好作品。

凤凰文学：好的，感谢王老师的分享，希望您能再出精品，谢谢！

墙里秋千墙外道
——《袒露在金陵》作者王彬访谈

王彬的散文集《袒露在金陵》2020年9月在我社（人民文学出版社）出版后，在读书界掀起了一股小小浪潮，在年轻的读者群中更加汹涌一些，他们说喜欢阅读这样的散文，既轻松愉悦，又富含丰富的文化内涵，给人一种美好的阅读体验。这是一种小众阅读，已经很久没有这种体验了。为此，本书责任编辑等人对王彬进行了访谈。

访谈过程中，王彬阐述了他对文学的理解、文学与理论的关系、文学对人生的诱惑、文学与生命、大众语言与文学语言、如何将大众语言转化为文学语言、纸媒文学与网络文学、古今散文的传承关系、诺奖为什么颁发给丘吉尔的"二战"回忆录这样一本史学著作，以及散文的种类，絮语散文的作用，等等。

时间：2020年12月5日15：00

地点：人民文学出版社微博直播间

嘉宾简介：

王彬，鲁迅文学院研究员、湖北大学客座研究员、首都师范大学文化研究院学术执行委员、中国作家协会会员。致力于叙事学、中国传统文化与北京地方文化研究。在叙事学方面，结合中国传统考订方法对小说进行研究，提出第二叙述者、叙述者解构、动力元、时间零度、延迟、漫溢等观念；在中国传统文化方面，侧重研究中国封建社会的禁书与文字狱，是研读中国古代禁书最多的学者；在北京地方文化方面，从城市美学角度，对城市形态进行分析，由此提出微观地理学构想，参与了许多旧城保护与奥林匹克体育公园规划。

学术著作有：《红楼梦叙事》《水浒的酒店》《无边的风月》《从文本到叙事》《中国文学观念研究》《禁书 文字狱》《北京老宅门（图例）》《北京街巷图志》《胡同九章》与《北京微观地理笔记》。文学作品有：话剧《洼地》《客厅》；散文集《沉船集》《旧时明月》《三峡书简》；主编《清代禁书总述》与《北京地名典》等丛书多种。

主持人： 欢迎大家来到人民文学出版社微博直播间。我们今天邀请到的是《祖露在金陵》的作者王彬老师。欢迎王彬老师！

王彬： 你好，非常高兴来到人民文学出版社微博直播间，也非常高兴接受采访谈谈《袒露在金陵》这本书。首先感谢人民文学出版社，感谢这本书的责任编辑们付出了辛勤的劳动，前前后后花了半年时间，非常感谢他们。设计、印刷、装帧也很精良，视觉感受、触觉感受也都很好。多年来，人民文学出版社出版的书都十分精美，从内容到形式，都受到读者的欢迎。比如我要买《红楼梦》《西游记》一类的经典，一定要选择人民文学出版社的版本，因为它可靠，耐得住时间的琢磨，读起来放心。所以，能够在贵社出书非常欣慰，对我而言是一件值得纪念的，也是对我的一种难以忘却的激励。

《袒露在金陵》书写了我对生命的敬畏

《袒露在金陵》是一本散文集，收录了我的31篇散文作品。共分为五章，第一章是"六诏"，收录了7篇散文，皆是有关古代女子的故事；第二章是"兄弟"，也收录了7篇散文，讲述历史上男人的往事；第三章是"野狐岭"，总的来说也与历史有关；第四章是"翡翠湾"，关注了环境与自然；第五章"乌鸦"，是对一些小生灵、小生命的观察和思考。总的来说，这些文字体现了我对历史、文化；对大自然、对环境和对生命的敬畏，抒发了内心的真实感受。

我始终认为，散文就是书写自己内心的感受，书写真实的生活经历、真实的情感、真实的思索的一种文学形式。倘若不真实，就可以不写。散文与小说不同，小说可以虚构，通过虚构的故事展现作者对人生的思索。散文没有必要虚构，而是一个想怎么写就怎么写的过程。但是，把似乎没有什么艺术门槛的文体写成具有艺术美感的作品其实更难。

收录在《袒露在金陵》中的31篇文章大多数是我近几年的作品，但也有几篇早期作品。比如，最早的一篇《袒露在金陵》是1984年的作品。为什么叫"袒露"，就是把心完全敞开的意思，是一腔赤诚感受南京的风物与文化，并把这些感受书写出来。最近的一篇是《背篓里的桃花》，是今年春天创作的，之后是《Azad、梭罗和豆田哲思》，从时间上看，这是倒数第二篇作品。这两篇都是足可以让我满意的作品，我在这里做个宣传。

叙事学和创作中的时间处理

我在鲁迅文学院工作，研究方向是叙事学。叙事学是法国文学的一个流派，始于20世纪60年代。主要研究的是小说的叙事方法，后来又扩展到研究叙事作品的叙事方法。什么是叙事作品？比如影视、话剧、散文、史籍等都是叙事作品。我们每一个人都有讲述的渴望，我一定要把我所经历的事情写出来或者说出来，它是有范式、有模式的，叙事学就是研究这个模式，研究它到底有哪些规律性的东西。

比如时间零度。什么叫时间零度？我们举一个例子。比如，《红楼梦》里就有很多的时间零度，我们寻找时间零度，就是寻找人物的年龄和事件是否能够重合在一起。比如宝玉的出现就是时间零度。甄士隐在炎炎夏日做了一个梦，梦到一干人物降临人间。这时，他突然惊醒了，而这一年正是宝玉出生的时间，这就是时间零度。

时间零度起什么作用呢？可以帮助推导人物的年龄。比如，《红楼梦》前八十回是很厚的一本书，但它写了宝玉的十五年。这十五年发生了什么事？每一件事情都可以通过内部事件推导出来，这是非常有意思的。我们搞小说研究，如果不把握时间零度，再简单地说，不把时间节点或者说是时间印记写清楚来，肯定会是一笔糊涂账。读者可以不明白，但作者一定要心中有数，否则很难写好。那么，什么是时间节点呢？简单说就是与事件重合的时间。有些作品看似没有写时间，其实对时间的处理是十分清晰的，包括海明威的小说，一些现代的作品。我们都读过《老人与海》，这本书一共写了两天半时间，第一天，桑提亚哥清晨坐他的渔船去大海捕鱼，傍晚回来，这是一个时间段落。清晨与傍晚就是时间节点。他虽然没有告诉你是几点，但是告诉你是清晨、是傍晚，它不是一个模糊的时间。然后是第二天发生的事,包括夜里遇到鲨鱼,他的鱼都被鲨鱼吃了,他感到很悲伤。但是桑提亚哥是打不死的,是一个顽强的老人。第三天写了半天,黄昏时,外国游客看到港湾上东风吹来,一只大的白鱼骨在波浪中荡来荡去。前前后后,是两天半的时间。作家如果没有对时间的把握,是很难写出好作品的。

散文当中也有时间节点。比如日记、游记,都可以非常简单直白地把时间表现出来——我今年去了巴西什么地方,待了几天,这是非常简单的。当然有时候也是模糊处理的,不说很清楚,比如,我早晨到了什么地方,看到了些什么等,不是何日何时。没有能够脱离时间与空间的事物,时间与空间是事件万物的特征,对时间而言我们所考虑的,就是如何表述它,把时间表述得优美而具有文学性,这是文学家应该做的事情。

让大众语言升华为文学语言

关于语言问题。记得台湾的散文家和诗人余光中曾经在《剪掉散文的辫子》一文中说,语言第一要有弹性,第二要有密度,第三要有节奏。现在看来,这句话依然还有启示作用。什么是语言的弹性?有的语言一看就干巴巴的,就像一块饼干,没有水分不滋润。有的文章读起来就很有弹性。我们现代的语言是在口语基础上加工而成的书面语言。口语简单地写在纸上不一定有文学性,它必须被加工成书面语。所以,首先是口语,口语是书面语的基础,文学语言是在口语基础上加工的结果,或者说是生活中大众语言的升华。

那么,怎样做到呢?比如,我们可以把很好的口语吸收进来。前几天,美国大选很乱。美国人写了一篇文章,写美国的闹剧是"Drama",中国人翻译为"美国人抓马,全球人吃瓜",这就很俏皮,"抓马"和"吃瓜"都是网络语言,一个是闹剧,一个是看热闹,把这样的网络语言植入文章当中,语言自然便会具有弹性。

当然,这还不够,在中国,还要有文言文、外文的功夫,最终是要有美感,因为文学语言首先要达到美学标准。作家要通过积累,通过自身修炼,把各方面的语言揉进自己的作品当中。比如这是一杯白水,我可以加入茶叶,也可以加点盐,也可以加姜末,也可以加研磨过的黄豆粉末。客家人喝的擂茶就很有滋味,并且抗寒。但是我不喜欢,我只加些茶叶。北京人喜欢花茶,杭州人喜欢龙井,各自的口味不一样,但总的来说是需要加工的,否则就是白开水。语言正是这样,要把口语加工成文学语言。

什么叫文学语言?比如,民国时,上海有一个音乐人叫陈蝶衣,一生写了200多首歌词,活到102岁。当时有一首很流行的曲子是他写的词,其中有一句:"春风吻上了你的脸。"生活中,我们不会这样说话,而是说,"春风吹到了你的脸上",但这样说没有文学味道。而"吻"这个词是拟人化的,是有一种特殊动态的。把没有生命的"春风"和有生命的"脸"通过动态的"吻"连接起来,从而具有了强烈的人文色彩,形成了文学语言。这种文学语言首先要符合语法规律,主语谓语宾语俱全,不是病句。但是内容不符,世界上不存在会"吻"的风,而从文学加工的角度,却是合理的。这就是变异话语。变异话语往往就是文学语言。作家就是干这种活的,如果没有这个本事就可以改行了。

当然,我们刚才也说了,口语必须经过加工才能形成语言。所谓源于生活而高于生活,要把那些废话删掉,进行审美加工。除了像"春风吻上了你的脸"这样的表述,还要讲究语感,语感也要美。我们经常说哪个作家的语言好,这话是不对的。语言无所谓好坏,要追求语感的优美。语感指什么?第一是词汇,词汇要好。有的小说写得非常粗鄙,词汇都是下里巴人,上不了台面。比如,鲁迅的词汇比较典雅,老舍的词汇比较京味,怎样运用,要看作家的追求。第二得有节奏,要长短句结合。当然,每个人都有自己所追求的节奏,有的人可能追求长句,我所追求的是长句和短句的结合。第三要可读,有的语言是不可读的,就跟糨糊一样,读者读不明白。不可读的作品是很可怕的。

总之，第一是语言的弹性，语言要鲜活，需要什么样的语言就采用什么样的语言，生活语言和网络语言，可以运用，还有西式语言、古典语言，等等，也可以运用。当然，需要作家自己去掌握。第二要绵密，不要太空，词句要紧凑、紧密，一句话可能有十个词，对应十个事物，也可能有五个词，对应五个事物。再一个要有节奏感，这个节奏感就包括语言中对生命的感觉，它能发出不同的声音。字是写在纸上的，但是读起来要有生命感。作为文学家，如果能够兼顾到这些点，应该说，文字上是过关的，否则就仍然需要努力。另外，好的作者一定要和高手比，看看人家是怎么写的，我和人家比有什么不足。但是最终，作家一定要形成自己的风格。

简言之，在语言上，作者要善于切换，在古代语言、现代语言和网络语言之间进行切换。这个过程就是体现作者个人风格和语言功力的过程，必须要恰到好处。比如刚才举的例子，"美国人抓马，全球人吃瓜"，用于何处合适？不能生搬硬套。它是一个俏皮性的语言，如果用在恰当的地方就非常好，如果用得不恰当就成了炫技。总之要恰到好处，而平易自然是一个基本要求，所以，作者首先要避免炫技。在这个前提下，无论是网络用语、社会用语还是书面语言都可以灵活运用。

什么是高手？比如翻译家。人民文学出版社的老一辈翻译家金人先生翻译的《静静的顿河》就是译著中的经典和楷模。再比如林疑今翻译的《永别了武器》，后来他又换了个名字重新出版，改叫《战地春梦》。两个版本我对比过，有着细微差别。林疑今的译本，在语言上十分讲究，非常注重模拟海明威的语言风格，在语言上有二度创作的成分，后面的译本，译风更潇洒、更简练，更近乎口语。林疑今在语言上非常用心，抠这个东西，不像我们现在有些翻译家就是"交作业"。语言真是一辈子需要用功的活，很难干好。

现在散文和古代散文的传承关系

现代散文是从古代散文传承过来的。

就我而言接触最多，也最推崇的是苏东坡的散文。我对苏东坡一直很敬仰，一是人好，百折不挠；二是文好，诗也好，词也好，散文也好。比如，他有一首关于端午的词《浣溪沙·端午》，他在词中这样写道：

轻汗微微透碧纨，明朝端午浴芳兰。流香涨腻满晴川。
彩线轻缠红玉臂，小符斜挂绿云鬟。佳人相见一千年。

据说，这首词是苏轼为他的侍妾朝云而作，此时是北宋哲宗的绍圣二年，公元1095年端午的前一天，东坡被贬惠州已经两年了，想到明天是端午节，于是便作了这首词，而次年朝云便病故了。在这首词中，苏轼想象在端午那天，朝云在兰汤里沐浴，手臂如雪洁白，缠着五彩丝线，盛发如云，斜插一枝小巧的符箓，面对这样一个美丽的女人，苏轼吟出"佳人相见一千年"那样的瑰丽诗句而令人动容。文字的力量就在于此。佳人相见几十年不够，一百年也不够，但"佳人相见一千年"就很棒，语言虽然直白，但是极具张力，很了不起。再比如他写的一首词《蝶恋花》，写古代闺阁女子在院子里荡秋千。过去的女子都喜欢荡秋千，后来这个习俗没了，被韩国人继承了。韩国人反过来说，荡秋千是他们的传统，这是不对的，这是中国的传统。苏轼在他的《蝶恋花》写道："墙里秋千墙外道"，佳人在墙的里面荡秋千，墙的外面是道路。"墙外行人，墙里佳人笑"，一墙之隔，墙外行人可以听到墙内佳人欢快的笑声。"笑渐不闻声渐消，多情却被无情恼"，什么意思呢？美丽的女子在墙里面非常欢快地笑，感染了墙外的行人，听到这笑声行人也感到很欢快。但是，佳人的笑声越来越小了，墙外的行人还想听听这欢快的笑声，但是听不到了，于是难免烦恼，"多情却被无情恼"。佳人的笑声与墙外的行人并没有关系，她是因为荡秋千，做游戏而欢笑。而墙外行人却为这声音动了情，所以是有情却被无情恼，就是这个道理。

我们写散文也是这样。作者好比佳人，读者好比行人。如果你的作品达到了多情却被无情恼的效果，你的作品就非常好了。读者读完这本书会想，佳人到底长什么样子，佳人为什么笑，为什么不笑？或者说，作者要表达的是什么样的情感？他为什么要这样表达？他要思索。我们的作品要给读者留下美好的印象，要有延伸感，或者说能让人沉浸其中。现在有很多文章写得没有沉浸之感，令人"过目就忘"，那是作者的无能。难以否认的是，当下读者水平有时比作者更高，作者和读者本质上是一个博弈过程。如果作者的水平高于读者，读者会佩服你。如果作者的水平不如读者，读者当然就不会看你的作品。但是，高于读者其实是很难的，一是语言问题，我们网络上的语言都很鲜活，而现在有些作家没有这个本事，说的话还不如读者说得生动。二是文化内涵，或者说你的文化知识并不能传递给读者，读者不觉得有收获，不能为他提供一个新的知识点，打开一扇新的知识窗。如果能，他有收获，就会佩服你。当然，这些知识点应该是正面的，不是负面的。

苏轼之前，散文书写生活的基本没有。我们读唐宋八大家，除了苏轼之外，剩下的七大家基本不写生活，主要表达的都是家国情怀，或者是游山玩水，或者是睹物思人之作。总体来说是咏物、咏志、咏人、咏国。到了苏轼，他笔下出现了许多生活中的内容与场景。比如在黄州，他看月光下松柏的影子、竹林的影子，觉得真美，于是就写下来。再比如他在广东、在海南，品尝到了美味的食品，也要书写下来，他写的是生活，是对生活的感受。这种方式，被明清散文家所继承，生活中的事物和生活中的感受逐步成为散文家所关注的对象。所以在这点上，苏轼开创了散文书写生活的先河。现代作家写生活，在这一点上跟古人是相通的。

苏轼的散文，包括诗词作品，都体现了文道并用的特点。道不用说了，就是思想。他是讲思想的，不只简单地讲文艺技巧。我们现在有很多好文章也是文道并用的。文章第一要有文学性，要能打动读者。第二要有好的思想，要有对读者的正面引导。在这一点上，古今应该是一致的。

我们曾经有一段时间，散文被禁锢了，文体也被禁锢了。比如我们强调"形散神不散"，强调散文只能简约、只能抒情，这些都不对。现代散文开始向大散文靠拢，也就是向中国古代的散文靠拢。在古代大散文观念下，小说、诗歌、戏剧之外的文章都可以叫散文。西方的散文也是大散文，比如前英国首相丘吉尔曾经凭借第二次世界大战的回忆录获得了1953年的诺贝尔文学奖。那是一本史学著作，本身与文学无干，但是给他颁发了诺贝尔文学奖，这就是一种大散文观的体现。现在，很多人把散文弄得很窄，其实大可不必。诸葛亮的奏折，前后出师表，都是优秀散文，但它实际上是一种公文。我们还是应该学习这一点,向古人学习,写出自己满意的好文章来。文体是可以多变的。然而,好文章难得,难于上青天,非常难写。

絮语散文,我钟爱的一种写作方式

散文可以分成若干种类,有抒情类的,有议论类的。我的散文属于絮语散文,就是闲话。就好像我们坐在这个地方对话,属于闲聊式的。我认为絮语散文,就文体而言,应该是散文的正宗。散文原本是很随意的文体,非搞得正襟危坐,是大可不必的。我认为,絮语散文是散文中的散文,我喜欢这样的文体,因此从事絮语散文的写作。

《袒露在金陵》这本书中收录了31篇散文,大多数是随机而作的。我想写些什么,或者看到了某个触点,触发了我的写作冲动。但是,仅有一个触发点是不够的,要把它写好必须做很多准备工作。还有一些是我就想写的,比如《乌鸦》这篇。大家对乌鸦很讨厌,觉得它的叫声不吉利。但是我要写乌鸦,所以想了很长时间怎么写。乌鸦给人的感觉确实不好,啄食腐肉,古人的乐府诗中描述过,即将死去的战士意识到自己将死无葬身之地时,乞求乌鸦啄食之前为他们哀号几声。在中国人的语境中,乌鸦是一种非常凶残的鸟,但它实际上是这样吗？我们的课本中也有用乌鸦的愚蠢来反衬狐狸狡猾的故事，这其实是虚构的。乌鸦不是这样的，它很聪明，智商非常高。我写《乌鸦》这篇文章时查过资料，后来查到了日人清少纳言的散文，她在一篇描写四季的美文中说，不同的季节都是美好的，春天有樱花，秋天有乌鸦。她不认为乌鸦是不详的，在夕阳西下的时候，在薄云中乌鸦飞来一只、两只，也是非常有意思的事情。所以我在文章的结尾处写道，樱花是美丽的，乌鸦也是美丽的。因此单有想法不成，要做一些调研准备，得重新组织。这篇文章把我对乌鸦的感受写了出来。为什么我刚才说写这本书包括了我对万物，对生命的一种体验呢？因为万物生灵在进化中，从某种角度上来讲，老、病、死都是悲哀的，对不处于高端食物链的生物而言，悲惨的故事随时都会发生。所以，对于鸟类来说，不论人喜欢还是不喜欢，它都要面对这样的悲哀。所以，人类应该给予这些小生命以同情。

这当然是出于一种悲悯，但悲悯同样要指向人。在我的散文作品中，也书写了很多女性，你说我的散文作品，既细腻又绚丽。就我个人而言，首先是这些作品袒露出了我对人生的一种看法。比如对历史上的女人与历史上男人的一种叹息与悲悯心情。在第一章的《六诏》一文中，表面上看我在王羲之的几个儿子身上着墨很多，但其实他们都是陪衬，我最终要写的是他的儿媳妇谢道韫。谢道韫是一个才女，但是却很不幸地嫁给了王羲之的儿子王凝之。王凝之非常愚蠢，面对孙恩造反，他不去备战，反而靠祈祷，希求得到大神的保佑。因为他的愚蠢，王凝之和他的儿子都被反贼杀害，夫人谢道韫成了孤家寡人，那是非常悲惨的。我们过去说到谢道韫总说的一句诗，"未若柳絮因风起"，并据此强调她的才华。有才华当然是谢道韫的一面，但她命运的悲惨没有人谈到，我的文章是第一次谈她的这个问题。我写这篇散文的时候，开始也并没有想到要写谢道韫，只是想写王羲之和他的儿子们。但写着、写着觉得不对，最后写到了谢道韫，才写出了我内心真正想说的话。创作过程往往是要经过几层转折之后，才会最终指向宗旨。我的写作过程也是这样而不断变化的，开始想写的和最后的结局可能不一样。文章在作家手里应该是一棵会生长的树，树有它自己的生命力，不会随着你想怎么样就怎么样。如果我们始终被一个僵化目标所框定，最后的文章想必是写不好的。这是我的一点创作体验。

尤其是女性作家。有些女性作品是非常优秀的，比如李清照、顾太清。顾太清的人生非常令人感慨，具有传奇性。后世评论家赞美她为"清代第一女词人"，也有人说是"女中纳兰"，即纳兰性德。虽然有这样的成就，但是她的命运很不幸。不但生前不幸，身后也很不幸。比如，她和她先生的故居，我在这本书中也写了。处于房山区，是一个老宅子，至今还在。但是这个老宅如今的功能是什么呢？我前几年无意中了解到，那里现在成了炸药库的一部分，这是多么令人匪夷所思的事情？！我曾经写文章呼吁，现在听说解决了。但是，知道或者了解这位优秀女性的诗人依然非常少，许多读者都喜欢纳兰的"人生若只如初见，何事秋风悲画扇"，小女孩们都很喜欢这首诗，但是如果她们阅读一些顾太清的诗，也会找到自己喜欢的金句。我写顾太清，也是希望为读者，尤其是年轻的女性读者提供一个了解、认知顾太清的机会。大家如果有时间，希望都去看看顾太清的诗，我想会有很多感受。纳兰毕竟是男性，顾太清是女性，作品更加细腻。而且，她的贵族身份，也能够给我们许多不一样的生活体验，这是很有意思的。

从顾太清的命运我想到，从古至今，女性一直处于弱势地位。比如我在《翠屏山》一文中就批判了《水浒传》中杨雄杀妻的故事。在《水浒传》中，杨雄的妻子潘巧云偷情被发现，因此被定义为奸妇，为其丈夫杨雄所杀。在古代，这样的故事并不新鲜，大家似乎也司空见惯了，并不觉得有什么不妥。但是从现代意义上看，潘巧云罪不至死，甚至也可以说是无罪。我在文章中也写到了20世纪70年代一个年轻工人，在面对漂亮的妻子出轨时的态度，这个故事体现了现代和古代对女性，对爱情的态度是不一样的。这种态度体现在文艺作品中，也会为读者带来不一样的体验。比如，我不喜欢看《金瓶梅》，因为这本书的女性观是非常落后的，对女性持侮辱的态度。但是《红楼梦》就不是这样的,宝二爷对女性是尊重的。这样有生命感的作品隽永而能够超越时代。优秀的文学作品无论是书写古代还是国外的生活,它的参照系一定是当下的体验,一定从作者从自身的经历出发。当然还需要有超越性,不能因为"后浪"一来,"前浪"就永远消失在枯黄的沙滩上了。

文学——教人如何不想它

我在"文革"中做了几年工人,"文革"之后考入大学,学习的是经济学专业。毕业后被分到中国社会科学院农业经济所,但是因为热爱文学,最终离开了这家单位。

之所以有勇气做出这样的选择,是因为文学太有诱惑力了。我接触过很多文学青年。有一次,我在牡丹江市组织一个文学培训班,其中有一个同学来自湖北。他把奶奶留下的祖屋上的瓦卖掉,凑够了路费来学习。瓦卖掉了,说明这个房子再也不能住人了,他回去以后住哪儿?不知道。这个诱惑力是非常可怕的。这就是文学的诱惑力。我们有很多年轻文学爱好者不知道文学的诱惑力有多可怕,因为有可能你坚守一生,但仍然一无所获。法国有一种品牌香水叫"毒液",形容这种香水的魅力,闻了这种香水的味道,女性可以奋不顾身去追求,而

男性闻了散发这种香水的女性自然也会奋不顾身地去追求这位异性。而文学的魅力有时甚至甚于"毒液"。所以我想，我们对文学还是要慎重一些，不能为其诱惑而不顾一切。文学与生活，生活还是应该放在第一位。随着社会的进展，这种为了文学而奋不顾身的人越来越少了。

我是北京人，属于"土著"。现在外地人越来越多了，北京土著成了"少数民族"。我上大学的时候就喜欢北京的历史地理，因为搞历史、地理离不开古建筑，所以，我业余时间又自学了三年古建，因此对古建还能说一两句话。咱们出版社所在的朝阳门内大街就有很多古建，比如九爷府、三官庙，等等。九爷府就在出版社对面，这座建筑是清代的，它的斗拱和元代是不一样的。九爷府的西面是三官庙，在明清时候是一座大寺，供奉天地水三官，现在基本被拆掉，只有少部分建筑了，原有的天地水三座雕像现在供奉在东岳庙里。了解这样一些知识对搞文学创作是有帮助的，因为文学离不开生活中这些元素。我们很难说一本小说只讲故事，不讲生活元素，这样绝对不会是好作品。我们看那些经典作品，绝对不仅是讲故事，那除非你写的是通俗小说。通俗小说的生命力只有一次，唯有经典才会引人一读再读。比如《红楼梦》，人的一生可能要读几遍才能有比较深刻的体会。原因之一是故事之外有文化。而文化的载体之一是生活，包括建筑，包括胡同，包括道路。作为作家如果不知道这些历史，比如我们要写朝阳门内大街发生了什么事,就会写得大为失色。

散文更加应该追求文化,因为散文除了个人生活中的经历与感悟外,还应该有文化的厚度和层次感,要有信息量。我刚才说到苏轼的词,"多情却被无情恼",不能让读者"恼"的作品没有意义、没有价值,而要达到"多情却被无情恼"的程度,确实是要下功夫的。

这些年,碎片化阅读成为大量手机用户的主要阅读方式,网络文学也挤占了很多严肃文学的空间。但首先,严肃文学属于小众文学,不是大众文学,不能混为一谈。我认为,《袒露在金陵》属于小众文学,我对它的定位就是这样,它是一个不错的散文集,得静下心来才能读下去。读了就会有收获,这是一本让你能够让静心思索的书。

网络文学,一种蓬勃发展的文学样式

现在,大家都在谈怎么提高网络文学的档次,谈如何让网络文学脱离八卦和穿越故事,增加文化内涵,但是网络文学有它的好处,它给中国无穷无尽的电视剧提供了母本,我们现在的电视剧基本上都从网络文学转化而来的。网络文学也为大众提供了业余时间的精神食粮。我在鲁院参与创办了第一届网络作家学习班,当时来了28个网络作家,都很年轻。这些人当中，学中文的很少，都是学IT的、学经济的、学金融的、学物理的、学数学的。我问他们，为什么中文系的这么少，反而是你们这些"外行"人都来跨界写作了呢？他们说，我们网络作家一写都是上千万字，而且编故事的能力非常强，中文系的人都比较木。他们在写作中不考虑文字，拼的是速度，一天甚至能写五万字。后来我跟一个学金融的小姑娘聊这件事，她原来的工作很不错，但辞职了，专门写网络小说。我问她怎么拿稿费？她说，网上点击量的数据会跟着作者的更新而随时变化，网站就根据这个数字跟我分成。她现在收入很丰厚，所以，金钱的诱惑力比文学还要大。网络文学的好处，第一，确实把中国年轻人的文学创作才能激发出来，而且给读者提供了这么好的精神食粮，提供了更多消遣和娱乐的可能性。这是好事，应该鼓励。当然，网络文学还有很大的提升空间，应该更上档次，不要为了故事而故事，同时要为大家提供一点文化意义，提供更多的正能量。

现在，中国的网络文学已经走出国门走向世界。这是值得骄傲的事情，所以，纸质文学应该向网络文学学习，以发挥更大的影响力。早期，我们的纸质文学占据了文化领域的话语权，但现在，其话语权慢慢变小，现在是大众话语时代，精英话语已经萎缩了。这其实是一件好事，话语权为什么被你垄断？但是，问题也不少，比如，到底有没有是非？不能说人多就是对的、人少就是不对的，所以，它也有它的问题。归根结底,读者要提高自己的文学和文化鉴赏力、判断力,要有自己的思想主见,不要轻易被带偏了。

(参与访谈的有:李泽惠、王蔚、邓淑格。邓淑格主持,李泽惠整理)

散文是一种自我狂欢的文体
——与王彬老师谈散文

侯磊 王彬

《袒露在金陵》是王彬老师的一本散文集。新近由人民文学出版社出版。这是一本内容丰富的散文集,在轻松愉悦的阅读过程中,给人一种美好的体验。为此,我产生了与王彬老师对话的想法,反复接触多次,决定采取访谈形式,我提出问题,由王彬老师回答。

访谈如下:

1. 很高兴能读到您的散文集《袒露在金陵》。您的散文创作涉及得很广,从陶渊明、赵孟頫到周氏兄弟,无所不谈。每篇既有宏观又有微观,既有历史又有细节,每篇都很坚实。我也关注过您以往的作品,这本书与您以往的作品有什么不同?您想突出来写的是哪一方面?

《祖露在金陵》是一本散文集，收录了我的31篇散文作品。分为五章，第一章是"六诏"，收录了7篇散文，均是有关古代女子的故事；第二章是"兄弟"，也收录了7篇散文，讲述历史上男人的往事；第三章是"野狐岭"，总的来说也与历史有关；第四章是"翡翠湾"，关注了环境与自然；第五章"乌鸦"，是对一些小生灵、小生命的观察和思考。总的来说，这些文字体现了我对历史、文化、自然、环境和生命的敬畏，抒发了内心的真实感受。

我喜欢写散文，因为散文是一种自我狂欢的文体。

2. 您是位严谨的学者，文人气十足。您致力于叙事学、中国传统文化与北京地理研究。在传统文化方面，您主要研究中国古代的禁书与文字狱。您撰写的《禁书·文字狱》，受到季美林先生的好评，您是第一个发现《四库全书》中收有禁书的学者。您主编的《清代禁书总述》，将清代的禁书进行了全面整理，有评论家说您是研读禁书最多的学者。您将叙事学与我国传统的治学方法结合起来，提出来许多新的观念，诸如第二叙述者、叙述者解构、亚自由直接话语以及漫溢话语等。以叙事学为工具，您从我国的古代长篇小说《红楼梦》《水浒传》的叙事方法历史语境入手，攻克了许多难以回避且必须解决的问题。比如，您是第一位从语言学入手的学者，指出

《红楼梦》的语言底色是清初的满式汉语，从而科学地解决了《红楼梦》的作者与创作主旨，等等。这些研究与您的散文创作有哪些关系呢？

我一向认为作家应该有文化，至少应是某一方面的专家。在互联网普及、知识爆炸的时代，读者获取文化十分容易，而且大学已经普及，有大学水准的读者日益增多，这就要求作家的文化水准也应随之提高，作品的水准必须高于读者，否则读者不读，读者为什么要读一本低水平的读物呢？我多年从事叙事学、中国传统文化与北京历史地理研究，这些研究对我而言是滋润文学创作的营养液。理由是：第一，这些研究开拓了我的视野，丰富了我的写作内涵；第二，叙事学、传统文化、北京地理属于社会科学，必须秉承科学态度，以这种态度从事散文写作则会避免出现纰漏，同时尽力给读者提供严谨、丰富的科学知识，而丰富散文的内涵。

20世纪80年代的文坛提倡作家学者化，这是对的，但是作家如何学者化无人解释。我的体会是文学创作不仅是想象的工作，而且也是严谨的科学，比如巴尔扎克，他的19世纪法国风俗研究系列小说，不仅是优秀的小说而且是考察当时法国人民生活的历史教科书。再比如我们读一些科学家的文学作品，之所以吸引读者，原因之一是文化或专业知识的含量。这就意味着作为作家，如果熟练地掌握一门甚或几门专业知识，将会保证他在创作过程中遇到某些专业问题时少出或者不出硬伤，从而避免被专家或读者纠错的尴尬。

当然，这只是消极理由。积极地说，文学，包括散文写作是具有综合性的创造性工作，作家不可能无所不知，但是尽可能地知道一些各种门类的知识总是好事，而且他山之石可以攻玉，学科之间相互借鉴肯定会给作家以某种启发，这种启发不仅是知识的、文化的，而且有时是方法上的，从而给作家提供坚实的支撑。

3. 好的人和文章都有个性，人长期在商业、在权利的侵蚀下，会丧失掉内心的个性，会放弃最初的打算，活成自己厌恶的样子。每个人都需要钱，也需要职位、职称等，但人要有思考的能力，知道能让自己内心感动的是什么。我喜欢看古建筑，有一次到山西一座深山里的古寺，那古寺坐在山坳里，平视前方，面对着茫茫林海。我一个人登上古寺的钟楼，凭栏远眺，眼前全是单色的绿林。当我转身时，才发现置身于明代的钟楼里，此时的世界只有古建和林海。我找到了我的内心的感动。因此对我来说，听陶小庭的昆曲《千金记·十面》，站在巴黎奥赛博物馆二层凡·高割了耳朵的自画像面前，在蒙古国的草原上坐着嘎斯69吉普车翻山越岭……都为了寻找内心感动的画面和瞬间。这是我写作的动力与源泉。您写散文，是如何找到内心感动的瞬间,并决定写下的?

我写散文的感应电流,或者说触发点很多,读某一本书,看某一处风景,听到漠漠长空中纵横的夜雨汹涌波动,目睹一朵花的花蕊被阳光灼伤,原本娇艳的颜色慢慢转为苍暗的颜色,等等。作家的心应该是敏感的。我去年写过一出四幕话剧《客厅》,主旨是青春与抗战。讲述林徽因那一代知识分子在国家兴亡之际,坚持科学研究与顽强抗争。其中有一处讲述林徽因在山西调查一座小庙时,林徽因对梁思成说的一段话:

那年,我们去孝义县吴屯村,夜宿村头东岳庙。那个庙很小,但是正殿结构奇特,屋顶繁复,仿佛乡间新娘,满头花钿,有一种正要回门的神气。思成,我不知道,你当时是怎样想的,我当时是欢喜极了。看到这个殿,我的感觉是我摸到了修建这座大殿匠人们的脉搏,我看见了他们,他们黝黑的脸、粗壮的手臂与粗糙的手,感到了他们的审美,他们的情趣,他们的悲欢与艰辛。

这段台词我是根据林徽因写的文章转录改写的,这种感觉和你的感觉近似。作为文人,当然林徽因不仅是文学家还是建筑师，时时"忘情"于某一时刻、某一地点是很自然的，这种"忘情"是作家的必备条件，如果事事熟视无睹，这个作家基本就废了。或者说，没有这个条件就不是当作家的"料"。

4．20世纪90年代以来，"大文化散文""小女人散文""新散文"等风行一时，历史类的散文始终有热度，每个时代历史散文所关注的侧重点、所采用的写法都不同。这些年来社科书热，各种通俗说史也层出不穷。如"甲骨文""汗青堂"等好看的人文类丛书，这类书的主旨是知识、见识和新颖的视角，且有一定的社会关怀。您觉得当下写历史散文最重要的是什么？它和社科书最大的区别在哪儿？

写历史散文的最大问题是，作家基本是将历史通俗化，没有自己的研究与见解。唐代的史学家刘知几曾经提出做一个优秀的史学家应该具备"才学识"的观点。

才，是天赋，是聪明才智；学，是知识技能；识，是远见卓识。简称三才。刘知几认为从事史学研究，这三者缺一不可，如果有学无才，即使有良田百顷，黄金满箱，如果用蠢人经营，也不会赚到财富；反之，如果有才而无学，即使巧如鲁班，倘若没有好工具，也不能修建好的房屋。更重要的是"识"，也就是见识，要有对善恶的判断，"善恶必书，使骄主贼臣，所以知惧，此则为虎傅翼，善无可加，所向无敌者矣"。

写历史散文的作者首先要具备刘知几所倡导的"三才"。另外，历史散文是文学创作，因此还应该具备作家所必需的能力，这个不细说了。写历史散文的作者应是历史学家与文学家的优秀结合。写好一篇优秀的历史散文有一个关键点，就是你笔下的事件与人物应该是鲜活的、独特的，最好是将他人（无论是史学家还是文学家）所没有发现的东西发掘出来、展示出来，给人以耳目一新之感。这样的作品既是历史的也是文学的，既是往昔的更是今日的，这两点，便是与社科一类图书的最大不同。

5. 中国古代是有文体细分，比如表、说、记、书、志、铭、序、辨、传、诏等，现在散文创作中的文体意识并不强。好的作家一定是好的文体家。以往散文多是用排除法定义的，除了小说、诗歌、剧本以外的都叫散文。同样，散文与随笔、小品文、杂文、笔记、评论、专栏之间也存在名词辨析，随笔偏于思辨，杂文偏于评论，而评论中的诗论则只要与诗有关，就什么都写。散文同样有很强的技术性和章法性，文章文章嘛。一篇散文写几段，每段写几句，每句有几个分句，每个分句有几个字，看似没准，实际上有准。我喜欢以下几位散文家：鲁迅、周作人、汪曾祺等。我在高中时，也看过不少流行一时的散文读物。大学时，我读了苇岸与梭罗、爱默生，对描写自然并产生的哲思感兴趣。刚工作当编辑时，有一阵子迷恋民国散文，如周作人、丰子恺、梁实秋等，包括"鸳鸯蝴蝶派"周瘦鹃、范烟桥等。周作人虽然掉书袋，但他掉书袋的功夫比别人强。但我觉得不能贸然模拟他们写作，因为你不是民国时的人，没有他们的学养和阅历，只能是依葫芦画瓢。齐白石说"似我者死，学我者生"。不模拟大师的写作，才是对他们最大的尊重。您来谈谈关于散文文体的问题。

"五四"以后，我国文坛有四种文学样式，即小说、诗歌、戏剧、散文。散文属于文学范畴，但是与小说、诗歌、戏剧不同，散文具有两重性，一是实用性，二是文学性。所谓实用性，是指实际使用功能，我们在朋友圈里发微信，便属于实用活动，为单位起草文件也是实用活动，这些都是人际交往的手段，而与文学无关。

那么，什么是文学？简单地讲，文学是一种审美活动，如何使我们的散文从实用性向审美性转化，即从实用散文转化为文学散文。因此，说到散文必须分清是实用的还是文学的。当然我们今天讨论的是文学的散文。

在西方，散文是16世纪法国人蒙田开创的一种写作样式，法语其Essayr，引入英国后音译为Essay。这个词，在法文中有"尝试""实验""试作"的意思，翻译成中文是"试笔"。新年之际有些媒体刊载"元旦试笔"之类文章的题目便源于此。"五四"以后，这种西式的散文与我国传统的散文相融合，形成了我国今之散文的样式。

散文的本体是："我叙事"，小说的本体是："他叙事"。"我"是作者自己，"他"则是作者通过叙述者进入文本，因此散文不可以虚构，小说则可以虚构。总之，散文首先是一种语言的艺术，是一种源于实用文体的自我叙事。散文往往是随意的（没有特定模式），优秀的散文作家就是将这种随意的散文转捩为美文。维特根斯坦说，语言的边界就是世界的边界，那么世界的边界在什么地方呢？也可以说没有边界吧！如同语言没有边界，散文也没有边界，散文作家注定要在没有边界的空间创作出优质产品。

6. 清末民国时北京的很多小报文章，多用当时的北京口语写成，用文言文怕老百姓看不懂，这是"五四"以前的白话文写作。如《立言》画刊、《147画报》《369画报》等，都有有大量的北京民俗和戏曲史料，非常珍贵。很多报刊作者没有文学意识，拉拉杂杂，填满了就行，署名也随意，太多作者无法考证。很多人不把这个当创作，每天睡醒了，像出租车司机交车费钱一样，先把报纸上那几百几千字填上再说——以此换来全家的嚼谷。直至新中国成立后的香港、台湾地区，很多文人"风雨无阻"，"日跨多栏"，同时在五六家报纸上写专栏，曹聚仁、金庸、高阳、柏杨、高伯雨、倪匡、亦舒、董桥、李敖、蔡澜、黄霑、李碧华等，都是这样写作的。你不能说他哪一句写得不好，人家一写多少年。金庸、高阳、倪匡等的专栏都是在写小说之余写的。您怎样看待这种专栏散文？

专栏文章一般是文化或者文史一类的随笔，我读过一些作者的专栏文章，文学性不是很强，相比之下董桥的文学味道更浓一些。

7. 现在，我更多地去看有关北京戏曲、民俗、风物、掌故类的书，如民国掌故学三大家：瞿宣颖（即瞿兑之）、徐一士、黄濬（黄秋岳），以及掌故学渡海三大家：齐如山、高伯雨、唐鲁孙，"京华掌故首金张"的金受申、张次溪，"二水"并称的张恨水、金寄水，两大玩家：朱家溍、王世襄，京剧剧作家翁偶虹……他们的散文各有特色。而更感兴趣的是汪曾祺先生。他是大材小用，读他的《宋朝人的吃喝》，能看出他有做古史、考据文字学的能力，但他更喜欢唱戏、做饭、看各地的花花草草。您喜欢汪曾祺吗？您怎么看待现在汪曾祺的流行？

汪先生的散文集反复出版了不少，也换了不少题目，但内容就这么多。汪的小说比散文好，但是汪说他的散文好，我看还是小说比散文好。汪的散文平易、淡泊、可读性强，与一般读者没有太大差距，因此容易被读者接受，这是汪先生散文流行的原因之一。汪似乎没有写过什么理论著作，也许有我没有见到而难以置一喙。与汪先生同辈还有林斤澜先生，二人是好朋友。林的小说写得非常好，但是比较奥曲高深，故而不大流行，但是流行与不流行不是评价的唯一标准，阳春白雪和者甚寡就是这个道理。然而，尴尬的是，流行总比不流行好，《儒林外史》中有位匡超人说："选本总以行为主，若是不行，书店就要赔本"，谁肯做赔本生意呢？

"五四"以来的散文作家，最为人称颂的还是"二周"，鲁迅的散文、杂文与周作人小品式的散文，至今难以企及。周作人的散文是厚积薄发，看似容易其实颇难，需要一种内功与平和的心态。周的散文是西方散文与明清小品的结合，是明清小品在"五四"以后的延续，而明清小品最直接的切口是苏轼的散文，他的《东坡志林》为后世的小品提供了一个范本。

好的散文作家，往往是好的文体家。优秀的文艺作品，无论是散文还是其他文体，包括影视作品，大都注重技术含量。中国古人十分注重这个问题，总结出许多叙事方法，现在不那么重视了，这就很奇怪，任何事情都是有规矩的，怎么散文就没有规矩了呢？

8. 吉尔·德勒兹引用过普鲁斯特的话："我的书应被视为朝向外部的一副工具，如果不适合，那您就去找其他眼镜，找到属于你自己的工具，而后者必定是战斗工具。"文学还是要影响社会的，文学要干预生活，影响社会的，而散文影响得更全面，更直接。当代西方哲学家写了大量的散文，从本雅明一直到阿兰·巴迪欧、阿甘本、朗西埃、鲍德里亚等，他们的文章有时雄厚有力，有时又很随意散乱，从一个主题谈到另一个主题。很多时候，只记住点漂亮的句子，很难把握他们的大意。特别是本雅明。我期待本雅明对现代都市做出整体的论述，但他在《单向街》等作品中，恰恰是对一些细节形而上学的提升。他非但没有解释整体，而是把细节抽象化了。本雅明曾说："散文的本质是朽坏，即被理解，被分解，被无剩余地摧毁，完全被某种意象或冲动所替代。"而今，我们重新面对着网文、公号文、心灵鸡汤文的冲击。从更广义的角度上，任何文章都是散文，一位真正的学术大师，从他的书里节选一段都是好的散文。作家的散文有点上下够不着，既赶不上公号文、心灵鸡汤文的传播力度，又赶不上学术大师的只言片语的思维内涵。您觉得在网络化的时代，散文会向哪个方向突围？

西方的散文概念与我国传统散文概念近似，诗歌以外的散行作品，包括文化理论在内的作品皆是散文。因此本雅明所说的散文与我们今天所说的散文似乎没有什么关系。从文学的角度讲，散文的突围方向之一还是文化，从文化的角度写好自己的文章就可以了。

2020.4.16

（侯磊；《北京文学》青年编辑）